中央大学人文科学研究所
翻訳叢書
17

ジョンソン博士と スレイル夫人の旅日記

ウェールズ（1774 年）とフランス（1775 年）

「S. ジョンソン研究」チーム
市 川 泰 男　　諏 訪 部 仁
稲 村 善 二　　江 藤 秀 一
訳

The Journals of Dr. Johnson and Mrs. Thrale's Tours in Wales (1774) and France (1775)

中央大学出版部

目　次

ジョンソン博士とスレイル夫人の旅日記

ウェールズ（一七七四年）とフランス（一七七五年）

Ⅰ　一七七四年のウェールズ

ウェールズ旅行経路略図

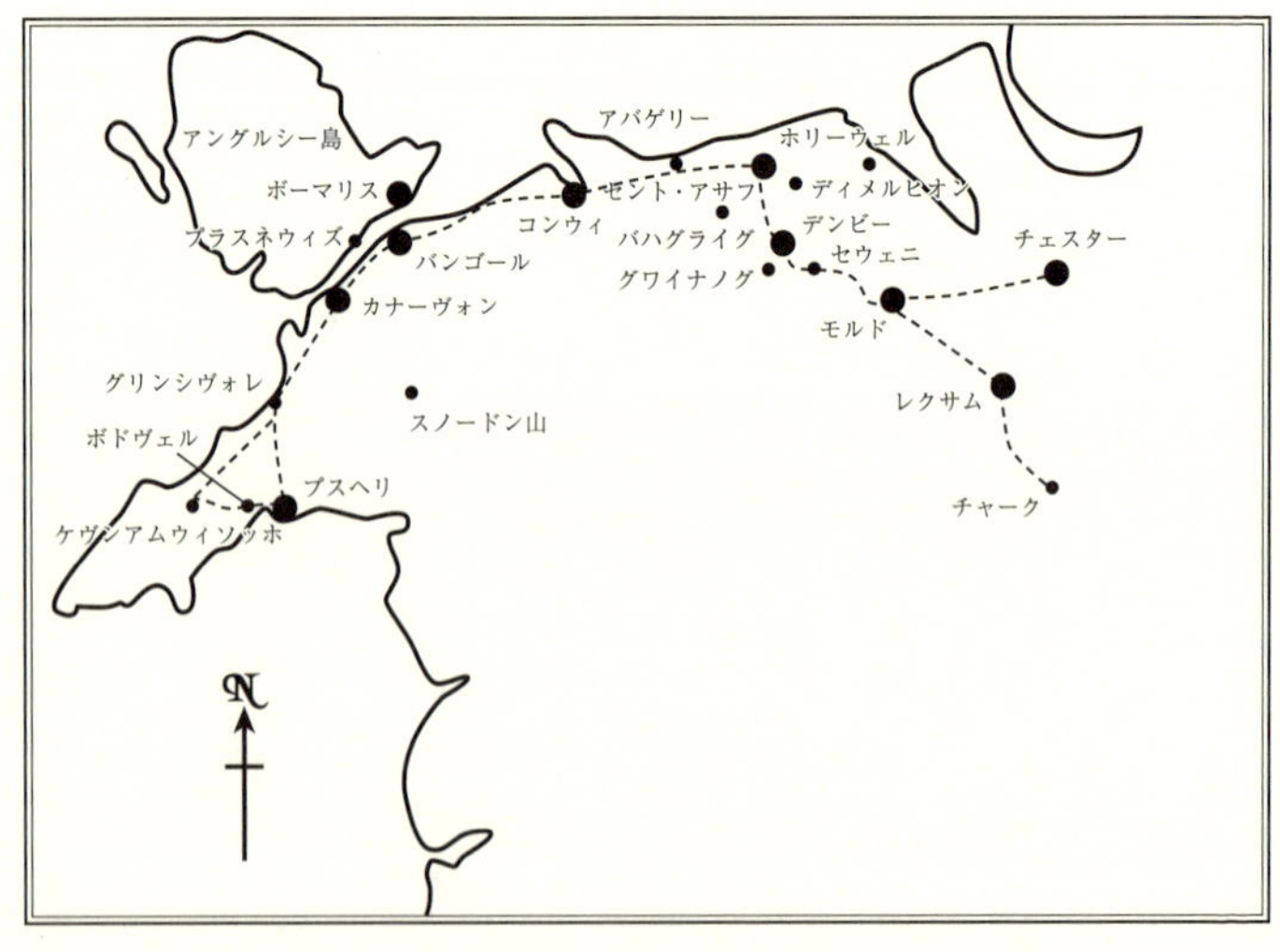

1　ウェールズの旅

サミュエル・ジョンソン

〔一七七四年〕

七月五日　火曜日

午前十一時、ストレッタム出発。馬四頭の借り賃一マイル二シリング。午後一時〜一時四十分、バーネットで休憩。道中、キケロの『書簡集』を読む。夜、ダンスタブルへ。

七月六日　水曜日

リッチフィールドまで八三マイル。スワン亭へ。

七月七日　木曜日

ミセス・ポーター〔ルーシー・ポーター、ジョンソンの義理の娘、生涯独身。一七一五〜八六〕宅、大聖堂、アストン夫人宅、グリーン氏宅へ。グリーン氏の博物館に感嘆。ついでニュートン氏の陶器を見る。

七月八日　金曜日

ニュートン氏宅、コブ夫人宅へ。ダーウィン博士〔チャールズ・ダーウィンの祖父〕宅。一人で再度アストン夫人宅へ。同夫人、別れを惜しむ。

七月九日　土曜日

ギャリック氏〔名優デイヴィッド・ギャリックの兄〕宅で朝食。ヴァイズ嬢、ついでシューアド嬢を訪問。（アシュボーンで）テイラー博士〔ジョンソンの学友、終生の友〕宅へ行く。道中、キケロの『書簡集』とマルティアリス〔古代ローマの風刺詩人〕を少し読む。マルティアリス、八巻四十四章「泥（リモ）」の代わりに「汚す（リノ）」。

七月十日　日曜日

朝、教会へ。夕食、客多し。

七月十一日　月曜日

アイラム。オークオーヴァー。最初に見たときほどはアイラムに感心せず、しかし一同大喜びである。

七月十二日　火曜日

チャッツワース。水柳の滝、多くの樋から噴き出ている。噴水。「水の木」。天井の極めて高い部屋の滑らかな床。アトラス〔デヴォンシャー公爵の持馬〕、馬体の高さ一五・五ハンドインチ〔一五七センチ強〕。サーリー〔同公爵の持馬〕の短気。公園に川が流れている。側面の柱廊が二階の二つの回廊を支えている。一同、邸宅には感心せず。家具類期待に反す。階段室は邸宅の隅にある。一隅の広間(ホール)が最も広い部屋である、とはいえ通路用の部屋にすぎない。一階は礼拝堂と朝食室、および小さな図書室のみ。残りは使用人部屋と事務室。劣悪な宿。

七月十三日　水曜日

マトロック泊。

七月十四日　木曜日

オークオーヴァーで夕食。耳が遠くて聞くことも会話もあまりできず。ゲル夫人。オークオーヴァーの礼拝堂。信者席の塗料どぎつし。墓碑銘読めず。古い書体を学びたし。

七月十五日　金曜日

アシュボーン。ディオット夫人と娘たちが朝訪れる。ディオット氏が我々と食事。一同、フリント氏を訪ねる。

ミューズの神々からトマス・モアは第一の冠を、エラスムスは第二の冠を持ち去り、ミシルスは第三の冠を保持している。

七月十六日　土曜日

ラングリー氏およびフリント氏とダヴデイルへ。ここは訪れる価値のある場所だが私の期待どおりではなかった。川は狭いが岩は大きい。「レナードのホール」は岩の中の天井の非常に高い洞穴で、数ヤードおそらく八ヤードの奥行きがある。左側に小さな穴があり、這って入るとおそらく四ヤード平方ほどのもう一つの洞穴が見えた。奥にはさらに小さい穴があり、そこには容易には入ることができなかっただろうし、暗かったので調べなかった。私は「レナードのキッチン」というもっと天井の高い洞穴に入った。「教会」と呼ばれる岩があるが、その名にふさわしい形をした岩は見当たらなかった。ダヴデイルは二マイルほどの長さである。我々はダヴ川の水源に向かって歩いたが、ダヴ川はダヴデイルの端にある「ダヴ・ホールズ」という二つの洞穴の上流約五マイルのところに源を発すると言われている。両岸の岩が迫っているところの川をまたいで岩と岩を結ぶアーチを造り、その上に東屋（あずまや）を建てたらどんなものだろうか。岩の間を水が心地よい音を立てて流れていた。身体（からだ）を動かし温かくなったので耳も聞こえるようになったようだ。歩き疲れて非常に苦しかったが、我慢をしたので皆に迷惑はかけなかった。ギルピンとパーカーが同行していた。ここについては前もって聞いていたのだが、私は少なからず思い違いをしていて、実際とはかけ離れていた。ブラウンは失望したと言っている。私は確かにもっと大きな川を予想していたのだが、水のきれいな流れの早い細流にすぎなかった。最後は広々とした水面になる岩に囲まれた渓谷を私は想像していたのだと思う。ダヴディルを見た人はスコットランドの高地地方（ハイランド）を訪れる必要はない。午後、我々はデイル老夫人を訪問した。

七月十七日　日曜日

朝、教会へ。午後、ディオット氏宅。

便通。

七月十八日　月曜日

ゲル氏宅で夕食。

七月十九日　火曜日

我々はスカーズデイル卿の新居を見るためにケドルストンへ行った。この邸宅は莫大な金をかけたが設計がまずい。広間（ホール）はまさに堂々としていて、三つの天窓から光を採り入れている。二列の大理石の柱があり、これはラングリーから聞いたところによるとノーサンプトンシャーの石切り場から掘り出されたものである。その柱は非常に大きくてどっしりとしており場所を取りすぎている。こんな物はない方がよい。広間の後ろには円形の客間（サロン）があるが役に立たず、従って設計が悪いのだ。建物の両翼と主要部をつなぐ廊下は円形の切片を通る通路にすぎない。貴賓用寝室には非常に豪華な家具があった。食堂は金色の食器類が並ぶ今までに見たことのないような素晴らしさであった。絵がたくさんあった。壮麗だがすべて下卑（げび）ていた。寝室は狭くて天井が低く暗いので、華麗な館より牢獄にふさわしい。調理場には廊下への開口部があり、ここから熱と煙が家じゅうに広がる。全体として経費が見識を上回っているようであった。我々はそれからダービーの製糸場（シルクミル）へ向かった。そこで私は水平の輪から垂直の輪へ動力を伝える特殊な方法に注目した。働いている人たちには二シリングだけ渡すようにとのことだ。スレイル氏の宿の夕食代は十八シリング十ペンス。夜、一人でラングリー氏、ウッド夫人、アスル大尉などを訪問。

七月二十日　水曜日

我々はアシュボーンを発ってバクストンに向かい、そこから「プールの洞穴」に行った。洞穴は最初のうちは狭く、それから高いアーチへと上って行くのだが、ごつごつした岩に遮（さえぎ）られてそこに入り込むのは難しい。入口から突き当りまで道は二つあり、距離は六五〇ヤードとのことだ。高い方の道を行って低い方の道を戻ってくるのが普通なのだが、高い方の道は非常に歩きにくくて危険なので私はその道を行こうとしたがやめた。平坦なところがなかったのだ。夜、我々はマクルズフィールドにやって来た。チェシャーのかなり大きな町なのだがあまり知られていない。町には製糸場がある。瀟洒（しょうしゃ）な教会があるのだが、これは礼拝堂にすぎない。というのは、この町は、かつてスタウワーブリッジがオールド・スウィンフォードに属していたように、別の名前（プレストベリー）の教区に属しているのだ。マクルズフィールドには役場があるので自治都市だと思う。

七月二十一日　木曜日

我々はコングルトンにやって来た。ここにもまた製糸場がある。それからミドルウイッチというみすぼらしい古い町に行った。製造業はないが自治体だと思う。そこからナントウイッチという古い町へ進んだ。そこの宿屋から見えるのはほとんど黒い木造の家ばかりであった。私は塩水（ブラインウォーター）を飲んでみたが海水よりもはるかに多くの塩分を含んでいた。ゆっくりと蒸発させることによって大きな塩の結晶を作り、急速に煮詰めることによって小さな粒を作っているのだ。それ以外の製造法はないようだった。夕方、我々はカンバーミアに着いた。広い湖からその名が付いたのだ。

七月二十二日　金曜日

一同で湖上に出た。私は一〇フィートぐらいのイグサを引き抜いた。湖上に手ごろな小舟は見えなかった。

七月二十三日　土曜日

我々はキルモリー卿の邸宅を訪れた。大きくて部屋数が多く住みやすい屋敷だが、部屋はどれ一つとして広々としたものはない。家具は素晴らしいとは言いかねるものだった。ベッドのまわりに垂らしたカーテンは縁取りされていた。卿は喜び勇んで邸宅を案内してくれた。庭園はなく、池や水の流れもほとんどない。

七月二十四日　日曜日

我々はサー・リンチ・コットンが借地人のために建てた礼拝堂に行った。それは献堂されており、それ故に寄付されたものだと思う。きれいで質素な礼拝堂である。聖体拝領盤は見事だ。鉄の柵と非常に優雅な門があり、セウェニから運んできたものである。「ロバート〔スレイル夫人の従姉の長男〕がすべてを開放したのだ。」

七月二十五日　月曜日

皆でサー・ローランド・ヒルの地所であるホークストンを見た。ヒル嬢が岩と森の広大な土地、印象的な風景と恐ろしいほどの雄大さに富んだ地域を案内してくれた。我々は常に切り立った崖のふちや高い岩の下にいたのだが、むき出しの傾斜面はめったになく、多くの場所で並外れた大きさの樫(オーク)の木が岩の裂け目から生えていたし、高い木のないところでは下生えと低木があった。細い道が岩の周りに通じていたが、この道は石の上に刻まれており、しばしば石段になっていた。しかし、次々に現れる驚くべき風景に安全に近寄れるようにするほどは石を刻む技術が進んでいなかった。一周するのは少々疲れるが、それは岩に深く掘った岩屋で終わっており、岩屋には多くの曲がり角があって数多くの柱に支えられている。その柱も整然と刻まれてはおらず、凹凸と突出によって造化の戯れをまねたよう

ホークストン

ホークストンの岩屋

なものだ。この場所は湿気がないので、不快ならざる住居になるであろう。岩屋の中には間隔をおいて腰掛けがあった。水こそないが、広大な眺望、ぞっとするような日陰、恐ろしい断崖、緑なす谷間、そしてそそり立つ岩山などでダヴディルを凌いでいる。荘厳、恐怖、さらに空漠という観念が心に浮かんでくる。頭上には近寄りがたい高所、足下には身の毛もよだつ深淵があるのだ。しかし、ここがアイラムの庭園を凌いでいるのは全景においてだけだ。アイラムには壮大さがあるが穏やかさによって和らげられている。訪問者はその地に着いたことを喜び、そこをいつかは去らねばならないことを思い悲しむ。岩を見上げると心は飛翔し、谷間に目を転じると落ち着き慰められる。ホークストンの絶壁に登る人はどのようにしてここまで来たのかと驚き、どのようにして戻れるのかと怪しむ。散策は冒険となり、出立は逃亡となる。その人に安穏はなく、ぞっとする孤独や戦慄と感嘆の間を揺れ動く一種の喜びがあるのみだ。アイラムは牧歌的な徳行にふさわしい住居であり、ニンフと田舎の若者双方の上にその影をほどよく投げかけるであろう。ホークストンの住人に最もふさわしいのは大胆かつ強力無比な体躯を誇る巨人たち〔ミルトン、『失楽園』第十一巻六四二行〕、無法な度胸と雄々しい暴虐（ぼうぎゃく）の徒である。ホークストンはミルトンに、アイラムはパーネル〔トマス・パーネル、アイルランドの詩人〕に描かせよ。ヒル嬢は非常なる丁重さをもって驚嘆すべき光景をすべて見せてくれた。この邸宅は所有者の地位にふさわしく見事なものであった。

七月二十六日　火曜日

我々は極めて丁重にもてなされたカンバーミアを発った。サー・リンチは粗野で、夫人は弱々しくて無知である。屋敷は広いが華麗ではなく、時代によって異なる材料で建てられたものだ。一部は木材、一部は木材に見えるように漆喰（しっくい）とペンキを塗った石材あるいは煉瓦（れんが）である。これはその種のものでは私が見たうちで最良の邸宅である。ミア、すなわち湖は広く、小さな島が一つあり、そこには大きな木々の陰に東屋（サマーハウス）がある。木は空洞になっているものがあり、空洞の幹の中に腰掛けが置いてある。午後、我々はウェスト・チェスターにやって来た。（ここは私が天然痘に罹（かか）ったときに亡父が市（いち）に来た町である。）一同で城壁を一周した。城壁は町を完全に取り囲んでおり、一・七五マイル一〇一ヤードある。城壁の中には多くの公園がある。城壁は非常に高くて、人が二人並んで歩いても十分に余裕がある。内側には手すりが付いている。あまり多くはないが間隔を置いて塔がある。これらの塔は完成していないと思う。

七月二十七日　水曜日

我々はチェスターに滞在して大聖堂を見た。これは第一級のものではない。城には部屋があり、その一つでは巡回裁判が開かれる。旧修道院の大食堂はその一部がグラマー・スクールになっている。同校の校長は私と会えて嬉しかったようだ。回廊は非常に荘厳で、その上には部屋があり聖歌隊員が住んでいる。通りの一部には丸天井の地下通路があり、非常に頑丈に造られている。別の場所には正当にも（と私は思うのだが）「ローマの床下暖房」と呼ばれているものがある。チェスターには珍しい物が少なくない。

チェスター大聖堂

七月二十八日　木曜日

我々はウェールズに入った。モルドで食事をし、セウェニにやって来た。

七月二十九日　金曜日

一同、セウェニに滞在。セウェニの芝生にはきれいな湧き水があって、その水が石の水盤にあふれ出ている。そこから管を通ってその先の小川に流れている。非常に大きな樹木がある。干し草用の納屋は間隔を置いて立っている煉瓦の柱で支えられ、屋根で覆ってある。非常に高くてちょっと洒落（しゃれ）た小屋だ。当地の川は雨が降ると急に増水して川幅が広くなり暴れる急流だが、普段はごく細い流れにすぎない。クルーイド川もエルウイ川もこのようなものだ。まだ山は見えない。大地は森で美しく飾られ、凹凸の変化がある。セウェニの広間は長さが四〇フィート、幅は二八フィートである。歩廊は長さが一二〇フィート（すべて歩測による）。図書室は長さが四二フィート、幅は二八フィート。食事談話室は長さ三〇フィート、幅二六フィート。セウェニには上げ下げの窓（サッシ）と開き窓（ケイスメント）が混在している。

七月三十日　土曜日

我々はバハグライグへ行った。そこには一五六七年築の見慣れない狭苦しい造りの古い屋敷があった。奥様は疲れると言っていたが、私は説き伏せて最上部まで上らせた。床材は盗まれていた。窓はふさがれていた。屋敷はどうも期待したほどではなかった。クルーイド川はおよそ三分の一マイルの小川で、一本のアーチ状の橋がかかっている。森にはたくさんの樹木があり、概して若木であるが、中には朽ちているように思われる木もある。樹木は枝下ろしがしてある。その屋敷には庭園が造られたことはなかった。もう一階増築すれば使いやすい家になるだろうが、大きな屋敷にはならない。最初に家を建てたクラフという人が倉庫にしようと思っていた数棟の建物は、貯蔵室と使用人部屋になることだろう。土地はよさそうだ。うまく活用されることを願っている。

七月三十一日　日曜日

一同、セント・アサフの教会へ礼拝に行った。その大聖堂は大きくはないが、どことなく威厳があり壮麗である。翼廊はとても短い。記念碑はほとんどない。聖歌隊席は三十二席あると思うが、古い造りである。後部には聖堂参事会員（カノニクス）、参事会員禄（プレバンド）受給者、主教座聖堂尚書役（キャンセラリウス）、主教座聖堂収入役（セサウラリウス）、先唱者（プレセンター）がいた。その教会組織を私は知らないが、通常の称号と高位聖職者がすべて存在する。礼拝では詩篇と讃美歌のみが歌われた。主

セント・アサフ

教はとても礼儀正しかった。我々は主教館へ行ったが、極めて粗末だ。そこには聖堂の蔵書があり、その所蔵のための部屋が計画されている。ここにはロイド〔セント・アサフの主教〕とドッドウェル〔ロイドの友人〕が住んでいた。

八月一日　月曜日

一同でデンビーとデンビー城の遺跡を訪れた。デンビーの町には大通りが一本あり、それを横切る通りが何本かあるが、その通りは見なかった。大通りは急こう配の非常に長い上り坂となっている。住宅には荒石造りやレンガ造りがあり、木造の家もいくつかある。デンビー城は壁に囲まれた全構内も含めて巨大な建造物であったが、今ではすっかり崩壊していて、居住部分の形を確かめるのは容易ではない。すべての古い建物同様に、大広間があり、それを上部の構造物の残骸が覆い隠しているが、その中に少年たちがときどき入り込んでいると言われている。通路をすべてきれいに片づけて、残っている部分の全貌を明らかにするには多大な労力と費用がかかることだろう。一同で教会を見に行った。その教会はかつてデンビー城の礼拝堂であったが、現在は町が使っている。それは聖ヒラリーに献堂されて、収入はおよそ……。少し離れたところに教会の廃墟があり、それは偉大なレスター伯爵によって建堂され始めたと言われており、伯爵が亡くなったときは完成していなかった。一方の側と東の端と思われるところがまだ残っている。入口の上部の壁には石が一個あり、その石が落ちて教区一の学者を押しつぶすだろうと言われていた。プライスという男はその下を通ろうとはしなかった。この石は取り除かれた。我々はそれからソールズベリー家の一人が建立したセウェニの礼拝堂を見に行った。お堂はそっくり残っており、構内には記念碑があった。煙突が取り付けられているが、それ以外はあまり手が加えられていないので、容易に元に戻せるだろう。それから我々はデンビーの教区教会へ行った。それは町からほぼ一マイルのところにあるので、使用されるのは教区の役職者が選ばれるときだけである。デンビーの教区教会にはロイドの浅浮き彫りがある。ロイドはキャムデン以前の古物研究家である。彼はひざまずいて祈っている。この礼拝堂では日曜日ごとに祈りが三回あげられるが、二回目だけが英語で、一回目と三回目はウェールズ語である。主教が城を見回りに来て、町が使っている礼拝堂である聖ヒラリー礼拝堂にも同様にやって来た。

八月二日　火曜日

一同、コットン氏の夏の別荘（サマーハウス）へ馬車で出かけたが、そこからは非常に遠くまで見晴らしがきく。その建物は安普請で部屋の間取りもよくない。我々はそれからディメルヒオン教会へ行ったのだが、そこでは老牧師が奥様に気づいた。その老牧師は奥様を見てとても嬉しそうだった。そして愚かにも、もう死んでも本望です、と言った。その老牧師は奥様からクラウン銀貨を一枚きりもらえなかった。ディメルヒオン教会はバハグライグの教区教会であるが、粗末な建物だ。ソールズベリー氏〔スレイル夫人の父〕はここに埋葬されている。バハグライグはこの教会に十四席を保有している。ディメルヒオン教会では、壁の聖句はウェールズ語である。ディメルヒオン教会では英語による礼拝は月に一度だけである。イングランドとの境からおよそ二〇マイルほどなのに。馬車で進んでいるとき、私は例の家を再び見た。一同、サネルクという屋敷を訪れた。粗末ではなく、小さな庭があり、十分に水がある。樫（オーク）の並木道があるが、その並木は愚かにも今風の流儀に従って切り倒されている。何本かはまだ残っている。所有者の名はデーヴィスという。心地よい小道を通って行ったが、そこから木々や牧草のある美しく変化に富んだ地域が見渡せた。

八月三日　水曜日

一同、馬車でホリーウェルに行った。奥様とお世辞について話す。ホリーウェルは市場町（マーケットタウン）で、小さくもなければ侘（わび）しくもない。「ウィニフレッドの井戸」と呼ばれている泉はとても澄んでいて、水量も豊富で一分間に百トン湧き出ている。それは突然非常に大きな流れになり、おそらくその湧き出ているところから三〇ヤード行かないところで製粉機を回し、二マイルの間でさらに十八台の製粉機を回している。流れ落ちるときはとても速い。そして海に流れ込む。その泉には柱で支えられた高いアーチ状の建物がかぶさっており、その上に古い礼拝堂があるが、現在は学校となっている。内陣は壁で仕切られている。水浴び場はあろうことか完全に人目にさらされている。一同が見ているところで女性が一人水浴びをしていた。教会は見かけが堂々としていて、大勢の会衆を迎え入れるための回廊に囲まれており、我々はそこで一人の子供がウェールズ語で洗礼を受けているところに居合わせた。皆で川沿いに降りて行くと、採鉱有望地が目に入ったが、私にはまったく縁のない場所だ。それから、真鍮工場が見えた。そこでは、亜鉛鉱が集められ、粉砕され、土が洗い流され、そして鉛が取り除かれ、そして、どのようにしてその鉛を選別するかは見ていないが、焼かれて金属灰にされ、その後、細かくすりつぶされてから火で銅と混ぜられる。我々は坩堝(るつぼ)といくつかの強烈な炎を見たが、私にはその炉床の仕組みはわからなかった。銅工場では、銅の鋳塊(ちゅうかい)を、ワリントンからだと思うが、運び入れている。我々は銅板が熱いうちに鋼のローラーの間に挟まれて、薄く延ばされるのを見た。私は上部のローラーがある程度離れて固定されていたと思ったが、そうだったのか、あるいはその重みだけで動いていたのかはわからない。鉄工所ではV字の切り込みのあるハンマーと金床で丸い棒が作られるのを見た。それから一インチかそれ以上の四角い棒が水力裁断機で裁断されて、激しく叩かれ、さらに薄い棒になるのを見た。ハンマーはすべて水力で動かされているが、手で動かすのと同様に、とても速く動く小さな機械本体(ボディ)の上で動いていた。それから私は針金が引き延ばされるのを見て、一シリングを与えた。私の知識が増えたのだ。その機械の動きを見ることができなかったし、じっくりとのぞき込む時間もなかったが、私は意外なほど物を知らないのだ。さらに先へと歩くにつれて、疲れが取れて呼吸も楽になった。

一昨日下剤を飲んだ。今朝、その効果が幾分かあった。

八月四日　木曜日

リズラン城は今なお非常に崇高な遺跡である。城壁はすべて未だに残っているので、砲座は完全であり、射角が正確に取れるかもしれない。城壁はおよそ三〇ヤード四方を取り囲んでいる。中央の部分は全く覆いがない。城壁は高さがおよそ三〇フィートだと思うが、とても分厚く、直径がおよそ一八フィートかそれ以下の円筒形の塔が六本側面に配置されている。煙突がある塔は一塔だけなので、ここは生活するのに便利ではない。ただの砦にすぎなかったのだ。駐屯部隊はおそらくその区域

リズラン城

にテントを張ったのだろう。スタピルトンの屋敷はこぎれいだ。辺りには心地よい日陰があり、こんこんと湧く泉があり、水浴び場を提供している。我々はそれから小さな滝を見に行った。私は渋々歩いて行ったので、その滝が涸れているのを見ても残念には思わなかった。しかし、水が水門を開けて流されると、非常に印象的な大滝ができた。鉱山へ水を迂回させることを許可する代金として、彼らには年に百ポンドが支払われている。そのようなものでも川と呼んでいいのだろうが、その川は一つの泉から流れ出ており、ウィニフレッドの泉と同様に建物で覆われている。その後、ロイド氏の所有するもう一軒の邸宅を一同で訪れた。外観は立派であった。ウェールズには素晴らしい屋敷がたくさんあるように思われる。奥様が財布を失くし

た。あまりに狼狽していたのでかなりの大金だろうと推察したが、わずか七ギニーだと聞いたとき、奥様がお金を大事にすることがわかって私は嬉しかった。今日は正餐（ディナー）の後にコーヒーもお茶も飲めなかった。前回飲み損なったのはいつのことだったか覚えていない。

八月五日　金曜日

昨晩、快眠。おならがほとんど出なかった。歩き疲れによるものなのか、お茶を控えたせいなのかはわからない。催吐薬を飲んだ。アンチモン・ワイン効き目なし、吐酒石も同様。催吐薬はほとんど効き目なし。グワイナノグのミドルトン氏宅で正餐をとった。その屋敷は、紳士の二流、あるいはおそらく三流以下の屋敷であり、荒削りの石で造られている。天井は低く、階段の上の通路は薄暗いが、家具はよい。果物はまずかったが、豊富な料理が食卓に並んでいた。まさに田舎紳士（カントリージェントルマン）の正餐であった。二つの食卓は下品ならざる客でいっぱいだった。食後、ウェールズ語の保存が話題となった。私は案を一つ述べた。かわいそうにもエヴァン・エヴァンズ〔ウェールズの詩人・学者〕は救いがたいほどアルコール中毒になっているということが話題になった。ワージングトン〔ウェールズの牧師・ジョンソンの友人〕が称賛された。ウェールズで文学について私に話をしたのはミドルトンただ一人であった。彼が真に熱心であればいいのだが。私はデーヴィッド・アプ・リーのウェールズ語文法の再版を薦めた。本日、ヘブリディーズ諸島旅行記のFとGの二つ折りが校正用に届いた。

八月六日　土曜日

下痢。二つ折りの校正を済ませた。昨晩は熟睡できず。チェスターで洗濯、そして、ここで――五シリング一ペンス。読書せず。アタベリーの改訂版は粗野な言葉多し。下剤は大して効かなかったが、十分だと思う。本日、セウェニで離れ家をもっとたくさん見た。全体として、とても大きな屋敷である。

八月七日　日曜日

ボドファリで礼拝に出る。病気の女性のための礼拝なので、正規なものではないが、このような礼拝は以前リッチフィールドだと思うが、信者の病気見舞として行われたと聞いたことがある。快便。教会は粗末だが方形の鐘楼（しょうろう）があり、どちらかといえばこの教会には立派すぎる。

八月八日　月曜日

主教と大勢の来客がセウェニで正餐。話題はギリシャ語と軍隊。モールバラ公爵の士官どもは無能。ポシリデス〔古代ギリシャの詩人〕の詩を読み段落をつける。

八月九日　火曜日

リーランド〔十六世紀のイングランドの旅行家〕の本を覗(のぞ)く。単なる旅の心得を記したつまらぬもの。リッチフィールド・グラマー・スクールの給料は年額十ポンド、慈善施設は五ポンド。

八月十日　水曜日

マエスマナウのロイド邸。立派な邸宅で塀に囲まれた大庭園がある。ウインダスのメクナス〔モロッコの都市〕紀行とスチュワート使節報告を読む。午前中、ワースのベントリー師へ献じたギリシャ語の長短格詩を読む。詩には趣がないように思われ、作るのに苦心したようだ。ラテン語の挽歌(エレジー)のようは、読んだ限りでは陳腐な文句ばかりが雑然と並んでいる。歌が長いのだ。いかにも学者の詩のように思われる。学者は作詩の経験がないから。私もこのギリシャ語を完全に理解したわけではない。第六と最後の段落がよくわからない。たぶん印刷が正確でないのかもしれない。「持ち出しやすい」はおそらく「的中する」だろう。

その後は数日、拾い読み。「文学論集」には興味をそそる論文は寥寥(りょうりょう)たるもので、これでは長持ちは望めないだろう。筆頭寄稿者ワースは垢抜けしない学者だ。文学の知識はかなり持ち合わせているが、少なくとも英語の言葉遣いには技法もなければ優雅さもない。

八月十一日　記載なし。

八月十二日　記載なし。

八月十三日　記載なし。

八月十四日　日曜日

ボドファリで第二日課の朗読とウェールズ語の説教を聴く。聖書の朗読はウェールズ語と英語の両方で行われ、連続した説教でもウェールズ語の発音は不快ならず。肉を控えた。下剤を使わずとも便通あり。化体説に異を唱えた「クリュソストモスの手紙」、神秘思想と寓話の詰まった「尼僧へのエラスムスの手紙」を読む。

八月十五日　月曜日

便通あり。膝が弱く、歩くと幾分痛む。痛みは食後に増すようだ。

八月十六日　記載なし。

八月十七日　記載なし。

八月十八日　木曜日

一同セウェニを出発、旅を続行。アバゲリーというみすぼらしい町にやって来た。ここではウェールズ語以外はほとんど話さず、礼拝も英語ではめったに行われない。これからは海沿いの道を行くが、この道はペンマン・ロスと呼ばれる山の麓にある。ここからの道は急なので、山の高所を走る馬車に合せるため、我々は山の裾野を歩いた。長い道のりでもなく不快でもなかった。歩くほどに歩く辛さを感じない。身体が温まってくると呼吸が整い、手足も柔軟になるようだ。次にコンウィの渡し場まで来て、我々は乗合馬車の乗客数人と小舟で渡った。乗客の中に、二人の侍女と三人の幼児を連れたアイルランドの貴婦人がいた。一番下の子はほんの数ヶ月の赤子だった。潮の関係で大きな渡し船が出なかったので、我々の馬車はすぐ後をついて来ることができなかった。そのため、宿屋に泊まるはめになった。今日はコンウィ競馬の日で、町中が人であふれており、いくら金を出しても泊まれなかった。我々は冷めた夕食にもおいそれとはありつけなかった。泊めてくれるところがあったなら、コンウィでもよかった。バンゴールの手前にあるペンマンマウルを明るいうちに越えられるかどうかが心配だったし、馬車が遅れたので当然出発も遅れることになったからだ。しかし、宿屋に泊まるにしてもひと晩中起きているほかはなかった。気の毒に例のアイルランドの貴婦人の悩みはもっと大きかった。婦人の子供たちは休ませてやらなければならなかった。婦人はベッドが一つあれば満足しただろうが、しばらくはそのベッドさえ見つからなかった。奥様はその貴婦人のためにできる限りのことをした。ようやく二人の紳士が諒解（りょうかい）し、ベッドが二つある部屋をあけてくれた。その好意に奥様は半ギニーを渡した。ようやく我々の馬車も到着して、多少心配しながら出発したが、明るいうちにペンマンマウルに着いた。最近できた道は極めて歩きやすくて安全だった。道路は平坦に切り開かれ、しかも並行する防壁に挟まれていた。海側の防壁は深くて恐ろしい崖（がけ）から旅人を守っている。この防壁がところどころで気まぐれないたずらによって壊れている。山側の防壁は浮き石が荒れた急斜面から転がり込まないように道を守っている。その向こう側には何かの拍子で崩落しそうな石がごろごろしているようだ。旧道はさらに高所にあるので、そこを通っていたらぞっとしたはずだ。波が道路の下方に激しく打ちつけている。夕方には月が煌々（こうこう）と照らしたので、我々の不安も消え、その後の旅は実に快適であった。一時間ほど遅れてバンゴールに着いた。ここでとても粗末な宿を見つけたが、宿泊するのにひと苦労。私は相部屋で横になったが、もう一つのベッドは二人の男が使っていた。夜、鼓腸。

ボーマリス城

八月十九日　金曜日

我々はアングルシー島へ渡る船を確保し、バルクリー卿の邸宅とボーマリス城を訪れた。私はユニヴァーシティ・カレッジで私を見かけたことのあるボーマリス・グラマー・スクールの校長、ロイド氏から声をかけられた。ロイド氏は船を貸してくれたバンゴールの戸籍官ロバーツ氏と共に我々に同行してくれた。バルクリー卿の邸宅はとてもみすぼらしい住まいだが、庭は広々として木陰も多く、大小様々（さまざま）な樹木が散在する。並木道は狭く、何の趣向もなく交差し合っているが、心地よい涼しさと身の引き締まるような木陰があり、かなり長く続いている。ボーマリス城は強大な建造物だ。外壁には十五の円形の塔、それに角には方形の塔がある。さらに外壁と城の間に空間があり、この場所も壁に囲まれ、そこにも外壁の塔より大きな塔がある。内側の城壁には八つの塔があるようだ。礼拝堂もそっくり残っており、アーチの上に建てられたものと思われる。美しい弓状の石造りの屋根は今も壊れていない。礼拝堂の入口は高さが約八、九フィートあり、この場所に瓦礫（がれき）のなかった頃はもっと高かったと思われる。この城は伝奇物語のいかなる描写にも似合う。ここには秘密の通路、暗い穴、深い地下牢、そびえ立つ塔に事欠かない。井戸は見当らなかったが、これは私がこれまで見たうちで最も完璧な古城の佇まいである。城には濠があった。塔もあった。我々はバンゴールに戻った。

八月二十日　土曜日

我々はバンゴールから水路でカナーヴォンへ行き、そこでパオリ将軍〔コルシカ島の独立運動の指導者。当時イギリスに亡命していた〕とサー・トマス・ウイン〔カナーヴォン州の州統監〕に出会った。知的でおしゃべりな放浪者トラウトン某と偶然に出会い、スレイル氏は彼を正餐に招いた。トラウトンは、途方もなく巨大で堅固な建造物であるカナーヴォン城へ我々に同道した。その城には我々がボーマリス城で見たすべてのものがあるが、その規模たるやはるかに大きい。床石を敷いた小部屋の多くがそっくり残っている。大部屋の方では梁と床板は跡形もない。これぞ時に委ねられたすべての建物の定めだ。我々は高さ一〇インチの階段を百六十九段踏んでイーグル塔へ上った。井戸は見つからず、濠も見つけ出せなかったが、濠は城内の出入りを遮断するだけでなく地下道も防ぐから、平地の城には付きものだと思う。我々はこの巨大な廃墟のほんの一部を見たにすぎない。しかも、これらすべての古い建物では、地下の建物は瓦礫によって隠されている。この場所を調査するには多大な時間を要するだろう。私はこんな建物があるとは思ってもいなかった。それは私の想像を越えていた。

八月二十一日　日曜日

（カナーヴォンで）一同で礼拝に出る。この町の礼拝はいつも英語だが、少し離れた教区教会では常にウェールズ語だ。町は徐々に海岸近くまで広がってきたのだと思う。我々はワージングトン博士から招待を受けた。次にサー・トマス・ウイン邸での正餐会へ出かけた。正餐は質素だったが、サー・トマスは慇懃な人。その夫人はつまらぬ人。パオリは礼儀正しき人。一同で城内の塔の一つに住むウイン大佐夫人と夕食をとった。体調すぐれず。

八月二十二日　月曜日

我々はスレイル奥様の生地ボドヴェルと奥様が俗人所有によって取得したタドウェイシオグ、そして、サンガニドルと呼ばれる教会を訪れた。一同、ブリノドルのグリフィス邸へ招待された。そこにはこぢんまりした瀟洒（しょうしゃ）な新築の住まいがあり、四角い部屋がいくつかあった。外壁は切り出したままの石で造られているので厚くなっている。不揃いの石はかなりの厚みがないと強度に欠けるからだ。グリフィス氏は歩道にたくさんの若木を植えていた。果樹は生育がよくなく、数年間成長すると痩（や）せた地層に達し枯れてしまう。グリフィス氏は不在だったが、食事はよかった。グリフィス氏は翌日帰宅した。氏はアングルシー島対岸のカナーヴォンに近いサンヴァーに家屋敷のある貴婦人と結婚したが、婦人の方はどうやらブリノドルよりもサンヴァーに住みたいらしい。ロイドのモウナの話を読む。ロイドはこの中でモウナがアングルシー島であることを明らかにしている。ブリノドルへ行く途中、我々はサネルクでこの国にしては広大かつ壮麗な教会が十文字形に建っているのを見た。しかし、教区牧師に会えず、教会について何の情報も得られなかった。

八月二十三日　火曜日

一同でボドヴェルを見に行った。奥様は部屋を覚えていて、子供の頃を思い出しながら見て歩いた。この種の喜びには常に物悲しさがつきまとう。並木は伐採され、池は涸(か)れていた。何もかも昔の方がよかった。奥様はよく牛乳を貰(もら)って飲んだ家を訪ねた。この家は、ロイド某が年二百ポンドの遺産を付けて、同居していた既婚女性に遺贈したものだ。我々はウェールズの先端にあるみすぼらしい古い町プスヘリへ行った。そこでこの地の思い出になるものを買った。

八月二十四日　水曜日

我々はいくつかの教会を調べてみたが、粗末で想像できないほどおろそかにされている。床には石が敷いてなく穴だらけで、座席は粗雑なベンチである。祭壇には手すりがなく、一つの祭壇の上部には亀裂が入っていた。それぞれの聖書台と思われるものの上には二つ折り版のウェールズ語の髭文字の聖書が置いてあったが、それは副牧師でさえ読むのに苦労するだろう。スレイル氏はこの地の教会を改修することを目論んでいるので、氏が権勢を得ればおそらく十分の一税を復活させるだろう。二つの教区はサンガニドルとタドウェイシオグである。ここにはメソジスト教徒が大勢いる。教会が改修されれば、より敬虔な礼拝式が人々に感銘を与えるだろう。

［心覚え］　ボドヴェルを訪れた日に、我々はケヴンアムウィソッホのグリフィス氏の邸宅に出向いた。氏は大富豪で、家屋敷を大規模にかつ素早く改良したことで注目すべき紳士である。氏は広大な庭園を煉瓦の塀で囲っている。氏は大きな業績を残した男とみなされている。氏は大学で文学を学び、かなり長く軍にいた。任務を終えて領地に戻った氏は、名士とみなされていて、人々を教会に導く努力をしている。

八月二十五日　木曜日

我々はカナーヴォンに戻り、ウイン夫人と会食をした。

八月二十六日　金曜日

我々はウイン夫人と共に、細い水路でつながっている二つの湖シン・バダルンとシン・ペリスへ行った。この湖の水はスノードン山とその向かい側の山々から流れ落ちている。スノードン側には大きな要塞の残骸があり、そこまで非常に苦労して登った。私は息切れがしてひどく疲れた。湖は幅があまりないので、舟はいつでもどちらかの岸辺にある。

クウィーニーの数えた羊は百四十九匹だったと思う。

バダルン要塞

八月二十七日　土曜日

我々はバンゴールに戻り、そこでスレイル氏は戸籍官のロバーツ氏のところに泊まった。

八月二十八日　日曜日

一同で礼拝のために聖堂に行った。聖歌隊はお粗末で、礼拝では聖書の朗読がうまくなかった。

八月二十九日　月曜日

我々はグワイナノグのミドルトン氏の屋敷へやって来た。奥様が述べたように、一同が初めて歓迎されたところだ。

我々はバンゴールからコンウィへ向かう途中でペンマンマウ

二つの湖の挿絵

ル山の裾野にある新しい道路を再び通った。この道は防壁のおかげで危険な感じがしないのだが、それがなければとても恐ろしいところだろう。その防壁にはいくつかの穴があいており、スレイル氏が極めて合理的に推測するところでは、それはおそらく霜で割れたか雨でもろくなった岩の破片が山から転がり落ちてできたのだろう。我々はそれからコンウィを見物した。コンウィとセント・アサフ間のペンマン・ロスで馬を休ませるために、しばらく前から歩き疲れていた奥様を馬車に乗せて山越えの道を行かせておいて、私とスレイル氏とお嬢様は非常に狭い山際の道を歩いたが、以前にそこを通過してからばらばらと落ちてきたと思われる小石に大いに通行を妨げられた。コンウィで城をちょっと調べてみたが、目新しいものは何もなかった。その城はボーマリス城よりは大きいがカナーヴォン城よりは小さい。この城は高くて険しい岩の上に造られているので、そこに近づくのは今日でさえも極めて困難である。我々は井戸と呼ばれている丸い穴を見つけたが、今ではほとんど埋まっていて水はなかった。ほかの城には井戸が見られなかった。カナーヴォン城には鉛のパイプの残骸があるが、それは水を城内のある場所から別の場所へ送るためのものだったと思う。その要塞にそれ以外に水の供給源がなかったら、ウェールズ人たちはどこにパイプが敷かれていたかを知っていたに違いないので、おそらくそのパイプをわけなく切断することができただろう。我々はミドルトン氏の屋敷に来て、九月六日まで滞在し、大いに歓待された。その間どのように時間を過ごしたのか、しかとは言えない。我々は森を見たが、変化に富んでいて伝奇小説にでも出てくるようであった。

八月三十日　記載なし。

八月三十一日　記載なし。

九月一日　記載なし。

九月二日　記載なし。

九月三日　記載なし。

九月四日　日曜日

デンビーで我々は牧師のミドルトン氏と会食。デンビーでは、きちんと身なりを整えた刈り入れ人夫たちが、午後の礼拝の後で雇われるのを待ち構えているのが見えた。別の日には刈り入れ人夫たちは朝の四時頃から待機している。彼らは日雇いである。

九月五日　記載なし。

九月六日　火曜日

レクサムに宿泊。レクサムは賑やかで広くて整然とした町だ。この町にはとても大きくて壮麗な教会がある。また有名な市(いち)も立つ。

九月七日　水曜日

一同、チャーク城に到着。

九月八日　木曜日

我々はサンフライアディィルのワージングトン博士宅にやって来た。もてなしはお粗末ではあったが、屋敷は悪くはなかった。宅地は小川のほとりにありとても快適であった。この小川の土手は向こう側で高く盛り上がり、そこでは緩やかに傾斜する並木が日陰をつくっている。日陰、せせらぎ、そして静寂が思索を誘う。町は古くてとても寂（さび）れているが、市が立つものと思われる。この屋敷で旧約聖書のウェールズ語への翻訳がなされた。ウェールズ語の「詩篇」はプライス大執事によって書かれた。それは格調高くはないが、極めて逐語的で正確であると考えられている。我々はオスウエストリーを通ってサンフライアディルにやって来た。この町はそれほど小さくもなければ寂れてもいない。教会は、遠くから眺めただけであるが、町の現状からすると大きすぎる建物であるように思われる。

九月九日　金曜日

一同で滝を見に行ったが、その滝はとても高く、雨が降ると水量が非常に増える。滝に水を流すために作られた溜池がある。滝が岩に穴をあけている。その滝を見るために造られた小屋がある。滝を見ようと近くまで登るのはかなり困難であった。リトルトン卿は滝の近くまで行ったが引き返して来た。我々は戻って来てから火を通していない食事をした。そして、医者の警告にもかかわらず、その日のうちにシュルーズベリーへ向かった。

九月十日　土曜日

私はグインを呼びにやり、彼が町を案内してくれた。城壁は崩れていて、チェスターの城壁よりも狭かった。町は大きく、紳士の邸宅がたくさんあるが通りは狭い。私はテイラーの蔵書を見た。一同でクオリー公園へ行き、川沿いをとても気持ちよく散策した。宿屋はまずまずだった。

九月十一日　日曜日

一同で聖チャド教会へ行った。とても大きく明るい教会である。ついでカースル・ヒルへ行った。

九月十二日　月曜日

アダムズ博士を訪問。我々は自治区ではあるがとても侘しい町ウェンロックを通ってウスターへ向けて旅を続ける。正午にはブリッジノースに着いて、その町を散策した。町の一角は高い岩の上にあり、別の一角は川べりの低地にある。古い塔があり、歪んで大層傾いていてそばを通るのが恐ろしいくらいだ。午後、スタッフォードシャーのこぢんまりとした町、キンヴァーを通った。この町には通りが一つしかなかったと思う。道が急勾配でぬかるんでいたのでハートルベリーで旅を止めざるをえなかったが、そこでは外見はとてもみすぼらしいものの、小綺麗な宿をとった。

九月十三日　火曜日

我々はオンバースリーのサンズ卿のところへ行き、非常に丁重な扱いを受けた。邸宅は大きく、広間はとても気品のある部屋だ。

九月十四日　記載なし。

九月十五日　木曜日

我々はとても素晴らしい都市ウスターに着いた。聖堂は非常に高貴で、多くの見事な記念物がある。図書室は参事会会議場（チャプターハウス）にあり、テーブルの上には初版と思われる『ニュルンベルク年代記』があった。ついで陶器倉庫へ行った。聖堂には歩廊がある。長い側廊はリッチフィールド大聖堂の側廊ほどは広くも高くもないようだ。

九月十六日　金曜日

我々はハグリーへ行ったが、期待していたほどの敬意や親切を受けず失望した。

九月十七日　土曜日

屋敷と公園を見物したが私の期待どおりであった。その屋敷は一〇〇フィート平方の建物である。家事室は階下にある。二階には優雅な部屋があり、その上には二段ベッドの寝室が巧みに配置されている。寝室の窓は低く、それが屋敷の威厳を損ねている。公園には人工の廃墟があるが水はない。しかし、仮設の滝が一つある。一番遠い丘からは広大な展望が得られる。

九月十八日　日曜日

一人で教会へ行った。教会の外部はひどくみすぼらしいが、植木がそれをうまく隠している。教会内にはリトルトン家の洒落た記念物がいくつかある。そこで我々と会食したのはダドリー卿とスタッフォードシャーのサー・エドワード・リトルトンと令夫人であり、彼らは皆楽しくおしゃべりをする人たちであった。私は折を見て自分の誕生日に思いを巡らせ、祈りを捧げ、それが聞き入れられることを願った。

九月十九日　月曜日

我々は全員が不愉快な思いをした場所を急いで去った。途中で我々はレアソーズへ足を運んだ。雨降りであったが、全部の滝へ行ってみた。一箇所では十四もの滝がせまい間隔で一列に並んでいる。

それはアイラム庭園に次ぐものである。哀れなことにシェンストン〔詩人、造園に熱中して窮死〕は一度も年金をもらったことがない。この人に年金が出たという証拠は十分にはないのだ。貧困のうちに亡くなったのではないかと思う。一同、バーミンガムに着き、私はヘクター〔ジョンソンの旧友、バーミンガムの医師〕を呼びにやった。彼は元気だった。

九月二十日　火曜日

我々はヘクターと朝食をとり、混擬紙(パピエマーシェ)工場を訪れた。ここで用いられる紙はなめらかな白味がかった褐色である。ワニスはトリポリ石で磨かれる。ヘクターは私に茶盆をくれた。我々はそれからボールトン〔機械技術者、起業家、ジェイムズ・ワットの同志〕のところへ行った。ボールトンは非常に丁重に我々を自分の工場に案内してくれた。私はそこの機械をはっきりと見ることができなかった。ボタン十二ダースが三シリング。スプーンが一気に打ち出されている。

九月二十一日　水曜日

ヘクターが再び我々のところへやって来た。我々は難なくウッドストックに着いた。

九月二十二日　木曜日

一同でブレナム宮殿とウッドストック公園を見物。公園はおよそ四平方マイルで二五〇〇エーカーの広さがある。そこにはアカシカがいる。ブライアント氏〔モールバラ公爵秘書〕が非常に丁重に私を図書室に案内してくれた。ドランドスの『神的奉仕規矩』(一四五九年)、『ラスカリスの文法』初版、印刷状態はよいが後の版よりはるかに劣る。初版の『蛙鼠合戦(あそがっせん)』。モールバラ公爵はスレイル氏にうずらと果物を贈った。夜になってオックスフォードに着いた。

九月二十三日　金曜日

我々はコウルソン氏〔ユニヴァーシティー・カレッジ上級研究員〕を訪れた。奥様たちは大学を散策した。

九月二十四日　土曜日

便通あり。一同でコウルソン氏と会食した。ヴァンシタート〔オックスフォード大学民法欽定講座教授〕は私に不安を訴えた。数日後、我々は(ビーコンズフィールドの)エドマンド・バークの家に行き、そこで国会の解散を聞いた。一同、帰宅することにした。

2　ジョンソン博士とのウェールズの旅

スレイル夫人

〔一七七四年〕

七月五日

ウェールズへの旅立ちだ。私たちはジョンソン氏と私どもの長女を伴って、ストレッタムから我が家の馬車と四頭の駅馬で出発した。バレッティ〔イタリア人、ジョンソンの友人、語学者〕がロンドンまで同行し、彼とはそこで別れて、馬を替えてバーネットのマイター亭まで来た。この店はレイド夫人〔スレイル夫人の夫ヘンリーの妹〕の召使い（メイド）が開いている店であり、私は彼女に同夫人への手紙を託した。セント・オールバンズで私たちは夫の親類のラルフ・スミス夫妻に温かく迎えられた。夫妻からは火を通してはいないが美味しい食事をご馳走になった。その後、夫妻とやっと別れて同じ町の別の家に住む夫妻の姉のところに来た。そこでは彼女とその息子に引き止められて一緒にお茶を飲んだ。ここで私は野生のキジが飼育されると、羽根が明らかに退化するのを初めて目の当たりにした。午後はダンスタブルまで走り、そこで一夜を過ごした。この一日に学んだり目にしたり行（おこな）ったり知ったりしたことといえば、常に変化しつつも常に強烈な感動を味わいながら家から四〇マイルの距離を通り過ぎたことのみだ。すべての道標、すべての茂み、ほとんどすべての石からさえはるか昔だが忘れられないあの頃のことを思い出し、それ自体は楽しくなかったかもしれないが青春の陽気さと今は亡き人々――その中には今生きている人よりもはるかに親しみを感じる人もいる――の思い出とのつながりから懐かしい出来事を回想した。ここで私は叔父さんと狩りをした、ここで私は父と釣りや散歩をした、ここで私に甘すぎると言って祖母が母を叱った、ここで馬車に乗ったやさしいソールズベリー奥様がお気の毒にも気を失ってしまい、トマス様には言わないで、お体に障るといけないから、と私に言ったんだわ、ここで私たちの馬車がひっくり返ったんだ、さらにはこの場所で私が馬鹿げた詩を作り、それを私のもっと馬鹿げた友達が褒めてくれたんだわ、等々。

七月六日

朝、ストークスのお宅に行った。この人は叔父の馬の売買を仲介しており、このお宅にはよくお邪魔したものだ。そこで昔話をしていると、六時には起きましょうよと言っていたジョンソン氏がやっと起きて来た。だが、かれこれ十時になっていたので、私たちは同行者たちのためを思って、メリデンの宿までですと強く言った。リッチフィールドまで行くのは同行者にはとうてい無理だと思ったから。私はその手前で泊まることを彼らのために強く望んでいたし、そんなに長い行程を旅したことが生まれてから一度もない私の娘にとっては、つらい一日がかりの旅になるだろうということが私にはわかっていたのだ。しかし、夫は自分たちが駅馬車に乗るという手があると言い出して、旅程を短くしたいと言っておいた私の意向よりも自分たちの都合を明らかに優先させたので、私は終日不愉快だった。もっともそれと気づかれるような言動はしなかったはずだが。ジョンソン氏はずっとご機嫌で、日中よりも夜間の旅のほうが断然楽しいですよ、などと幾度も口にした。私たちがリッチフィールドの宿屋に入るとすぐに時計が十二時を打った。私はクウィーニーのことを思うと複雑な心境だったが、口に出すことははばかられた。娘が風邪を引こうが引くまいがたいしたことではないと何度も聞かされていたからだ。こんなわけで、娘は軽い風邪で目を腫（は）らしながら床に入った。

七月七日

翌朝、乗馬服を脱いで部屋着とナイトキャップで宿の談話室に降りて行くと、ジョンソン氏にもっと華やかで明るい服に着替えるようにと二階に追い返された。言われたとおりにすると、まず初めにグリーン氏に紹介された。氏はあらゆる自然と人工の珍品の小規模だが興味深い蒐集品（コレクション）を持っており、なかでも脈拍管（パルスグラス）は今まで見たことがないほどに希薄化と凝縮の威力を実証していた。ここで私はこれまで目にしたことのない多くの物を見て、ポケットには目録（カタログ）を心の中には新しい印象（イメージ）を持って退出したのだが、その印象は目録を見ればいつでも思い出すだろう。私たちを珍品でもてなしてくれたこの紳士は、莫大な知識と人を喜ばそうとする過剰な熱意の持ち主であり、このような熱意は学識とか輝かしい能力がいっさい伴わなくても、必ずや意図した効果を生み出すものだ。仲間内での評判のために多少なりとも尊敬すべき役を与えられている人物においてはなおさらだ。大聖堂の礼拝では、私たちをもてなすためにグリーン氏の指揮で賛美歌が歌われ、食後の一時間がしかるべく過ぎていった。大聖堂は狂信者たちの蛮行の歴然たる痕跡を残しており、彼らの意図に反してこれらの痕跡は大聖堂をいっそう尊いものにしている。私はジョンソン氏の生家も訪れた。私の心は非常に深い感動と喜びで満たされたので、たとえバチカンを見るためだとしてもそこを立ち去るのを残念に思ったことだろう。挙句のはてに、私はそこでの印象を思い起こすたびにそこで得たあらゆるイメージを繰り返して想起するまでになっていた。ミセス・ルーシー・ポーターと会ったのは、町にある気持ちのよいお宅で、夫人が友人たちとポーカーをしているときだった。夫人は私たちを大喜びで丁重に迎え入れ、ジョンソン氏の肖像画とご自身の亡き母の肖像画を見せてくれた。ミセス・ポーターがその絵はよく似ていますと言ったので、私はそれを見ることができたのをこの上なく嬉しく感じた。この夜は最後にストウ・ヒルにあるアストン嬢のお宅を訪れた。私が思うに、そのお屋敷とその持ち主の双方には幾ばくかの威厳とかなりの偏屈さがある。しかし、アストン嬢は私たち全員に対してとてもよくしてくれたし、ジョンソン氏には敬愛の念を抱いている様子だった。彼女は育ちのよい女性であり、往年の美女の名残（なごり）がある。高貴にして丁重なのだ。

七月八日

朝はこの町の医者であるダーウィン博士との朝食から始まった。博士はこの町に優雅な屋敷を構えており、そこで私たちをとても親切にもてなしてくれた。それから私たちはニュートンという人が所有する東インドの珍しい品々を見るように勧められた。ニュートンは私たちのために非常なる熱意をもってその珍品を見せてくれた。ここで私はそれまでに見たことがないインドのコインを何枚か見た。ダーウィン博士のお宅には、リンゴの木ほど高いバラの木があって、木いっぱいにバラが咲いている。私は百まで数えたが、数え残した花が多すぎて全部でいくつあるのか推測するのも嫌になってしまった。グリーン氏が私たちと食事をし、それからステンドグラスが何枚かある古くて奇妙な修道院で私たちはコブ夫人とお茶を飲んだ。そこには古い告解聴聞席もまだ立っていたと思う。私たちの宿でピーター・ギャリック氏が夕食を共にした。氏が俳優の弟にあまりにもよく似ているので、私は敢えてそれを口に出した。コブ夫人が、奥様、あの兄弟はふたりのソスィア〔ドライデンの喜劇『アムフィトリオン』の登場人物〕ですわ、と言った。ギャリック氏は今は亡き私の母に目の辺りがさらに似ており、そのことを私ばかりでなく私どもの娘と召使いたちも口にした。夫は今日フィシェリックのドネガル卿のお屋敷へ出かけ、一方、私はニュートン氏宅で素晴らしい品々を見せてもらった。今日は七月八日。ニュートン氏の蒐集した古い漆器(ジャパン)は私が今までに見たうちで飛び抜けて素晴らしいものである。

七月九日

私たちはリッチフィールドを発った。この町は初めて見る町だったたし、今回の滞在もわずか三日間にすぎなかったが、私には去りがたい町だった。迎えられるにも別れるにも心がこもっていたから。朝早くまだ殿方が支度をしている間に、私はミセス・ポーターに別れを告げに行った。彼女のあふれるほどの心遣いにはとても感激していたのだ。ギャリック氏が私たちと朝食を共にした。氏は宿に来て私たちにあらん限りの丁重さであれこれ世話をしてくれた。やがて私たちは氏と私たちのもう一人の新しい友人であるグリーン氏に別れを告げて、いよいよサドベリーへ向うことになった。同地で食事をして馬を取り換え、とても美しい田園地帯をアシュボーンのテイラー博士のお宅へと進んだ。私は気分が晴れなかった。クウィーニーの咳が私の心と頭を悩ませるのだ。私にはとうてい耐えられそうになかった。テイラー博士は私たちをとても優しく迎えてくれ、私たちは博士の庭の見事な滝を見せてもらったのだが、タウン・モーリングの滝ほどではない。

七月十日

私たちは教会へ向かったが、そこにはテイラー博士の立派な信徒席がある。実際、博士の身の回りにある物はすべて優雅で素晴らしい。彼はとても素敵な絵画を持っているがその美しさはわかっていないし、立派なハープシコードを持っているがそれを弾かせるために若者をよその町から呼び寄せてもいる。庭園の一隅には滝が音を立てて流れ落ちており、囲い地には鹿を、動物小屋ではキジまで飼っている。州一番の馬車馬もいれば、私が思うにイングランドで最大の角を持つ牛、特に巨大な体躯(たいく)の雄牛までいる。食卓にはご馳走が豪華に並べられ、ワインはすべてその種の一級品ばかり。博士の知り合いはといえば――この地の名士たちに違いない。今日はそんな人々の典型と出会った――お粗末きわまりない紳士淑女ばかりだ。クウィーニーはこの日スコッツ錠(ピル)を四半分飲んだ。これがどんどん進行する娘の咳を止めることを私は願っていたのだが、その薬のおかげで娘はとても安らかな夜を迎えて、咳には一度悩まされただけで済んだ。

七月十一日

私たちはアイラム庭園に案内された。この場所のことはよく耳にしていたし、私の期待ももちろん大きかったのだが、すべて期待どおり、いや期待以上でさえあった。樹木で覆い尽くされている非常に高い二つの岩山が心地よい谷を形づくり、その真ん中を川が流れており、この谷が、文字どおり、円形劇場のようであった。そのはずれに、裾野(すその)が周囲三マイルで、それと釣り合っている高さの丘がすっくと立っていて全景を堂々と見せている。ここ全体が庭園であり、この国のすべての庭園のすべての装飾よりも大きな驚きと喜びを見る者に与えてくれる。この日は暖かかったが雨が降っていて、クウィーニーはかわいそうに膝までずぶ濡れになってしまった。そこにいる間じゅう雨は降り続き、娘の咳は止まらなかった。ただ咳が出るだけでそれ以外は特に具合は悪くはなかった。しかし、ポート氏のお宅で私が娘の靴と靴下(ストッキング)を脱がしてやったのだが、そこのご主人も召使いも手際よく世話をしてくれた。靴も靴下もほぼ完全に乾いたので、クウィーニーの風邪は悪くはならなかったと私は少しほっとしたのだが、夜になると話は変わってしまった。娘は二時に目を覚まして三時まで咳をし、再び五時に目覚めて六時まで咳をし続けた。しかし、娘は気持ちも体もしゃんとしており、食べ、動き、いつものように笑い、明日何があるのか待ちきれないようだった。

七月十二日

テイラー博士が私たちをチャッツワースに連れて行ってくれたが、私には楽しめるものがほとんどなかった。ここの滝は人工的すぎるので、本物の岩山から水が勢いよく流れ落ちて本物の川に飲み込まれて行くのを見慣れている私たちの目には満足できない。その他の噴水の類は、寄宿学校の女生徒たちが友達の服を濡らして楽しむ程度の幼稚な玩具にすぎない。アイラム庭園を見た後では、他のすべての庭園の評価が地に落ちてしまう。そしてここのお屋敷は壮麗さ、使い勝手、そしてほどよい装飾などの点で今までに見てきた数多くの邸宅より劣っている。私たちはイーデンソーのお粗末な宿屋に泊まったが、クウィーニーは風邪を引いて以来最良の夜をこの宿で過ごした。娘は八時半から四時半まで一度も起きずにぐっすりと寝た。それ以後実は咳が出たのだが、今やすっかり元気になってそれをものともしなかった。こんなにうるさくてこんなに嫌気のさす宿は今までなかったと思う。無作法な酔っ払いたちが辺りにごろごろしていて、私はベッドに入ることさえ儘(まま)ならなかったのだ。ところが、クウィーニーはここ二晩か三晩にないほど静かに休んでいた。

七月十三日

午前中に私たちはマトロック・バスまで馬車を走らせた。テイラー博士はこの地ですべての人によく知られ尊敬されているので、私たちをアブニー氏とオークオーヴァー氏に紹介してくれた。ふたりはすぐ近くに地所を持っているごく若い紳士であり、オークオーヴァー氏は私たち全員と明日の正餐を約束した。マトロックはポート氏の庭園〔アイラム〕同様に岩山と森と川があるが、アイラムよりも川は広く、岩山は切り立っている。しかし、私たちはその岩山に登り、川を船で渡り、テーブルのあるところで一緒に食事をして、ここの無数にある美しい景色を嘆賞した。その景色は描写するにも覚えきれないほどであり、表現する言葉も尽きるほどだったと思う。しかし、私たちがアークライト〔イギリスの発明家〕とかいう人の紡績工場(コットンミル)へ進んでゆくにつれて頭上には険しい岩山が多くなり、水の流れは数を増す岩間をほとばしった。アークライト氏の機械装置における創意工夫は、私たちが今まで見てきたいかなるものにも劣らぬ実に驚くべき新奇の趣向だ。ダービシャーには疑いもなく人工と自然の勝利品がすべて揃(そろ)っている。この工場には私たちの新しい友人であるオークオーヴァーとアブニーが同行した。二人は私たちが気に入ったようだ。ここでマトロックにいるとき起った嫌な出来事を述べなければならない。サクランボを売り歩いていた少女がかわいそうにも突然猛烈な勢いで脇を駆け抜けた駅馬車に撥(は)ね飛ばされて大怪我をしてしまったのだ。いやはや。アークライト氏の工場から私たちはアシュボーンへと馬車を走らせた。アシュボーンを私は今では「我が家」と呼んでいる。テイラー博士のもてなしと親切はそれほどのものなのだ。だからここで私はクウィーニーの看護ができる。娘の咳はまた激しさを増したようだが、その理由はわからない。この日はとても天気がよく、実際サリーを出てから最初の好天だったのだから。そして、私は危うくこのことを記録するのを忘れるところだった、その恐れはしばしばあったのだが。

七月十四日

この夜はクウィーニーにとってつらい夜だった、もちろん私にも。私は三時まで娘と一緒に起きていた、熱がそれまでとても高かったのだ。その後はひどく汗をかき、朝には回復していた。私は娘に「グローバーズ・ソールト」をたっぷり飲ませ、これが今まで与えたどの薬よりも娘を楽にしてくれた。しかも、私たちがオークオーヴァー宅での食事を約束していたにもかかわらず、私は敢えてそうしたのだった。この食事には二十二人が同席した。ここで私はラファエロ作とされている有名な絵画を見たのだが、この絵に対して所有者のオークオーヴァー氏は千四百ポンドの買値を提示されている。それは「聖家族」で、保存状態もよく本当に素晴らしいものだ。これは食卓の話題としてまたとないものだったが、いかんせん話題を転じにくく、退屈させないようにあらゆる手を尽くしたにもかかわらず、やがてその場が重苦しくなっていった。ついで、皆でオークオーヴァー氏の礼拝堂を見に行った。婦人たちがオルガンを弾いたり、ある男やもめが建てた翼のあるヒューメン〔ギリシャ神話の婚姻の神〕が松明(たいまつ)を吹き消している彫像について、様々な気のきいたことを口にしたりした。夜、私たちは「我が家」――アシュボーンを今や私たちはそう呼んでいる――に戻った。そして私は娘のベッドの傍らに座り、娘の咳は治(なお)ると自分に思い込ませるためにこの日記を書いている。今日は一七七四年七月十四日。

七月十五日

ところが、娘にはぞっとするような一夜となり、明け方の四時か五時頃まで一睡もできなかった。私自身はそれからしばらく休んだのだが、ひどく驚いたことに、私たちが朝になって目覚めると娘の咳はほとんど治(おさ)まっていた。この日、私たちはディオット一家の訪問を受けた。殿方は酒を飲み、御婦人方は歌ったり、テイラー博士の素晴らしいハープシコードを弾いたりした。その間に夫はメイネルのキツネ狩り用猟犬(フォックスハウンド)を見に馬で出かけた。夫が言うには、とても素晴らしい猟犬とのことだ。午後、私はジョンソン氏に連れ出されて氏の親戚とお茶を共にした。その方はこの町に住んでいるフリント夫人とかいう人で、夫人には娘が一人おり、私の亡くなったルーシーにとてもよく似ていたので私の目には涙が浮かんだほどだった。この可愛らしいお嬢さんも奇妙なことに頭痛に悩まされている。それを聞いて私はひどいショックを受けた。さらに私は旧友のヘイン夫人と妹のヒースコート夫人を訪問したが、ヘイン夫人の苗字は今ではデイルに変わっている。二人は食事中だったが私との再会を本当にとても喜んでくれたので、私はアシュボーンを発つ前にさらにもう一時間二人と一緒に過ごすことを約束した。この夜、クウィーニーは眠れなかったこれまでの幾晩かを十分に取り戻した。九時に床に入って十二時まで身じろぎひとつせずに眠り、それから三度咳をしたのでまたぶり返したのかと思ったが、それも十五分で治まって、朝になって時計が八時を打つまで全く目を覚まさなかったのだ。娘についての心配はいまやすっかりなくなったと思う。

七月十六日

午前中、私たちはダヴデイルの絶景を見に出かけた。同行者は当地の名所遺跡を案内するのに慣れきっているこの町の教師ラングリー氏と、見物と自己啓発のためにイングランドを旅行中の二人の青年、ギルピンとかいう人とその友人のパーカーで、さらにテイラー博士の従者であるフリント氏が抜けられない約束のある博士に代わり、私たちの案内役として加わっていた。これらの殿方がジョンソン氏、夫、娘と私の世話をしてくれた。私たちは心から満足しつつ岩山に登った。一歩登るたびに景色が変わって、忘れがたい風景が私の心を満たしてくれた。この国の自然が誇るすべてのものがダヴデイルに集約されていて、アイラムの優雅さとマトロックの絶壁の両方を凌駕している。川もまたダービシャーで見たどの川の水よりもきれいで透明である。ダービシャーは一マイルも行かないうちに必ず激しい流れがなめらかな石の上を滑っていき、凸凹の石の上でゴーゴーと音を立てているのを耳にする所なのだ。ダヴデイルの岩はこれまでに見てきたあるいは少なくとも記憶しているうちで最も大きいものであり、レナーズ・ホールの正面にある岩山は殊に雄大で、アーチを通して見える真向いの山の眺めは抜きん出て魅力的だ。川幅がとても狭くて両岸の岩がほかのどこよりも特に接近している場所をラングリー氏は狭間（ストレイツ）と呼んだが、そこで両岸を結ぶアーチを川越しに造り、その上に東屋（サマーハウス）を建てたら非常に便利だろうとジョンソン氏は言った。私どもの召使いのサムは洞窟の中でブラックバードを捕まえたが、私たちはそれを放してやった。ついで、ラントン首席司祭が転落死した断崖にも案内してもらった。私たちは同様にもう一つの断崖に案内されたが、そこからの眺めがとても恐ろしくてある婦人が気を失ってしまい、そこにいた紳士がとっさに抱きかかえて助けてくれなかったら真っ逆さまに落ちていたことだろう。ダヴデイルが見る人に与える感銘で唯一欠けているのは水である。ダヴ川の流れは両岸の岩には狭すぎる。これらの岩はポー川〔イタリア最長の川〕の岸に立つのにふさわしく、このダヴ川は深くもなければ広くもない。しかし、この流れはあらゆる川の中で最も澄んでおり、渓谷に甘美なせせらぎの音を響かせている。この日の夕べを私はデイル夫人とヒースコート夫人という二人の旧友と共に過ごした。昔話を思う存分聞いたり話したりして少なからず友情を確かめ合い、喜びを分かち合ったことは言うまでもない。クウィーニーの咳は今では考えなくてもよくなったし、この子には少し回虫の悩みもあるのだが私はあまり気にしていない。もう大丈夫だと信じているが、自分の服装や子供や健康や心に浮かんでくることを話せる人がいないというのはとても悲しい。周りにいるのは殿方だけ。その前では形式張った会話以外はすべてを抑えなければならないし、彼らはあらゆることを褒めるかさもなければ貶すだけ。ここで私の手記は、同志であり旅の道連れであり、「母上」でもあれば心友でもあり、私のトランクに物を詰め、私の心配事をすべて癒してくれた婆やでもあったかの人を喪ったことへの滂沱たる涙で濡れてしまった。母との会話は心を明るくし、母の意見はすべてこの上ない賢明さによって十分に考え抜いたものだった。この世をさまよえば母への追慕は薄らぐだろうとはかなくも期待していたのだが、今私は放浪の路上で誰と言葉を交わせばいいのだろうか。旅から戻ったとき私の冒険談を誰に語ったらいいのだろうか。私が目にするあらゆる場所、私が耳にするあらゆることがすべて「母上」を想い起こさせ、私の不安をまたもや煽りたてる。

七月十七日

日曜日なので教会に行った。御婦人方が数人正餐にやって来て、私たちはディオット夫人一家とお茶を飲んで一夕を過ごしたが、格別のことはなかった。しかし、今日の正餐ではある一家の歴史が語られ、私は深い感銘を受けた。この近くに年二百ポンドの実入りがある大地主が住んでいる。この人は再婚して息子が三人いた。最近、彼の長男に年千五百ポンドの地所が遺贈されたが、それには遺贈した大伯父の名を継いでオークオーヴァーを名乗るべしという命令が付されていた。次男はといえば、現在年二千ポンドの収入があるのだが、これは親戚でも何でもない彼の代父（ゴッドファーザー）が彼に遺（のこ）したものである。さらに、再婚後の妻との間に生まれた三男坊は、サー・エドワード・リトルトンのすべての地所と遺産を受け取ることになっているが、これはサー・エドワードの姪であるその三男坊の母親の権限によるものである。この三兄弟の長兄こそが私たちの友人オークオーヴァーその人であり、その邸宅で私たちは正餐をご馳走になったのだ。

七月十八日

午前中オールソップ氏を訪問した後、私たちはゲル氏のお宅で食事をした。このゲル氏に対して、私の嫌悪感が今までにないほど突然急激に高まってきた。見るからに老いさらばえて著しく醜悪なこの男ときたら、私が見るところ、何にもわかっていないのにあらゆる話題について大げさかつ大声でしゃべりちらし、気取っているが品がなく、無知なくせに自信たっぷりで、機知のない皮肉屋、経験の乏しい老いぼれ、ありとあらゆる嫌な性質の混じり合った男、理神論者（ディーイスト）、低能、男の風上にも置けない御仁なのだ。この男は六週間前にまだ十六歳にもみたない近所の無知な娘と結婚していたので、私たちが訪れたのは結婚を祝っての訪問だった。新婦は良家の子女らしく、まずまずの器量よしで持参金もまずまずらしい。笑えるのは、彼女が彼氏を見るからに心から愛していることで、どうやら彼女の貧弱で卑小で狭量な心が人を愛せる限度いっぱいに彼をひたすら愛している様子。以上、私たちがこの日を共に過ごしたゲル新郎新婦の描写でした。

七月十九日

私たちはいつもより早く起きてケドルストンとダービーへ行った。ダービーで食事をして夕方にはテイラー博士のところに戻ろうと思ったのだ。まず、ケドルストンに行き、そこで家の新旧を問わずこれまで見てきたうちで最も豪華な家具とこれ見よがしの富を目の当たりにした。絵画は値打ちのあるもので、大広間は予想以上に華やかで筆舌に尽くせないほどだ。華やかさにおいてスカーズデイル卿のこのお屋敷に匹敵するものは見たことがないし、これほどに虚飾趣味の装飾も見たことがないと思う。この派手な大邸宅のきらびやかさにはそれなりの価値があるのだろう。とはいえ、よく考えられた心地よい部屋の配置もなければ、上品な調和も誇るべき巧妙な光の活用もなく、ただ莫大な金銭があれば贖（あがな）うことができるが、明らかに同じ金額で売り払うこともまたありうる代物ばかりだ。印刷された彫刻と絵画の目録を渡されて、「クロード・ロレーヌ」にあらで「クロード・ローレンツ」

と出会ったり、ジョンソン氏が、それが何だったかは忘れたが、ひどい時代錯誤（アナクロニズム）を指摘したりした。ところが、屋根裏に上ってみると様子が一変してあきれるばかり。天井がいやに低くて薄暗く、階下の部屋のこれ見よがしの華やかさとは著しい対照ぶりなのだ。階下で目が眩（くら）み階上で目が見えなくなった後、私たちはダービーへ馬車を進め、その地で製糸場（シルクミル）を見た。ここで私は「中国リボン」がなぜそう呼ばれるのかを知った。全く縒（よ）られていない一部の中国絹がこのリボンのために織られて大成功したのだ。このリボンは比類なく柔らかいのだが、中国絹は最良あるいは極上のものからは程遠いそうだ。ベンガル絹も同様に品質は劣っており、イタリア製があらゆる点で一番で、ペサロのものがイタリア製の中でも最高である。私はこのようなことをもっと聞くはずだったが、そこの嫌な臭いが強烈すぎて気分が悪くなり、その機械を見せてくれた男と話すこともほとんどできなかった。ここで見られるすべての機械類よりも、マトロックの近くにあるアークライト氏の紡績工場の機械のほうがよほどよく作動している。今日の午後、私たちは一時間の暇を見つけてメイネル氏の犬の飼育所を見に行った。ここには今までに見てきたうちで最も狩りに熟達したキツネ狩り用猟犬がたくさん飼われている。

七月二十日

私たちはテイラー博士とアシュボーンに別れを告げた。ここで私たちは身に余るほど丁重にもてなされたし、テイラー博士はとても威厳があり、その丁重さはもったいないと人に感じさせるほどの人物であった。博士は皮相な観察者の目には最も幸福な人種の一人と見えるだろう。孤独を楽しむに十分な知識があり、社交を楽しむに十分なお金——人生のあらゆる安楽と贅沢さえも贖える財力があるのだ。その贅沢とは、絵画、音楽、書物、親友であり、さらには隣人たちへの支配力と、私が理解するところ、かなり広範囲にまで及んでいる威光である。これあるがために博士の周辺にいる立派な人たちも博士を見下すのではなくて仰ぎ見ることとなり、さらに尊敬を無理強いし、博士はそれを喜んで受け入れているわけだ。しかし、この人は、野望と怠惰の間で揺れながら、羨望の的になることを免れている。支配力を確保するために、博士はときには自分の財産を減らすことになっても、借地人たちに安い地代を認めて周囲の人々を満足させざるを得ないこともあるし、総選挙ともなれば票を支配できる少数の人々の気紛れと偏見にしたがって仲間を選ばざるを得ないときもある。要するに、博士は他人がご機嫌取りをしたいと思う人物であり、仲間内から外されて前より広範囲な付き合いと会話の群れに入ったときには、もっと愛想よくしてもらいたいと思う人物なのだ。十一時に私たちは彼の許を辞してバクストンへと馬車を走らせた。そこは予想以上に気持ちのよい町だった。温泉場は素晴らしく楽しかった。私は十五分ほど寄りたいという誘惑に勝てなかったのだが、やがて飽きてしまい、楽しむだけにしてはあまりにゆっくりしすぎたことに気がついた。私たちは崖際と荒地を越えて旅を続け、遅くなってマクルズフィールドに着いた。ここで私は（壁に釘で固定された）ナシの木を見たが、こんな素晴らしいナシの木を見るのは初めてだった。

七月二十一日

肥沃だが不快な地域を通って、私たちはカンバーミアへ向けて旅を進めた。道はぬかるんでいて見晴らしもきかなかった。しかし、ナントウイッチの製塩所と泉は楽しかった。宿の主人の話では、それら珍しいものに敬意を表し毎年お祭りが行われていたものだったが、そのお祭りは今では廃れているという。同主人によると、人々は陽気に騒ぎながら、その珍しい天恵をもたらしたことに対して「あらゆる善の施与者」に感謝することを怠りはしなかったそうだ。いつも、「汝ら、泉よ、井戸よ、神の恵みを祈れ、神を称(たた)えよ、永遠に神を崇(あが)めよ」と言ってお祭り騒ぎを始めて、またその言葉で締めくくったからだ。次の行程で私たちはサー・リンチ・コットン邸まで行き、そこで親切に迎えられ素晴らしいもてなしを受けた。

七月二十二日

午前中、ミア湖でボート漕ぎをし、コットン邸がちょうどよく見える東屋(サマーハウス)が建っている島を見て回った。コットン邸はよいところだろうと思ってはいたが、あらゆる点で予想を上回っている。しかし、私が最も驚いたのは、ここのすべてを気に入ろうとする私の気分であり、そのために思い出したくもないようないろいろな思い出がときどき蘇(よみがえ)ってくる。家族全員をとても愛していた母が生きていた頃、私は家族の者たちの馬鹿げた言動や短所をあげつらう機会を探していたわけではないにせよ、絶えず見つけていたのだった。昨今は、皆のことを大目に見て、許されるだけ思う存分に皆のことを慈(いつく)しんで満足している自分がここにいる。この気分が何に起因しようとも、残念ながら善から生ずるものではないように思う。しかし、悪の方向へ向かうことはなさそうなのでその気分に浸ってもよいだろう。

七月二十三日

今日は馬に乗って六マイル先のシェヴィントンのキルモリー卿の屋敷まで出かけた。その屋敷には記憶に留めるべきものは何もない。内部は間取りがゆったりしているだけで、外見はまずまずだが気品や風格は完全に欠けている。しかし、所有者は文字どおりの変人だ。この男は将校の剣幕と自分の地所――この地所のことで、おそらく二十年もの間、不安であっただろう――をやっと手に入れた貴族の傲慢さを併せ持ち、陽気なジャック・ニーダムを堂々たるキルモリー卿に仕立てあげようとあがいている。私にはその男が極めて癪(しゃく)に障る御仁なのだ。この男の厳(いか)めしさは道化師にすぎず、馬鹿丁寧さは愉快ならざる謙遜の雰囲気を漂わせているだけ。態度は総じて大げさすぎるので、皆は唖然とするか、さもなければ、面白がるに違いない。自分の家をケドルストンと比べ、地所をスカーズデイル卿の地所と比べ、そして池をサー・リンチ・コットンの湖と比べるなど、その得意ぶりも甚だしい。この男の言動はすべてが、礼儀正しさでさえもが、嫌悪感を煽り助長するだけなのだ。

七月二十四日

今日は私の叔父が建立した礼拝堂で執り行われた礼拝に一同参列した。その礼拝堂はバーレイダムのお屋敷からおよそ一マイルのところにあり、そこには礼拝には向かない古びたおんぼろの建物が建っていた。それは素朴な小さなお堂で、それ相応の価値のある聖体拝領盤がある。サー・リンチが言うには、叔父には全体で六百ポンドの費用がかかったとのことだが、どれほどサー・リンチを信じていいのか私にはわからない。母が以前馴染みにしていた老婦人が数人いるのをサー・リンチが教えてくれた。私はポケットにお金が全くなくて困惑したが、いずれまたこの婦人たちには会うつもりだ。ここには母の肖像画があり、以前はちっとも似てないと皆でよく笑ったものだが、今は生き写しの肖像を見ているような気がする。人の心とは何と奇妙なものだろうか。明日は早起きしなければならない。サー・ローランド・ヒルの素敵なお屋敷と地所を見に行くのだ。日記をここまで書いて、小さな自室にいる叔父のところにおしゃべりに行ったところ、家族一同が慌てふためいていた。ここの末娘がまさに今朝、一家の友人ダヴナント大佐の息子である若い男とこのお屋敷で結婚するところだったのだ。夫とジョンソン氏は両親をなだめて丸く収めるのに一役買ったが、その若い紳士の父君と母君が激怒するだろうと思われた。そのため、新婚夫婦は今晩チェスターを通ってセウェニへ行くことに同意した。そしてコットン嬢と私は新婚夫妻とウィットチャーチまで馬で行き、それから日暮れ間近に戻って来なければならなかった。しかし、この付き添いは首尾よく行われ何の問題も起こらなかった。私たちは明日ホークストンへ行く。

七月二十五日

サー・ローランド・ヒルの屋敷はとても素晴らしくて、訪れる人に絶えず新しい場面を見せてやまない。その地所は土地柄にふさわしくとても雄大な趣で、非常に高く、岩がごつごつし樹木も茂り、その不毛ぶりを隠すように低木がふちを囲むわけではなく、かなり高くて大きな樹木が精彩を添えている。岩山は実に恐ろしく、恐怖心をそそるために最大限に利用されているわけではないが、登るには実に危険であり、岩を削って腰掛を造るにはそれほどたやすくはない。その岩山はこれまで見てきたどれよりも荒々しく、それらの多くには人が作った道もなく、遠目には全く近寄れないように思われる。しかし、こういう腰掛から最も印象的な光景を見ることができる。眼下の谷は美しい牧草地で、そこへ広がっている森のすべての断崖と共に、ホークストンの荒々しいごつごつとした岩山がその光景の前景を占めている。さらにずっと先の方へ目を向けると、広大で豊かな農地がウェールズの山々の手前で目を引き留める。その山々は非常に遠くにあるので眺めはそこで途切れる。一つの腰掛からシュルーズベリーが殊に美しく見えるし、もう一つの腰掛から見るとスタフォードシャーの丘が素晴らしい印象を与える。岩屋は広くて巧みに考案されており、くねくねと気持ちよく入り組んでいて、自然の岩が荒々しく削られ、人の手の加えられていない柱がいくつかあり、その岩から元の形が窺（うかが）われる。方解石や貝殻などの装飾がいくつかあるが、それらにはけばけばしさはないし、無分別にごたごたと寄せ集められてもいない。全体としてホークストンはこの王国で第一級の場所だと思うし、華やかな描写がなされてこなかったことに私自身驚きを禁じ得ない。しかし、言葉は物事を貧弱にしか描写できないので、言葉によって評判が広がらなくてもそれほど残念には思わない。ここは訪れるべき場所であり、訪れれば必ず驚嘆せざるを得ないだろう。しかし、完璧なものなどあり得ないように、ホークストンの近くには水がない。あるのは貧弱な水路だけだが、そんなものは近くにない方がいい。

七月二十六日

今日はとても親切に接してくれたカンバーミアに別れを告げた。私はコットン夫妻とも別れたが今まで以上にこの夫妻が好きになっていた。もっとも、サー・リンチの粗野とその妻の無知は、嫌悪から退屈へと変わる可能性があるにすぎなかったのだが。若いダヴナントとヘティ嬢との結婚は私たち一同にはこの上ない気晴らしとなった。相談すべきことや話すべきこと、そういうことを常に欠いているのが知的でない人々の大きな不幸である。しかし、今、私たちはこの夫妻の許を去りチェスターにやって来た。この地の城壁は見事な建造物だと思うが、今や全く無用となり、すっかり無視され忘れ去られているので、その上を歩く人はこう考えるだろう――いかなるものも、その強さ、大きさ、古さだけでは忘却を免れることはできないので、私たちも忘れ去られないために役に立つよう努めよう、と。

七月二十七日

今日は興味津々というよりは慌ただしく皆で市内を歩き回った。私は様々なものを見たが、その中に大聖堂があり、そこでの歌唱は並み以下だと思った。大聖堂それ自体はゴシック風に装飾が施された粗末な建物であるが、外観はとても斬新で、本物の聖堂というよりも作り物のように思われた。祭壇上部の飾りはつづれ織り（タペストリー）しかないので、全体にみすぼらしく見える。全くもってこれまで見た中でも最も貧相な大聖堂である。しかし、図書室も兼ねる参事会会議場は神々（こうごう）しい雰囲気を漂わせ、回廊はこれまで見たいかなるものにも劣ることのない威厳ある様相を呈している。

七月二十八日

この日、チェスターとチェシャーとイングランドに別れを告げ、私たちはウェールズへ進んだ。しかし、ほんの一週間のみでその地を去るとはいえ、一つの場所と一人の人物に全く言及しないで満足しているわけにはいかない。その場所と人はすぐに思い出せるいかなる場所や人々にも増して注目に値するのだ。場所とはダービシャーのプールズ・ホールのことで、人物とはホークストンのヒル嬢のことだ。プールズ・ホールについては、もちろん、私に述べる資格はない。出口を再び簡単に見出せるところまでしか入っておらず、この洞穴の珍しさは主にその規模にあるのだから。しかし、私が見た場所は薄暗くて天井が高く入り口のところでさえひんやりとしていたが、少し進むと暖かくなった。鍾乳石も奇妙な形で垂れ下がっているので、そこの荘厳さに極めてふさわしい装飾品のように思われた。想像力に富む人々はあまたの恐怖心を盛んに煽り立てるだろうが、冷静に観察すれば、そこに見出されるのは嫌悪感だけだろうと思う。また書き記すのを忘れていたが、ヒル嬢にも気品と野暮ったさが奇妙に入り混じっている。会話は上品だが、服装はひどく粗末で、見栄っ張りな態度ではないとしても高慢で、全体の見てくれは並の家政婦以下である。しかし、旅に出て以来、私が出会った女性の中ではずば抜けて気さくな人で、その性格は聞くところでは高潔で、物腰は願ってもないほどに柔らかい。この女性に再び会うことはおそらくないだろうから、それが残念だ。何度でも会いたいと誰もが願う人だろう。

現在のセウェニの屋敷

七月二十九日

　昨晩、私たちはセウェニ入りした。そこは少なからぬ風格を持つ旧家のお屋敷であるという印象を極めて強く受けた。お屋敷に対する満足感は有り余るほどの空間にその源があるように思われる。そして、ここには玄関の広間や柱廊があるが、それは使用が目的ではなくて、単に堂々と見せたいがためにあるように思われる。その柱廊は端まで私の歩幅でぴったり七十五歩である。当地へ来る途中、私たちはモルドでひと休みして軽食をとり、そこで教会を見物し記念碑を見たが、それはある愚か者がお世辞は嫌いだと公言して自分のためにに建てたものだ。私たちが通って来た地域には独特の美しさがあり、目にしたのは山ではなく、天辺まで耕(たがや)された斜面で、見たところとてもサセックスのサウス・ダウンズほどの高さはなかった。今朝、私たちはバハグライグまで行くことになっていたが、天気がとてもひどくて、少なくとも女性たちには外出は不可能であり、夫は私を出し抜いてコットン氏と二人で出かけてしまった。夫は戻って来るとすぐにそこは思った以上によかったと言った。明日になればわかるだろう。

七月三十日

私は自分の地所を見に行った。予想以上にひどいと思った。考えていたほど家は広くはなく、森には木が茂っていなかった。しかし、家の中には素晴らしい部屋が三つあり、その部屋の上部には屋根の外を覗(のぞ)くような形でハトの出入り穴がいくつかある以外はほとんど何もないようだし、すべての部屋の上部にはこっけいなランプがそこに上るためのはしごと共にあった。蛇にかまれたイスラエルの子供たちを描いた絵は私の考えていたものとは違っていたが、その絵と煙突上部にあるそれと対をなす絵は、板に描かれた実に素晴らしく思われるエッケ・ホモ〔いばらの冠をかぶったキリストの肖像〕と共に、かなり価値のあるものかもしれない。その家の壁と屋根は何世紀も持ちこたえると思われるほどがっしりしており、そのようなよい状態にあるので、そうしたければこの屋敷は実に楽しいところになるだろう。林間の空き地は屋敷前の牧草地のへりを流れる川の方まで容易に広げられるだろう。そして、玄関に面して、イニゴ・ジョーンズ〔イギリスの建築家〕が架けた一本のアーチ状

18世紀のセウェニの屋敷

バハグライグへの道標

の橋がある。森は裏面の両側に日陰を作っているので、そこを通るとても心地よい歩道をわけなく作ることができるだろうが、運悪く、よい部屋はすべてこちらの面に向いている。というのも、その家の前方には私がこれまで見たことがないほどの素晴らしい景色があるのだ。しかし、玄関の真ん前に建てられた門番小屋は視界を完全に妨げる恐れがあり、その脇にある倉庫はどんなに有用であっても、全体に対する美観を全く添えていない。上部を取り去って、その場所に立派な部屋をいくつか設ければその家はさらに便利になるだろうし、家族が住むのにふさわしいものになるだろうと本当に思う。私たちは敷地の一部を馬で進んだが、その敷地は素晴らしいと言われており、実際にそうだと思う。麦畑がカシの木を植えた厚みのある生垣に囲まれていて、この生垣は日光を遮（さえぎ）り、麦の成長を妨げるほど長い影を落とすと言われている。私が最初に見たときに思ったよりもはるかに大きな森がある。

七月三十一日

今日、私たちはセント・アサフ大聖堂の礼拝式に出席した。歌唱はひどく貧弱だったが、聖歌隊は心配していたほどお粗末ではなかったたし、その聖堂全体の様子は実に立派で、チェスター大聖堂と比較してもほとんど遜色はなかった。主席司祭が説教をし、主教様が私たちを祝福してくれた。主教様は私たち一同を主教館に招いてくれたが、そこは主教様が言ったとおり、ここよりもっと開けた地域にあったとしても十分称賛に値する立派な主教館であったことだろう。主教様の奥様は私たちにケーキと干しぶどうを出してくれ、正餐まで留まるようにしきりに勧めて、丁寧の限りを尽くしてくれたのだが、品のない女性である。実のところ、私は育ちのよい妻を持つ聖職者にはお目にかかったことがない。その理由は明白だ。彼らは一般に学問によって主教の地位にまで登り詰めた身分の低い男たちであるが、若くして結婚するので同程度の女と結婚することになる。夫の方はたいていはその振る舞いが向上するのに対して、妻の方は立ち居振る舞いが向上することは決してなく、立場の変化と共に人前に出る機会がより多くなり、それにつれ

往時のバハグライグ

てただただ不快感を与えるようになっていく。主教とその妻の話はこれまで。

八月一日

一同、デンビー城へ案内された。その城の立地は明るさと美しさの点でクリヴデンを凌いでいると思う。その城壁のあらゆるアーチや穴から、ある紳士の家、あるいは優雅な装飾を施した建物、あるいは荘厳な森や耕作された丘が見える。その丘には同じ斜面に囲い込み地が見えるようになだらかな上り勾配が意図的につけられていて、それぞれの光景は次の光景が目に入るまでは最も美しいと言われている。城は強固でアーチ状の門は見事に釣り合いが取れて

デンビー城（全景）

おり、その門にあるリンカン伯の彫像群は表面がそれほどひどく損なわれてはいない。つたの這う側面は城壁というよりも生垣のような様相を見せており、好事家たちが言うところの「全体的効果（トゥータンサンブル）」が微妙に心地よすぎて、古城に期待するいかなるイメージをも生み出さない。概して、その城は孤独が空想の戯れを促すときに、想像がそれ自身の楽しみのために作り出すようなものではなく、この上な

く風流な人が持つ心地よい庭園の中に意図的に建てられた廃墟のように見える。私たちはこの城から戻って、ウィットチャーチを訪れた。そこではこの谷間にあるすべての教会同様、毎年クリスマスには午前二時に明かりが灯され、喜びと心からの感謝の歌がハープの伴奏で歌われ、谷の下の方にある小さな家々にまで響き渡る。すると、ここの若者たちはその召集の合図に目を覚まし、手ごろな場所を選んで祈りの時間が来るまで踊る。日の出に祈りが始まると、しばし踊り手たちは離ればなれになる。

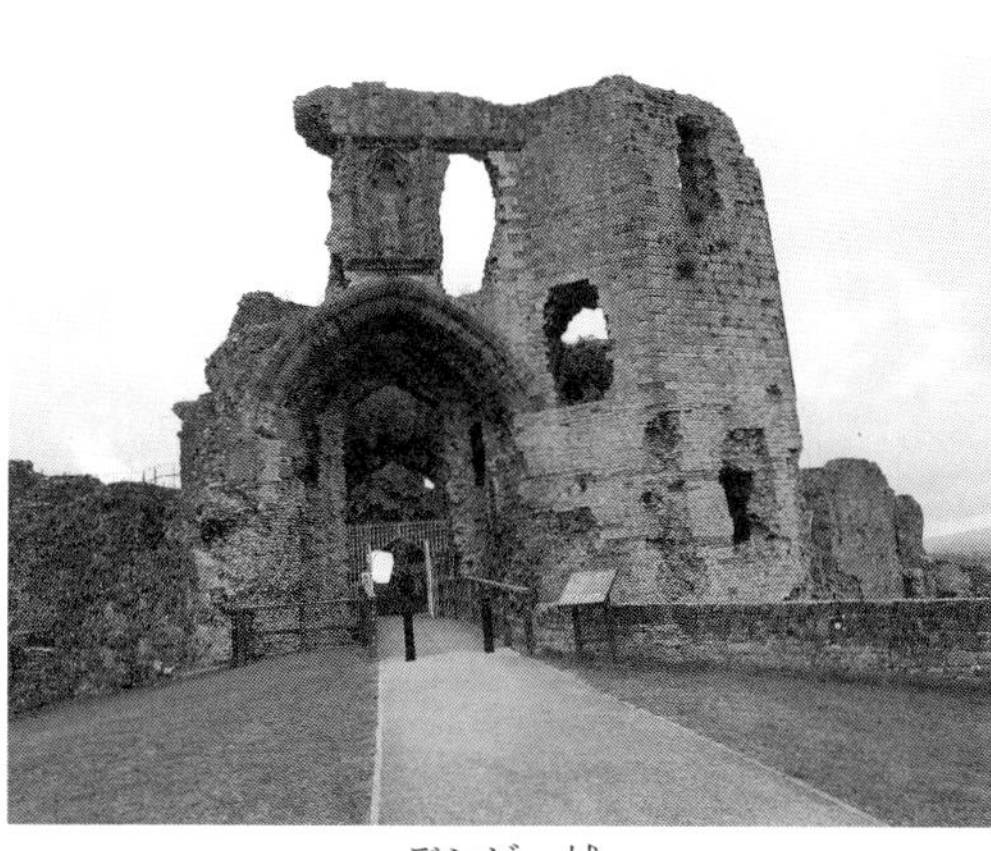

デンビー城

八月二日

今日、コットン氏が一行を森の中にある氏の東屋（サマーハウス）へ連れて行ってくれた。そこからの谷間の景色は素晴らしかった。その後、私の教区教会のあるディメルヒオンまで馬車を走らせた。そこには私の祖先の多くが、とりわけ父が埋葬されている。昨日、修道院を訪れたとき、私たちは実際さらに多くの墓を足下（そっか）にした。その修道院はデンビー城のすぐ下にあって、今やほとんどその名残がなく、セウェニのコットン氏の所有となっている。ディメルヒオンの教会

ホリーウェル

は哀れな状態で、座席はあちらこちらに転がり、祭壇の手すりは外れて落ち、聖餐式の器は白鑞（しろめ）製のみで、テーブルクロスは穴だらけ、床にはいぐさが散らばっていた。座席は悲惨な状態ではあるが、私の実家は十四席所有しており、それらは最もよいものだ。哀れな牧師は、「主よ、汝のしもべを、みことばどおり、安らかに去らせてください」〔「ルカ伝」二章二十九節〕というシメオンの言葉を引いて私に話しかけてきた。牧師は私に会ったので安らかに死ねると言った。私はこの人には唖然としてしまった。ここから私たちはデーヴィス氏の屋敷のあるサネルクへ行った。素敵なお庭と家の周りには感じのよい水の流れが一本ある。母がその家こそが最も幸福な時間を過ごしたウェールズの家だと言うのをしばしば耳にしていたので、私はその様子になお一層興味を引かれた。母は故デーヴィス夫人をこよなく愛していた。

八月三日

この日、私たちはホリーウェルへ案内され、そこでピューリタン主義が行った破壊の跡を目にした。その熱狂のあまり、哀れにも聖ウィニフレッドの像は打ち壊されて取り去られ、その泉を取り囲んでいる何かの像が載った石柱が三本壊され、石だけが水底に残っている。その石には古い迷信の痕跡があり、二、三ヶ所に赤い染みがあって、ローマ・カトリック教徒たちは、それが彼らの大好きな乙女の殉教者の血によって染められたものだと心から信じている。泉はとてもきれいで澄んでいて、飛び込みたいという誘惑に駆られるが、一分間に百トンが湧き出ていると思うと驚いてしまう。しかし、水の湧き出る早さを見るともはやその驚きは消えて、遠くにいてはとても信じられないと思われるものをその場では信じたい気になる。その流れは十九の水車を回し、下流の銅工場にも大いに役立っている。そちらの方へ皆で歩いて行き、菱亜鉛鉱をその自然の状態で観察した。また、鉄の棒を一撃で切断する場面とその強い摩擦が生み出す熱を見る機会にも恵まれた。それを私は前々から知ってはいたが実際には見たことがなかった。しかし、ストレッタムの私どもの屋敷から二マイルのところで毎日見られるかもしれないものを、そこから二百マイル離れたところで、一同が見とれてとても満足していることを考

聖ウィニフレッドの泉

えると笑いを堪(こら)えることができない。マートン〔テムズ川の南岸の地〕のソイツの銅工場もここホリーウェルにある工場と同様に興味をそそるはずだが、ここまで来て皆で驚いているのだから、このままずっと驚いていることにしよう。

八月四日

私たちはリズラン城へ行ったが、デンビーとはとても違ったところだった。城の立つ場所は荒涼とし、城の外観は荒々しく、キーキーと鳴くカモメや騒々しいミヤマガラスの住処(すみか)、城の下部には倉庫があり、アイリッシュ海を渡る危険な水路で遭難する可能性のある船への標識塔としての役目を果たしている。一方の側に聳(そび)える不毛の岩山と、もう一方の側でごうごうとなる海原に、心は監禁、勇気、あるいは絶望といった詩的心象(ポエティックイメジャリ)で満たされる。ここでダナエーが閉じ込められたのかもしれない、ここでアンドロメダが岸壁で晒(さら)されたのかもしれない、そしてここでアルキュオネが忠実なケユクスの亡骸の上で息を引き取ったのかもしれない。コットン夫人はこの場所からなかなか立ち去ろうとしなかったが、この城は夫人の幼い頃の遊び場であり、その奥まったところを度々歩き回ったことがあったからだ。ジョンソン氏は夫人にこう言った。夫人とその姉妹は亭主たちに対抗して城を強化すべきだ、そして、気迫でその包囲攻撃に立ち向かう決意をすべきだ、と。しかし、この場所から私たちはボドラザンへ馬車を走らせた。その地で、私たちは立派なお屋敷が男子の跡継ぎがいないために朽ち果てる一方であるのを目の当たりにした。そして、私は二人の息子を授けてくれたことを神に感謝した。次に注目したのはディセルス滝だったが、これまで見たうちで最高のものだった。非常な高さから流れ落ちて、その中央部で流れが分断され、それはあまりに見事なので自然のものとはまず思えなかった。戻りぎわに近所で病の床に伏している気の毒な女性を見舞った。その際に財布を出そうとしたが失くしたのに気づいた。財布には七ギニーと半クラウン貨が一枚と四シリングが入っていた。私はクウィーニーの咳が治まって以来、こんなに不機嫌になったことはなかった。そして、とても悲しくて、実のところ、その気持ちを抑えることはほとんどできなかったし、隠すことなどなおさらできなかった。

グワイナノグの館

八月五日

すぐ近くの紳士の館グワイナノグで過ごした。もとは小さな館だったと思うが、一家の暮らし向きがよくなって、最近、建て増しをした。ここで初めて真のウェールズ人たちの一団にお目にかかったが、集まっていた人たちの優雅さを自慢することはできない。女性たちは男性よりもずっと小柄で、行儀は悪く言葉は乏しい。しかし、男性は酔っぱらうことなどないし、女性は恥をさらすようなことはなかった。一同の中に将校がいれば、皆がその人を「大尉殿」あるいは「コットン大尉殿」と呼んでいることに私は気づいたが、そういう言い方はこれまで聞いたことがなかった。正餐は素晴らしかった。そしてデザートに砂糖菓子を食べた。私たちを招待してくれた紳士の兄は、前日、夫にパイナップルを贈った。そして、このもてなしは私たちのためだけになされたものと考えてもよいだろう。ジョンソン氏の名声はかくも遠くまで行き渡っており、ミドルトン氏は今までにこのような立派なお方を自宅にお招きしたことはなかったとか、自分の名誉になっていることを十分に承知しています、などと言った。

八月六日

今日、在宅中に来客あり、実際はほぼ毎日のことなのだが。この地は大いなる社交の場であり、まずまず機嫌よく過ごせる場でもある。つまり、家系の恥になるような話が話題になることもないし、意地の悪いあるいは腹の立つような噂話はまず耳にすることもない。私はこの国がとても好きだし、住民たちがもっとよい教育を受けたなら、誰もがこの人たちのことを好きになるはずだ。

八月七日

今日はもちろん教会の日ということで、ボドファリへ出かけたところ、牧師が私たちを見かけて、礼拝は英語で行うべきだと声を上げた。讃美歌を歌うことも説教もなかったが、今日は聖餐式(サクラメント)の日曜日(サンデイ)であった。驚いたことに、正餐用の器はすべて銀製であることがわかった。聖句はウェールズ語のものも、英語のものもあり、教会のあちこちに見られた。教会は便利さあるいは美しさの点で、実に、多くの馬小屋以下の有様(ありさま)だった。

八月八日

この日、主教様とその家族がここで食事をし、アクトンのヤング氏とその一家がその前にここに来ていた。私が数えてみると、お茶のときには二十四人いた。食事は別々の部屋でとった。私の見たところ、コットン氏は贅沢というよりはとても温かく人をもてなす暮らしをしているように思われるが、氏のことを当然一番よく知っているはずの近所の人たちは違う見方をしているようだ。私が思うに、氏は課税に断固反対し、倹約と勤勉によって土地を開拓するつもりだと公言している御仁である。そういう人はおそらく近所ではケチだと常に思われることになるだろうし、たとえその人が年に五百ポンドを寄付して、それが行き渡るように気を配ったとしても、もちろん強欲な男だと呼ばれることだろう。夫人はいかなる女性にもほとんどひけをとらないほどにとても気立てがよく、慈悲深く、情けがあって、おしとやかで、大いに親切でもあり、財産や容姿や知力に欠けているからといって夫に劣ることなどは明らかにない女性である。彼女は知識と富の双方において夫と同等であるが、とても柔軟で、とても優しくて、夫の健康、子供や家計にとても気を配っているので、私はこれまで知っているすべての人の中で、コットン氏が奥さんに最も恵まれた人だと心から思う。「彼らがいかに幸運であるかをわかってくれさえすればいいのだが。」〔ウェルギリウス〕

八月九日

家から手紙が来ると思っていたのだが何も来ない。私にはコットン夫人のような気立てのよさもないので、自分の部屋にさがって涙を流した。夫人は私同様に子供をとてもかわいがるが、私のようにいらいらに耐えられず泣いたりはしなかっただろう。どうして皆はいつも私より臨機応変にうまく立ち回ることができるのだろうか。

八月十日

私たちはマエスマナウ邸で食事をした。邸内には当地の半数の地主(ジェントルマン)の差配人を務めるロイド某氏が住み、私の差配人になることを強く希望している。氏の娘は気のきかない田舎娘だが、食卓で女主人役を務め、食事はすべてが上品に出された。ロイド氏はいやにこの家族のご機嫌とりをしているが、その息子はカンバーミア邸でも当家でも家族の一員のような顔をしている。夫はこの息子も気に入っているようだ。マエスマナウ邸はサー・ロジャー・モスティンの邸宅であり、ロイドが借りている。この屋敷の立地と窓からの眺めはとても心地よい。ただ、住居は二流とも言えない代物だ。男たちのどんちゃん騒ぎはあったけれど、彼らがお茶に来たときには酔った男は一人も見なかった。私たち一同は潮時（しおどき）を見計らって宿へ引き揚げたが、使用人たちも女主人もしらふだった。これは私には驚きだった。しかし、世の中はこの十五年ないし二十年で随分と開けてきて、人々はエールも飲むようになった。だから、酒を慎む唯一の理由が、ジョンソン氏がときどき仄（ほの）めかしているように、ワインの高い値段であるとしても、人々はやはりわずかの金で仲間を楽しませることができるのだろう。

八月十一日

懐かしいロイド夫人のところへ挨拶に伺ったとき、ダヴナント氏にペントゥリフェスまで同行して欲しいと頼んだ。このロイド夫人は、少女の頃よく親切にしてくれた人だ。夫人は私の夫にも会いたいという希望を述べたので、午後夫に頼んで夫人を訪ねてもらった。懐かしい夫人の願いを叶（かな）える機会ができて私は嬉しかった。今日は私たちが当地で正餐をとった最初の日だが、食卓に着いたのはわずか十二人。今日のクウィーニーはお行儀が悪く、生意気な振る舞いのために来客の前で叱られ泣き出し、ひどく恥ずかしい思いをした。そのことで娘はすっかり元気をなくして日がな一日泣いていた。サー・トマスの数人の相続人が私たちと朝食を共にした。思うに、当地には相続人が群がっている。

八月十二日

今日、コットン氏と夫は巡回裁判の開廷地リシンで食事。ダヴナント夫妻もそちらのダンスパーティーへ行ってしまい、コットン夫人、ジョンソン氏、クウィーニー、それに私だけが残され、四人で食事をして語り合った。ジョンソン氏はコットン夫人を正当に評価していない。私は夫人の気立てのよさを挙げた。ジョンソン氏は、それは事実だが、気立てのよさは彼女の生れつきの性質であって、ミツバチの巣が甘いからと言って礼を言う人がいないように、夫人の気立てがよいからと言って礼を言う人はいない、と述べた。

八月十三日

夫はクウィーニーと私と一緒に馬車で出かけた。私たちはブリッジ邸へ行き、そこで私は亡き父について素晴らしい話を聞いたが、その話は嘘ではないかと思う。でも、父の肖像画を見ると似ているところがある。母の肖像画に似ているところは一つもない。サー・トマスのものはへたな筆遣いだが、どことなく似ている。私の祖母コットンはよく似ているし、祖母の父も似ていると思う。その肖像画が祖母に似ているから。私たちは次にバハグライグの屋敷へ行った。そこでも肖像画をざっと見ようと思っていたのだが見られなかった。ブリッジが屋敷の鍵を持っているからだ。私たちは馬車で我が家の森と畑を通って来たが、それがクウィーニーにはよかったようだ。この子は昨日は元気がなく、頭痛気味で、目の辺りがうっとうしそうだったが、回虫による他の症状はなかった。浮かぬ表情や落胆した様子を見せたのは、むしろこの子が木曜日に嫌な思いをしたせいだと思う。とはいえ、昨日、スコッツ錠を半分服用していたので今朝はその効き目があった。この薬が多分この子には馬に乗せる以上の効果をもたらしたのだろう。

八月十四日

私たちはボドファリで祈りとウェールズ語の第二日課の朗読と説教を聞いた。英語を使って私たちを喜ばすこともできただろうが、それは辞退した。サンマイドゥルの美人、パリー夫人がここで食事をした。夫人はレノルズの描いたバンベリー夫人の肖像画にとてもよく似ているので、パリー夫人をモデルにしても、それ以上にそっくりな肖像画にはならないだろう。クウィーニーのまぶたは今日も重そうだ。ハリーは目のまわりに黒いあざができたと言い、ラルフは歯が生えるので痛がっているそうだが、そんなことに私がどれほど心を痛めているかを話せる人がいない。夫はどんな問題に関しても、友人、または慰安者、または助言者としても私と話などをしてくれる人ではない。日ごとに母を亡くしたことをますます痛感する。私の今の仲間たちがこうも冷静では敵わない。つまらぬあら捜しを狙う人や、話が済まぬうちに反論に汲々とする人に心の重荷を下ろすことはできない。

八月十五日

ダヴナント氏が私と同じ馬車に乗ってグワイナノグへ出発。氏がクウィーニーを小さなあし毛の馬に乗せると、馬は娘をうまく運んでくれた。ミドルトン氏はとても礼儀正しく親切で、シン半島からの帰りに氏の邸宅に立寄るよう私たちを招いてくれたので、カナーヴォンシャーとメリオネスシャーを訪問することに一同賛成した。一同にはその理由がわかっていると思う。グワイナノグの森は丘から流れる小川の両岸に覆いかぶさり独特な美しさを呈している。その丘はかなり高く、傾斜はあるが登りやすく、姿も優美である。アイラムで自然が造り出したものすべてをここでも自然が造り出している。しかし、所有者のミドルトン氏は歩道をポート氏邸とは違って、川辺の芝地にではなく丘の頂上近くの森の中に設けている。ここの川の流れもアイラムより速いが、水は澄んでいないし川幅も広くない。一言でいえば、グワイナノグの森は、アイラムの庭園同様に、その気になればいつでも手を入れて整えられるし、アイラムの庭園は一年間手入れを怠ればウェールズ人の散歩道のようになってしまうだろう。森の中のそこかしこにある腰掛けや小屋や碑銘には深い満足感を覚える。もっとも、それがこれ見よがしとの非難を聞いたことがあり、私もそのとおりだと思う。ご当主がそれらのものにぞっこん惚れ込んでいるのは確かだ。ご当主は私に今は亡き医師のゴールドスミス〔アイルランド出身の作家・詩人。この年の四月に没した〕について話した。さらに――今度は、皆の前で、奥様（とご当主が尋ねた）、先生はいつも立派な方でしたか。いいえ、立派な方では決してなかったと思います、と私は答えた。それでも、私たちはゴールドスミス医師についてさらに話を続けた。私は親愛なる先生に対して不当な評価はしなかったことを願う。私は靴も靴下も服もずぶ濡れになったが、クウィーニーは走ったのでほとんど雨に濡れずに済んだ。私はサムに娘のはきかえ用の靴と靴下をポケットに入れて持たせていたので、娘はからっとして帰宅した。風邪を引いてなければよいのだが。娘は今日もまたいつもより元気だ。そうはいっても、昨夜は薬を飲んだので、快方に向かったのは馬に乗せたせいかお通じがあったせいかはまだわからない。しかし、理由はともかく、今夜は確かに元気がよい。私は娘に頭痛があるといつも恐怖を覚える。神よ、再び娘に元気な表情を、そして私に安らぎを与え給え。

八月十六日

クウィーニーはとても機嫌よく起床したので、娘のことで気を揉（も）んでいた自分を情けなく思った。が、娘はいつも朝晩には元気がよく、日中は気力が衰えるようだ。かわいそうにルーシーも同じだったと思う。ああ、考えただけでもぞっとする。クウィーニーは熱っぽくもあり、手がほてっている。

娘のどこが悪いのかわかればよいのだが。今日は何を見ても聞いても憂うつな気分で心が晴れない。今日、娘の熱を下げるために下剤を与えた。アロエはあまりにも強すぎる薬だったと思う。

八月十七日

私はかわいそうな病気の娘のことは忘れて、明日は新たな冒険を求めて出かけることに決めた。セウェニよ、さようなら。私は人や場所に喜びを感じる方ではないが、セウェニは私のとても好きな場所で、コットン夫人は私のとても好きな人だ。この人とは気楽に生活を共にして、私の好みによく合う人だ。私は出立することに、そして故郷からますます遠のくことに半ば残念な気もするが、クウィーニーが健康であれば、私たちが順調に行き、楽しみを得ることを妨げるものがあるだろうか。確かに私がクウィーニーを病人扱いにするのはおかしいと誰もが思っているが、ルーシーの場合もそうだった。私以外の世間の人は皆、ルーシーが元気だと思っていたが、私の判断は正しかった。神よ、私を助け給え。いざ、セウェニよ、さようなら、そして憂愁（ゆうしゅう）よ、さようなら。

八月十八日

私たちはコンウィに向けてかなり遅くなって出発し、当地に到着すると、ちょうど競馬の開催中で、ウェールズ人が全員集まったかのようで宿が取れなかった。やむなく満月を利用し、一路ペンマンマウルを越えてバンゴールへ向ったが、この山越えは予想どおりのもので、まさに聞いていたとおりの恐るべき岩山だった。風景については暗くて何も見えなかったので何とも言えない。バンゴールの宿はたいへんお粗末だった。気の毒にジョンソン氏は数人の男たちと相部屋になる始末で、宿の女将(おかみ)はジョンソン氏が夫とクウィーニーと私と一緒に寝てはどうですかと提案した。私たち三人は揃(そろ)って汚いひと部屋に詰め込まれていたのだが。

八月十九日

クウィーニーが朝早く私を起こしに来て、午前中は娘と大聖堂までぶらりと歩いた。その聖堂はセント・アサフの聖堂よりも明るく、手入れもずっと行き届いている。ただし、椅子と説教壇などはどれも新しく、興味を引くものは何もない。図書室があるという話だが、鍵の在り処を知っていると言える人がいないところを見ると、鍵がなくなってから久しいのではないか。この教会墓地で、ローズマリーの大きな花束を中心にいろいろな花を供えた墓を初めて見た。宿へ朝食をとりに戻ろうとしたとき、夫がある紳士の屋敷の玄関先でそこのご主人といるのを見かけた。ご主人は私たちを邸内に通し、私たちのひどい宿を嘆いて、今夜はご自宅に私たちを泊める約束をしてくれた。私たちがその好意に甘えると、ご主人は海に出る船を手配して、ボーマリスまで私たちに付き添ってくれた。そこでご主人はこの地の珍しいものを私たちに見せるために当地の校長を呼びにやった。校長が言うにはジョンソン氏と面識があるとのことだった。私たちはこの新しい友人たちとバルクリー卿の屋敷があるバロンの丘へ歩いて行った。そこは城と海峡と山並みという組合せが一望できる美しい場所で、いかなる想像力を持ってしても凌駕することはまずできない。私たちは森の中や小道を歩いてしばし時間を過ごしてから、何でも話題にしたがる世間の口にもあまり上らない非常に荘厳なあるいは壮大な城へと足を運んだ。十五の塔が外壁の装飾にも防禦（ぼうぎょ）にもなっていて、内壁には八つの塔があるだけだが、ここには文字どおり、驚くほどよく保存された礼拝堂がある。ヤギが草を食み、ツタが廃墟に荘厳さを添え、その全景は目を楽しませ、これほどの堂々たる要塞を築いた人々や、そこに住んでいた人々に対して深い尊敬の念を抱かせる。校長は自分の学校へジョンソン氏を案内したいと言い出し、そのとおりにした。それから私たちは親切なロバーツ氏のところに船で戻ると、奥様は私たちにとっておきの極上のお茶を出してくれ、最高のベッドで休ませてくれた。

八月二十日

私たちは再度瀟洒（しょうしゃ）な船で海に出て、水上で数時間をとても楽しく過ごした。最初に私たちの注意を引いたのは、サー・ニコラス・ベイリーの屋敷であるプラスネウィズで、少なからぬ威厳と至便を兼ね備えたお屋敷だ。その立地が格別に心地よい。海峡の両岸には、屋敷を湿気から守るためにひな壇のように土を盛り、屋敷の前面以外はあらゆる方面からそれを保護する森が美観を添えている。ここにはがらくたの詰まった礼拝堂があり、晴れた日には海上を遊覧するヨットと呼ばれている小舟もあった。そこからスノードン山が非常にはっきりと見えた。私たちの次の移動先は、カナーヴォンシャー側に面したサンヴァーのお屋敷で、その快適な場所にはブリノドルのグリフィス氏の奥様であるグリフィス夫人が住んでいる。

カナーヴォン城（外観）

夫人は私たちを機嫌よくもてなしてくれたが、夫人がその別宅にいなかったことを残念がった。しかし、私たちがこの先シンへ行ったときには宿屋での宿泊が望めないかもしれないので、そのときはぜひその別邸を宿屋代わりに使ってほしいと言ってくれた。この親切な夫人のお宅から船でカナーヴォンへ渡ると、パオリ将軍の到着に合わせて礼砲が放たれていた。私たちは間もなくして将軍がサー・トマス・ウインの案内で町と城を巡るところを見かけた。パオリ将軍はジョンソン氏を抱きしめ、サー・トマスは明日の将軍との会食に私たちを招待してくれた。それから私たちは宿へ行き、粗末な食事の後、カナーヴォン城を見に出かけた。城は私たちのあらゆる想像をふくらませ、すべての期待に応えてくれた。私たちはイーグル塔の一番上まで上り、眼下に驚くべき落差を見てぞっとした。私たちは多くの奥まったところを調べ、罪人

カナーヴォン城（城内）

を監禁するために造られた地下牢の在り処を見た。ここのツタは完全な樹木に成長し、塔の周りを驚くほど厚く覆っていた。今まで見たいかなるツタもこのツタとは比較にならない。パオリ将軍がいみじくもこの城を要塞宮殿と呼び、ジョンソン氏は宮殿がほぼまるごと要塞化してしまったと言った。というのも、私たちは迎賓室だったと思われる場所をほとんど見なかったからだ。案内者は七フィート四方ほどの小部屋を見せ、エドワード二世がそこで生まれたと言うが、軍艦勤務の大尉はそこにある珍しいものを示してこう言った。そっくりそのまま残っているのはこの部屋だけなので、この部屋を皇太子殿下の誕生の間と呼んでいるのだ、と。さらに、イングランドの女王様がベッドの入らないような部屋でお産をすることなどおよそあり得ないことだろうから、とも言った。私はアングルシー島にいたとき、『古代モウナ島復元』の著者で、この島からついぞ出たことがないと言われるローランズについて、ジョンソン氏とその友人との短いやりとりを書き留めるのを忘れた。ジョンソン氏はその事を長々と話したので、友人の校長はついにこう切り出した。しかしローランズはイングランドに一度は住んでいたはずです。さもなければ、牧師には任命されなかったでしょうから、と。もう一つの虚偽の発覚だ。

グリンシヴォレ邸

八月二十一日

昨夜、城の塔の一つに居住するウイン大佐夫人から招待状を受け取っていたので、今朝、夫人と朝食を共にしてから教会へ行った。見事な賛美歌だった。ウイン夫人のお子さんたちはとても優秀で、音楽に特異な天分を持っている。夫人自身も抜群に歌がお上手だ。私は汚い宿に戻って正装し、クウィーニーに服を着せ、サー・トマスとの約束に従い、正餐のために馬車でグリンシヴォレ邸へ出かけた。パオリ将軍もそこで正餐をとった。その集い(つど)は楽しかったが、料理はまずかった。しかし、お屋敷は堂々としたもので、ご当主はたいへん品格があり、本と人生についての知識もかなり備え、旅行家であり読書家でもある。ただし、奥様の選び方は大してうまくなかった。夫人は身分の低い女性で、横柄、無知、育ちも悪く、その欠点を補う美貌や財産も持ち合わせていない。夫人は私たちの前にまずい食事を出した、それも、私たちを呆れさせたほどひどいテーブルクロスの上に。そこには見るべき皿もなければ陶器もなく、夫人自身と同様に品のないものばかり。宿に戻ったとき、ジョンソン氏は夫人を水っぽくて酸っぱいビールに譬えてこう言った。あの女にうまいビールは土台無理な注文だ。その水っぽいビールさえ台無しにしている、と。サー・トマスは私たちを山上の自分の要塞へ案内してくれた。そこから、世間がロマンチックと呼ぶ風景の一つ――岩と海――が一望できる。私たちは夕方戻り、私はクウィーニーを寝かしつけ、ドアの鍵をかけ、城の塔にいるウイン夫人と夕食をとるために出かけた。夫人の気立てのよさと私たちへの丁重な接待は、レディー・キャサリンの振る舞いとは著しく対照的であった。

八月二十二日

私たちはブリノドルへ出発した。そこでグリフィス夫人の親切なお招きに甘えるつもりだ。道中サニグで食事をしたが、そこは貧しい田舎家で、馬にやる穀類はあったが、私たちが鶏の冷肉と舌肉を持参していなかったら、人間の食べるものは何ひとつなかったことだろう。この後、私たちはグリフィス夫人の邸宅へ馬車を走らせた。お屋敷では私たちを歓待するために、正餐とお茶、そして快適なベッドが準備万端整っていた。この邸宅はロンドン郊外の住宅のように、こぢんまりとした暖かくて素晴らしい家で、家具はどれもきれいで新しい。しかし、窓から見ると、この屋敷はイングランドの住宅とは大分違うことにすぐ気づく。右手に聳える山々は見上げていれば目は疲れてくるし、前面の海も目の前に広がる茫漠たる空間を眺めることでやはり目が疲れるだけ。しかし、グリフィス氏の植林した森は左側を遮蔽し、庭園はこのような眺望が心におのずから押し付ける恐怖感から想像力を解き放してくれる。このお屋敷はまさに世間から完全に隔離されたように見える隠れ家だが、実際に山と海によって隔離されているのだ。救助の手が届かない人里離れたところに住む人は、万一事故が起きたときには不安でいっぱいになるものだ。だから私は自分の生れた土地を調べた後は、住民がもっとたくさんいる土地に喜んで戻るだろう。

八月二十三日

主人が私をボドヴェルへ連れて行ってくれた。そこで私は初めて目にする場所を訪れ、今は涸れているが、古池を眺めて楽しんだ。大カエデの並木はすっかり切り払われていた。私は私の洗礼式に立ち会ったというある老女を見つけた。この老女は私の愛する亡き母についていろいろなこと、私の生まれるときは難産であったことや、母が私の幼児期をどんなに不安で心細い気持ちで見守っていたかを話してくれた。ここでのすべての事は、私にとって母の美徳と苦難の記念碑であり、起伏の多い道はどれも、母がこの山々を越えて来たときの苦しみを私に思い起こさせるように感じる。この山々を私は今や楽しみのために越えているのだ。このエドワーズ老夫人は、母が非常に危険なお産をした後すぐに離床をせかせた父の無慈悲を恐ろしげに話した。当家の現在の所有者は大変礼儀正しく、私のどんなつまらぬ好奇心をも満足させてくれ、自分たちの隠れ場所を隈なく見せてくれた。私はそれを見てそのすべてを思い出した。私たちはここからティ・ネウィズへ行くことを思い立った。そこは私の亡き旧友ディック・ロイドの住んでいたところで、ディックは私とよくふざけっこをして遊び、私が七歳になる前は父とチェッカーをした人だ。ディックの家にはよく牛乳を貰いに行ったものだが、そこへ行く道は思い出せなかった。とはいえ、当時私は歩いて行ったが、今はジョンソン氏が歩くのを嫌がるし、馬車道も見つからなかったので、ボドヴェルの人から馬を借り、その馬でティ・ネウィズへ行った。そこには、わずかな遺産を遺して亡くなった不運なロイド氏の奥さんにあたる人か女中がいて、その人が、ロイド氏が一番よい場所へクウィーニーの版画を飾ったその場所に私たちを案内してくれた。ああ、お気の毒に。ディックは私のものなら何でも愛してくれた。ディックにはせめてこの日まで生きていてほしかった。そうすれば、どんなにか喜んでくれたことだろう。私たちはそれから馬でサネルの私の教区教会へ行ったが、教会は実にみすぼらしく、数少ない教区の住民も同様だった。私たちは教区戸籍簿を調べ、私が一七四二年二月十日に洗礼を受けたことがわかった。ここで我が家に乳しぼりとして住み込んでいた貧しい女性が私に気づいた。大変幸運なことに、私がその女性を知っていたことをご本人に納得させるエピソードをいくつか思い出したが、当人はそれをほとんど信じようとはしなかった。私はこの女性にわずかなお金を与え、夫は一ギニーを貧しい人たちで分けて欲しいと渡し、さらに五シリングを私の健康を祝う乾杯の酒代として渡した。これは気持よくかつねんごろに行われたが、私を感動させ感謝させたのは、その行為よりも夫がティ・ネウィズで私に言った言葉だ。私はディック・ロイドが生きていてくれればと祈っていた。ところが、夫はこう言ったのだ、その祈りに何の意味があるというのか、もし私たちが祈らなければならないとしたら、その祈りは亡き母上に捧げよう。あの最期の忌まわしい病がなければ君と同じようにこの旅もできたはずだからね、と。私はこの言葉を聞くのも書くのも耐え難い。それはあまりにも優しすぎる。私たちは小さな町プスヘリへ行き、そこでジョンソン氏は、私どものかわいい娘たちのために市場町の土産品を何か買いたいと言った。氏はどんなときでもとても優しく、友情を真摯に受け止め、それをたいへんこまやかに表現するので、旅を共にする客人として氏をお迎えすることは私にとってとても嬉しいことだ。氏は祈禱書以外には買うものを見つけられなかった。プスヘリは確かに哀れなところではあるが、私たちがこの町に住んだ頃から見ればよくなっていると思う。馬車は今では珍しいものではなくなったようだ。母から聞いた話では、一七四四年にウェールズ中の人が「兆候（サイン）」（日食などの「奇跡」か）を見にここに集って来たという。ここで私の地主兼借地人グリフィス氏が私たちに追いつき、私たちを夕食に呼び戻し、明日もぜひ滞在してほしいと言った。私たちは素晴らしい夕食にあずかり、心からの歓迎を受けた。

八月二十四日

今日、私たちは私が財産を譲渡された教会を見に馬車で出かけた。それらの教会の貧困と悲惨さに私はショックを受けた。これほどひどいとは想像もしていなかった。教会のために何をしたらよいのかわからない。想像以上にひどい。私たちはケヴンアムウィソッホまで旅を進めて、私にはとても立派だと思える男性に会った。その男性は荒れ果てていた屋敷を住みやすい家にした。荒地だった私有地を畑と庭園に分割し、つる植物用の温室を作った。彼は私たちにメロンを出してくれたが、それは旅に出てから初めて見るものだった。この人はケヴンアムウィソッホの郷士で、領地を所有するようになってわずか一年であった。その夜は事業の話をして過ごした。私たちはタイスの土地を賃貸する気はないが、そのような意図を抱くなら、ブリノドルのグリフィス氏がその優先権を持つべきであるということに話はまとまった。

八月二十五日

今朝、私たちは親切な主（あるじ）の許を去ったが、主はジャック・ロバーツが昇進した際には自分が副牧師を推薦することを許してもらいたいと要望したので、それにはすぐに同意した。ここで、私は馬鹿げた出来事を一つ語らずにはいられない。私たちがまずブリノドルに着いたとき、グリフィス氏が不在だったので氏の家政婦と話をした。夫がなにげなく教区の牧師が誰でどこに住んでいるのかを尋ねた。何ですって、ジャック・ロバーツのことですか、と家政婦は言った。あなたがたは悪いときにジャック・ロバーツに会いに来られましたね。ジャックは集税吏と女のことで喧嘩をし、目の周りに黒いあざができているのです。私たちはあの不快なサニグで再び食事をすることになったが、臭いが強すぎて耐えられなかったので、私は馬車の中にいた。一同はグリフィス氏が持たせてくれた肉を食べていた。それ以外には何も見つかるはずもなかったから。その日の午後は気立てのよい友人のウイン夫人と過ごした。夫人は私たちに会わせるために教区牧師のロバーツ氏を招いていて、明日は楽しいパーティーを開きましょうと言った。

八月二十六日

今朝、私たちはスノードン山の麓にあるシン・ペリス湖へ向けて出発した。ウイン夫人も同行し、私には馬を一頭出してくれた。ロバーツ氏の子馬に私の娘を乗せ、トラウトン氏が一行の総大将だった。道はこれまで通って来たどの道よりも荒れていて、石や岩だらけで、一五マイルほど進んで湖畔にある小屋にたどり着いた。ここにはハープ奏者がいたので、ウイン夫人がそのハープの演奏に合わせてウェールズの歌を歌ってくれた。それから一同は湖水に舟を浮かべ、湖の端にある古城を調べて、スノードン山が広大な不毛の地のあらゆる威厳をともなって近隣の山々の上に聳え立っているのを眺めた。ロバーツ氏が湖の対岸で私たちに食事を出してくれた。私たちは短い舟遊びの間中、山の上にある銅工場から出て何度も反響する蒸気の音を楽しんだ。ヤギが丘の上で跳ね回り、大滝がすぐ近くで水しぶきをあげ、まさしく申し分のない光景でこれ以上に望むべきものは何もない。とはいえ、私たちは帰りの悪路とやっかいな馬のせいで幾分か遅れたが無事に戻り、それ以降の宵は牧師と共に過ごした。この牧師は私たちを喜ばせたことでとても満足している様子だった。

八月二十七日

遅い出発だった。私たちの予定はバンゴールまで行くだけであったので、ウイン夫人と朝食をとり、名残を惜しんでカナーヴォンを去った。そこでは楽しく有益な時間を過ごせたと思う。ウェールズに来てから獲得したイメージは百ポンドなんかで消されたくないね、とジョンソン氏は言っている。戸籍官のロバーツ氏は私たちを親切に迎えてくれ、私たちは旅立つまでいつも寝ていたあの柔らかいベッドで眠った。

八月二十八日

私たちは聖堂に行き図書室を見たが、思っていたほどお粗末ではなかった。その日は昼も夜も私たちの友人であるロバーツ氏夫妻と過ごした。

八月二十九日

私たちはグワイナノグへと先を急ぎ、宵闇迫る頃にそこに到着し、とても温かく迎えられた。ミドルトン氏は夫との同席を明らかに喜び、ジョンソン氏との同席が誇らしげだった。夫人も全く愛想がよい。天候は実にひどい。

八月三十日

今日はミドルトン氏とその友人たちと過ごした。ここは私たちの真価にふさわしい配慮をもって受け入れられ応対された唯一の場所であるように思われる。他の場所では、私たちを受け入れるのが妥当であるから受け入れてくれたのであり、身分に応じて接待するのが当然であるからそのように接待したのだ。ここでは私たちは愛され、尊敬され、光栄に思われた。だから、その気があれば丸々ひと冬をここで過ごしてもいいくらいだ。

八月三十一日

ロンドンからの手紙を受け取った。よい知らせばかりだった。ただ、ハリーがサクランボでお腹を壊したということ以外は。それもかなり前の話だ。

九月一日

私は子供たちに会いにセウェニへ馬車で出かけた。帰って来てから、子供たちがとても元気でいることをコットン夫人に手紙で知らせた。子供たちは本当に愛らしく、私は自分の子供についで愛おしく思っている。

九月二日

クウィーニーの回虫がまた騒いだ。昨夜、娘にスコッツ錠(ピル)を四半分飲ませたが、十分ではなかった。でも、この子に頭痛はない。夫は、ここの不愉快な帳簿を見せろと毎日ブリッジにうるさく求めているが、まだ手に入らない。だから、私たちはここにいつまでも滞在するかもしれないと思う。とはいえ、こんなに歓迎されるのはいいことだ。

九月三日

正餐には客がいたが、どのような話をし、誰がいたのか、細かいことは思い出せない。私はババハグライグまで馬車で行き、サー・トマスが全くの怠惰から失った地所を見た。それはとても素晴らしい土地で、屋敷にも近かった。氏はその土地を買い戻すと言っているが、優しすぎるので本気とは思えない。私はブリッジ氏に会ったが彼とは口をきく気にはなれなかった。その上、何を話しても無駄だっただろう。私はこの人を咎めたいとは思わないし、ひどく苦しめられた人と穏やかに話すことなどとてもできない。所有者の何人かには大層大事にされたものの、最後の所有者によってぼろぼろにされた哀れな古い家を私は最後にちらっと見た。もうこの家を見ることはないだろう。

九月四日

私たちは親切な宿の主人の弟である教区の牧師様と食事をした。牧師様は素晴らしい正餐で私たちをもてなしてくれたが、粗末な食事だと何度も何度も詫びた。

九月五日

私の借地人のエリーゼ氏が夫と話をするためにやって来た。私は夫の指図がないかぎりお金を払ってはいけないと氏に命じ、今後、借地人たちが借地料をブリッジにではなく、借地料の徴収を請け負っているコットン氏またはその代理人に払ってもらうのが私の希望である旨を伝えた。氏は私が書面にした命令書を出すべきだと言った。私はコットン氏宛ての手紙でそのようにし、その手紙に署名をし、夫にも署名するように頼んだ。が、夫はそれを認めてはいるのだが、真剣には請け負ってもらえず、夫の同意は得られなかった。しかし、夫が妻の要求を重んじていないことをその農夫〔エリーゼ〕に示すことは、その借地料を確保することよりいいことであった。そんなわけでどうやら事態は変わらないだろう。

九月六日

十二時に私たちはグワイナノグを去り、新たな体験を求めて出発した。レクサムまではわずか二十マイルではあったが、そこに夜の九時までに着くのは大変に骨の折れることだった。しかし、一同無事に宿に着いた。途中でマエスマナウのロイド氏を訪ね、馬車の中にいる間に当地でやるべき仕事をすべて片付け、借地料などを受け取るためにコットンと彼の代理人に委任状を出したのでこの件は落着。

チャーク城

九月七日

レクサムからチャーク城へと進んだが、レクサムの宿は私たちが旅に出てから泊まった中で最高の宿であったことを述べなければならない。チャーク城は今までに訪れた中でも断然羨ましい住居である。古風で広々として、豪華で威厳に満ちていて、ひっそりと引退するには誠に恰好の場所である。

ここでは、ウェールズで見せてもらった図書室のうちでも最も立派なものを見たし、滑稽な牧師にも会った。私はとても気分が悪くなっていたのだが、この人とジョンソン氏とのやりとりには今にも噴き出すところであった。もっとも、このように気分の悪いのは毎日であり、しかも一日中続いている。

九月八日

私たちは早起きをし、馬に乗って景色を見に行ったが、私の期待をはるかに超えていた。実に広大で、眼下にはシュルーズベリーとチェスターといった大きな町、メリオネスシャーの岩山、スノードン山、それにランカシャーの西に海を抱くウスターやグロスターやヘレフォードの豊かで肥沃な諸州が見えた。広大で威厳があり、変化に富むこのような気高い景色を今までに見たことがない。今夜はワージングトン博士宅に泊まった。博士宅での心温まる歓迎を受けて、今まで宿泊した寝室の悲惨さはかなり帳消しになった。

九月九日

この日の朝、私たちはピスティシェ・ライアドルの有名な滝を見た。そこには馬を借りて行ったのだが、その滝の壮観には失望しなかった。実に荘厳な滝である。博士宅に戻ったところ、博士は私たちを引き留めたかったようだった。しかし、私たちは先に進み、シュルーズベリーに遅くならずに着いた。

九月十日

ジョンソン氏は建築家のグインを呼びにやって私たちをあちらこちら案内させてくれた。私たちは疲れきるまで歩いた。この男は実に粗野ではあったが、ジョンソン氏がかわいそうにもこの男をとても冷たくあしらったので、私は少なからず哀れに思った。

九月十一日

グインは一人の婦人を連れてきて、教会まで私に付き添わせてくれた。私たちは教会へ行き、それからあちらこちら歩き回った。私たちは精一杯頑張ったのだが、その日は実に重苦しく過ぎて行った。

九月十二日

私たちはシュルーズベリーを去り、サンズ卿宅へ向けて出発したが、馬具が壊れて馬が疲れてしまい、そこへは着けず、目的地の五マイル手前で小さな宿に泊まった。しかし、ここで私たちはもっと大きな町のどの宿よりもずっと快適に泊まれたので、翌日は昼頃までここに留まり、やっと先に進むことに思い至った。この九月十二日は実に不快であった。私たちはシュルーズベリーの牧師であるアダムズ博士と朝食をとったが、その歓迎ぶりも朝食も、そして会話も大層冷ややかなものだったので、出発が遅れることにとても苛立った。かなり先に進んだときに無情な雨となり、ウエンロック・エッジと呼ばれる急坂の丘を登ったが、最後には皆、足がびしょ濡れになり汚れてしまった。日が暮れて事態はさらに悪化したが、ハートルベリーの小さな宿はすべてが期待以上によくて、私たちはほっとして元気を取り戻した。クウィーニーがまたも風邪を引いた。

九月十三日

私たちはサンズ卿の屋敷に到着し、この上なく丁重に歓迎され、この上なく惜しみない友情でもてなされた。夫人の友人に対する配慮はその無知と不器量を補って余りあるものがあった。私は会ったその日に夫人のことが好きになり、別れる日には敬愛の念を抱くようになっていた。

九月十四日

この善良な夫妻が私たちをウスターまで連れて行ってくれた。そこで私たちは大聖堂を見学したが、実に立派なものである。さらに陶器工場を見学し、人にあげるために瓶(びん)と鉢(はち)を買った。夜にはとても気分が悪くなったが、サンズ卿夫人の介護は優しくて心がこもっていた。

九月十五日

私は外出せずに自分と娘のことを気遣った。今晩は本と文学の話をして過ごした。ジョンソン氏は私たちがここを立ち去るのを残念がった。一同、ここではとても快適に過ごした。

九月十六日

私たちは正装してハグリー亭で食事をした。ここでは昼間はいつものように堅苦しく過ぎたが、夜になると夫人たちは、私がどんなに断っても、不作法だが逆らえない執拗さでトランプ遊びをしようとせがんできた。私は夫人たちを満足させるためにトランプ遊びをし、三シリング勝ったように思う。この金を、夫人たちは私の弱点を楽しむ喜びを得ようとして払ったようなものだ。このゲームの技(わざ)に限れば私が夫人たちに劣っていることがわかるかもしれないと思ったのだろう。ジョンソン氏はしばらく座って本を読んでいたが、それから辺りを歩き回った。そのとき、リトルトン氏はジョンソン氏に蝋燭(ろうそく)を使わないなら消すようにと忠告した。

九月十七日

私は日付の間違いをしていた。というのは今日が十七日土曜日だからだ。今日はクウィーニーの誕生日で、娘はこの日の大方をハグリー・パークで過ごした。そこは評判どおり美しいところである。お屋敷は十分に広くて、絵画がうまく飾られていて、ゆったりとして便利な間取りが特に卓越している。夫に言われてよく見たのだが、このお屋敷の家事室（オフィス）はこの屋敷独特の優雅さを持つもので、夫の言うことは事実であり、他ではそのような家事室を見たことがない。特別の椅子（ベンチ）をそれが気に入っている特に親しい友人に献呈することは人を喜ばせる優しさがあるが、それ以外の人に献呈するのは無益無用であり、喜びよりも嫌悪感を与える。今日の午前中はこんな具合だった。夕方は幾分重たい気分でだらだらと過ぎた。再びトランプ遊びが行われ、私にとってはひどく苛立たしいものであったが、今晩はトランプ札をわざわざ手にすることはしなかった。夫人たちはとても不愉快な人たちだったので、私の方から心にもない妥協をするには値しないと考えたのだ。だから、あんな女たちにいい顔なんかしてやるものか。

九月十八日

今日は日曜日で、私たちは教会へ行った。とてもきれいな教会で、家族の記念碑は風情と優雅さに溢（あふ）れていた。先代の卿は、死期が迫ったときに令夫人ルーシーの亡骸を夫人の眠っている墓地から運んで来て、自分と同じ柩（ひつぎ）に入れて同じ墓に入れてもらうことを望んだようだ。そのような優しい思いやりを聞くと、人を一度も愛したことのない人は決して幸せではないと思いたくなる。卿のこの上なく気高い感情は二人が朽ち果てるまで消えずに残っていた。今日はサー・エドワード・リトルトン夫妻、ダドリー卿とワード嬢が私たちと会食した。サー・エドワードはとても感じのよい人であるように思われる。午後は一同の助けもあって楽しく過ぎ、十九日に出立した。

九月十九日

天気は非常に寒く雨降りだったが、レアソウズを見物しないで通り過ぎることはしまいと決めた。クウィーニーを安全に馬車の中に入れておいて、シェンストン氏の森と遊歩道を見て回ったが、こんな不快な日には考えられないほど楽しかった。滝は大層美しく、見るからに自然そのもので、あちこちで流れ落ちているのでそれを見る人は喜ぶに違いない。また、今までに訪れたことのある場所から住みたい場所を一つ選ばなければならないとすれば、レアソウズを選ぶということを認めるに違いない。一方でケドルストンあるいはハグリーは、造園家が日曜日に旅行好きや物見高い人に見せるために残しておくべきところだ。夫とジョンソン氏が滝をもっと間近で見るために登って行った間に、私は舟小屋(ボートハウス)の脇に座り、次のような詩を作った。

岩屋に引きこもるシェンストンへ

心からの賛辞を送る
そしてまっとうな軽蔑心を胸に　私は
華やかな人々の煌きを見やる

ケドルストンの不快などぎつさから
チャッツワースの高慢な滝から
人為的なハグリーから　私は
汝の、そして自然の陰影へと赴く

ルーベンスがこのように余りにも激しく燃えるとき
ルカヌスが怒りで紅潮するとき
私の魂はより温和なグイードへと
そして、ウェルギリウスの牧歌へと向かう

甘美な隠遁の地と思えるこの地から、私たちはバーミンガムへ向けて旅を進めたが、その道すがらレアソウズの現在の持ち主ハーン氏に会った。氏は私たちに何度も丁重な言葉をかけて戻って来るようにと懇願した。しかし私たちは先へ進み、午後の早い時間に賑やかなバーミンガムに着いた。ジョンソン氏は友人のヘクターを呼びにやった。私はヘクターからジョンソン氏の子供時代の逸話を引き出したかったのだが、その頃には気分がすぐれず、話すことも質問することも叶わず九時には床に就かざるを得なかった。

九月二十日

私たちはヘクター氏と朝食をとり、同氏が私たちをクレイの新しい製紙工場へ連れて行ってくれた。そこで私たちは多くの珍しいものを見て、いくつかの品を買った。紙の硬さは実に驚くべきものであり、その紙製品はどれも同じように優雅で丈夫である。私はそれがとても気に入った。そこから私たちはボールトン氏宅へ行った。氏は六ダースで三シリングのボタンと一個が二ペンスの腕時計用の鎖を私たちに見せてくれた。私たちは製造の全工程を見学し、ボールトン氏が実に聡明な男であることを実感した。夕方になると私たちは食事をして歓談した。ジョンソン氏はヘクター氏の妹をどれほど愛していたか話してくれたが、この妹さんは今朝、私たちに朝食を作ってくれた老婦人である。この婦人の容姿を思い返したとき、美人の面影がまだ残っていると思った。私は再び気分が悪くなったので、かなり早くに部屋に引き込まざるを得なかった。以前はこのような場合に気分が悪くなるのは朝のうちだけだったのだが、今ではほとんどいつでも気分が悪くなる。

九月二十一日

宿をとるつもりだったウッドストックまでは五〇マイル以上あるので、一同は早く起床したが、この五〇マイルはシュルーズベリーとウスター間のそれとは大いに異なる。この区間では、馬が疲れ、馬具が壊れ、道路はぬかるみが深く、丘は高かったのだ。それに対して、今日は私たちを遅らせるものは何もなく、旅の終わりのところでスィウォード氏が馬車脇にやって来てウッドストックまで同道した。そこで私たちは友人のキング氏を呼びにやり、翌朝にブレナム宮殿をどのように見て回るか相談した。

九月二十二日

予定どおりに馬があてがわれ、私たちは馬で公園を回った。私は初め脚の悪い馬に乗ったが、雨になりクウィーニーが馬車に乗り込んだので、キング言うところのクウィーニーの小さな鈍足馬(パッド)にまたがり、とても愉快に早駆け(ギャロップ)で走った。この公園と宮殿は今までに見たもののすべてを飲み込んでしまうので、しばらくは何もかもが忘れ去られてしまう。ここには世界で最も素晴らしいものだと私が信じている人工池がある。三百エーカーもある池だ。ここにある絵画の中で素晴らしいクロードほど私を楽しませてくれたものは他になく、これまで見た絵の中でも最も素晴らしい絵の一枚だ。高く評価されているラファエロによる「ドローシアの頭部」やヴァンダイクの絵が一つ、二つあるが、それを私は、どこだか忘れたが、ある国から公爵に与えられたルーベンスの絵よりも高く評価している。ブランドフォード卿〔第五代モールバラ公爵、当時八歳〕は私に会いたがっていたが、同卿が百日咳を患っていたので、そのありがたいお申し出はお断りした。公爵夫妻はとても気配りがあり礼儀正しくて、出かける用事がなければ私たちを正餐に招いただろうと言っていたとのことだ。私たちは遅くなってオックスフォードに着き、そこで思っていた以上によい宿を見つけた。

九月二十三日

私たちはオックスフォードの驚くべきものをいくつか見物した。私が知らなかったものはガイズ将軍の絵画の蒐集品のみで、その中で私の気に入ったものはムリリョの「二人の少年」、ティツィアーノの「婦人」、グイードの「聖ヨハネ」、ドメニキーノの「瀕死のマグダレン」、そしてカラッチの「スザンナ」である。

九月二十四日

私たちはさらに多くの珍しい品々を見た。ボドリー図書館では見事に彩色されている数冊の写本、ポムフレット・マーブルズ〔古代ギリシャの彫刻品〕、その中ではタリーが最も価値があるように思われる。それにアランデル・マーブルズ、この中では、マラトンの戦いの後の和平条約の碑文を恭(うやうや)しく目にすることになる。私たちはユニバーシティ・カレッジの食堂(ホール)で食事をした。そこでは私はいかにも代理牧師よろしく上座に座り、乾杯の儀式と招待者記録簿(バトラーズブック)を見た。コウルソン氏が私たちを大様(おおよう)に懇切に接待してくれた。私は褒(ほ)めそやされていい気分になり、夜は具合も悪くならなかったので、床には就かないで日記を書いた。私たちは談話室(コモンルーム)でお茶を飲み、話に大いに花を咲かせ、陽気に気持ちよく宵を過ごした。私はコウルソン氏がたいそう気に入ったので、氏にストレッタムへ来るようにと心の底からせがんだ。氏にはまた会いたくなるだろう。

九月二十五日

この日もまたオックスフォードの町を急いで回って、学寮(カレッジ)、学寮の食堂、図書館、美術館や博物館をできるだけ見て、ヴァンシタート教授と食事をとった。この人の礼儀正しさと人を喜ばせたいという気持ちは、友人たちに親切にしたいという気持ちからではなく、実は自分を忘れたいという努力に他ならないのだということが容易に見破られなければ、実際以上に価値あるものになるだろう。この不幸な御仁はふとしたことでひどく精神を病んで、きざな振る舞いや勤勉から逃れて持ち前の心の闊達さを求めているのだが、教授という立場上それが叶わないのだ。

九月二十六日

大学の印刷所などを見学して午前中が過ぎ、私たちは宿屋でスィウォード、コウルソン、ジョンソン、オックスフォードの学生であるスィウォード氏のいとこと食事をした。午後には話をする時間や議論をする余裕ができた。哀れにもコウルソン氏は議論に負けて不機嫌になった。

九月二十七日

私たちはニュー・イン・ホールへ行った。ここはノース卿が学長就任の折に、夫がチェインバーズと共に滞在した学寮だ。夫はそこを再び訪れて嬉しそうだった。二、三時間して私たちはベンソンに向けて出発した。その地にある私たちの地所を見るためであったが、天候が悪かったのでその地を歩いたり馬で回ったりする楽しみは望めなかった。それで私たちは宿屋で静かにしていた。

九月二十八日

私たちは馬車で農場内の住まいへ行って、クロウマーシュ〔ヘンリー・スレイルの所有地〕を訪れた。ラブグロウブ氏は住居の周りをすべて整然ときれいにしているようだった。氏の奥さんは飲んだくれだと思う。そこは気持ちよい土地だ。私たちは遅くなってバークの家に着いた。

九月二十九日

昨夜、私たちはビーコンズフィールドの友人たちに大歓迎された。おのおのが、誰が一番親切であるかを競うかのようであったが、今日、バーク氏自身は選挙絡(がら)みでどこかへ出かけざるを得なかった。老ラウンズ氏が私たちと食事をしたが、夕食後はウイル・バーク〔エドマンドのいとこ〕と夫は政治の話をして酩酊してしまった。ヴァーニー卿とエドマンドがすっかり酔っ払って夜中に帰宅した。私は家を離れて三ヶ月間、ありとあらゆる身分のあらゆる馬鹿どもと過ごしたと思うが、賢者の仲間入りをするまでは、こんな酔っぱらいは見たことがなかった。これは確かに偶然だったが、それが何だというのか。これが実態なのだ。

九月三十日

起床したとき夫がこう言った。国会が突如解散したので世の中が浮き足立つだろうから、私たちはストレッタムではなくサザーク〔ロンドン市内の本宅〕へ戻って、遊説しなくてはならない、と。この話の前半は喜んで聞いたが、後半は苦痛だった。ストレッタムでの楽しみを少しも味わわないうちに町中(まちなか)に行って冬を過ごすのだ。こんなことを考えることほど私を悲しませるものは、実際に起った不幸以外にはないだろうと思う。私の喜びのすべての希望が吹っ飛んでしまうのだから。私はストレッタムでは静かに快適な生活をし、子供たちとは順番にキスをしたり、頭を優しくなでたりして、そこをいつも子供たちが遊ぶ場所にしてきたと思うが、サザークでは忌まわしい地下牢に閉じこめられるようなものだ。誰も私には近寄らず、子供たちは新鮮な空気がないので病気になり、おまけに私はジョンソン氏以外の顔は全然見られないのだ。ああ、何という生活であろうか。心底そんな生活は嫌だ。しかし、昼には私の娘たちに会い、スーザンがかなりよくなったと思った。晩には息子たちにも会い、大いに可愛がった。いつも神に感謝すべきことがいかに多くあることか。しかし、ストレッタムを立ち退かざるを得なくなるといけないから、愛しいストレッタムを敢えて楽しみはしまい。

Ⅱ　一七七五年のフランス

フランス旅行経路略図

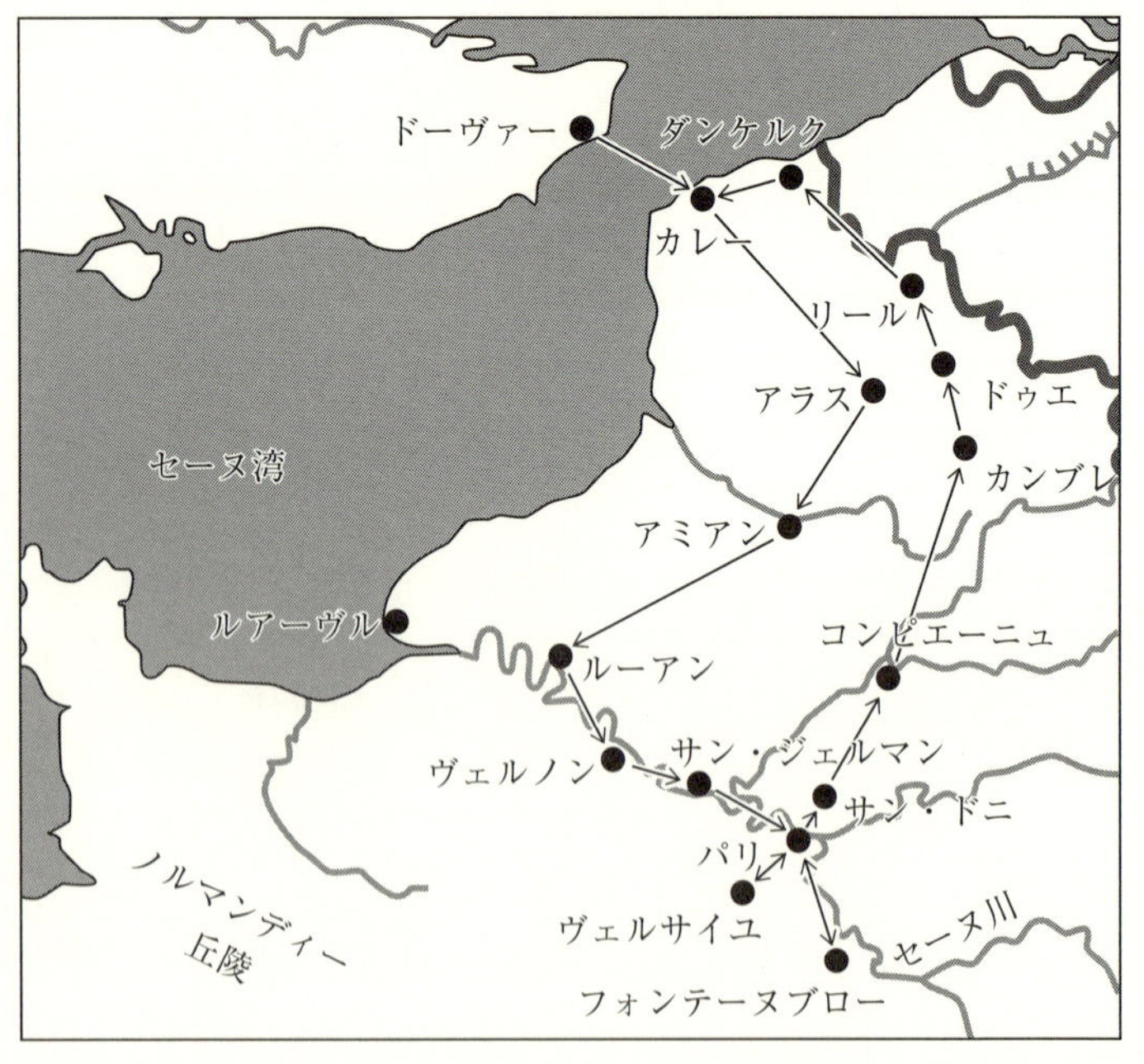
ドーヴァー
ダンケルク
カレー
リール
アラス
ドゥエ
カンブレ
セーヌ湾
アミアン
ルアーヴル
コンピエーニュ
ルーアン
ヴェルノン
サン・ジェルマン
サン・ドニ
パリ
ヴェルサイユ
セーヌ川
ノルマンディー丘陵
フォンテーヌブロー

1　フランス紀行

サミュエル・ジョンソン

〔一七七五年〕

十月十日　火曜日

我々は陸軍士官学校(エコール・ミリテール)を参観した。ここでは百五十名の少年が軍事教育を受けている。彼らは年齢によって違った大きさの武器を持っている。木製だと思う。建物は非常に大きいが、会議室以外は粗末だ。フランス人は窓を大きな四角形に作る。彼らは立派な鉄柵を作る。彼らの食事は粗末だ。

一同で気象台を訪ねた。非常に高くて大きな建物だ。胸壁(きょうへき)の上部の石は非常に大きいが、鉄で留められてはいない。屋上の平面は非常に広いが、張り出した部分には手すりがない。そこには十分な幅はあるが、そこに乗る気にはならなかった。ある部屋では地図を印刷していた。

皆でオラトリオ修道会の小さな修道院へ歩いて行った。食堂の読書机には聖者列伝が置いてあった。

十月十一日　水曜日

我々はシャトレ公爵邸を見に行った。それほど大きくはないが、非常に優雅な邸宅だ。ある部屋などは今までに見たことがないほどに金箔が施されていた。召使いとその監督者たちのための上階の部屋は綺麗だった。

そこからモンヴィル氏邸へ行った。いくつかの小部屋に仕切られた館だが、調度品は繊細で細心の優雅さをもっていた。——斑岩（はんがん）。

そこからサン・ロック教会へ行った。非常に大きな教会で、柱の下部には大理石が被（かぶ）せてあった。中央祭壇の後ろに三つの小礼拝堂。祭壇は低いアーチの集合。祭壇はあちこちにあるようだ。

ヴァンドーム広場を通った。ハノーヴァー・スクウェアほどの広さの綺麗な広場で、上流の人たちが住んでいる。真ん中にルイ十四世の騎馬像。

モンヴィルは徴税請負人の息子だ。シャトレ公爵邸にはヨーロッパで集められた漆器（ジャパン）を揃えた部屋がある。

ボカージュ、ブランシェティ侯爵夫妻と会食した——砂糖菓子は高価ですと言ってから侯爵夫人はそれを口にした。ルロワ氏、マヌッチ伯爵、修道院長、副修道院長、そしてウィルソン神父。神父だけが私と共に居残り、私は彼を家まで馬車で送った。

バティアンが去る。

フランス人は貧民を扶養する法律を持っていない。修道士が司祭とは限らない。ベネディクト修道会士は四時起床、一時間半礼拝、さらに昼食前に三十分礼拝、昼食後に三十分、さらにまた七時半から八時まで礼拝。八時間睡眠。修道院では肉体労働が求められる。

貧民は慈善院に収容され、ひどい扱いを受ける。修道院にいる修道士は十五名、貧しいとのこと。

十月十二日　木曜日

我々はゴブラン織物工場を見に行った。つづれ織り(タペストリー)は申し分のない絵になっていて、物体を正確に模写している。ある作品は金の下地。鳥の彩色は正確でない。そこから王の陳列室に行った。非常にきちんとしているが完璧とは言い難い。金の鉱石。シロヤマモモ(キャンドルツリー)の蝋燭(ろうそく)。種子。木材。そこからガニ邸へ。ここで九つの部屋を見たが、今までに見たことがないほどの富と優雅な品であふれていた。花瓶。絵画。竜の焼き物。三千五百ルーブルもしたという水晶の燭台。家具全体で十二万五千ルーブルとか。全体に絵が描かれているダマスク織りの掛物。斑岩。この家には一驚した。それからモンヴィル家の淑女たちへの表敬訪問。アーウィン大尉が同行。スペイン。地方の町はどこも乞食だらけ。ディジョンでオルレアンへの道を見失う。フランスの脇道は劣悪。五人の兵士。女性——兵士たちは逃亡。大佐は一人の女の死と引き換えに五人の兵士を失うことを肯(がえん)ぜず。治安判事は大佐の許可なしには兵士を捕らえることができない。ニームのよい宿。バーバリ地方のムーア人はイングランド人好き。ジブラルタルは非常に健康によい。牛肉はバーバリ地方から。大きな庭園がある。兵士がときどき岩から落ちる。

十月十三日　金曜日

終日外出せず、一度だけ副修道院長に会いに行ったが不在だった。カヌス〔スペインのドミニコ修道士〕を少し読む。――あまり感心せず。あまり評価せず。

十月十四日　土曜日

我々はダルジャンソン氏宅へ行った。邸宅の壁にはほとんど鏡が張られており、金で覆(おお)われていた。婦人たちの私室は、彩色した壁紙の上に大きな四角の姿見が張られていた。フランス人は部屋を反射させるために必ず鏡を置く。

それから我々は聖職収入役のジュリアン邸に行った。年三万ルーブル。邸宅には非常に大きな部屋はないが、鏡が据えられており金で覆われている。ここともう一つの書庫には木製の書物。

ダルジャンソン邸で夫人の私室の本を覗(のぞ)いて、呆れながらその本をスレイル氏に見せた。――『王子ティティ』――『妖精物語』等々。夫人は腹を立て、後で聞いたところでは、その部屋を閉めてしまった。

それから国王の時計職人ジュリアン・ルロワのところに行った。立派な仕事をする人物で、経度を知るための小さな時計を見せてくれた。——ちゃんとした男だ。

その後、我々はパレ・マルシャンと民事刑事裁判所を見た。クウィーニーを尋問台（セレット）に座らせる。この建物には古いゴシック様式の回廊があり、非常に古めかしく見える。ときには三百人の囚人を収監する。

ひどく胸騒ぎがする——凶事が起こらなければよいのだが。

午後、一人で文士のフレロン氏を訪問した。氏はラテン語をわずかに話せるだけだが、私の言うことはわかるようだった。氏の家は豪華ではないが、手頃な広さだった。妻、息子、娘という氏の家族は上流ではないが上品である。私は歓待に満足した。氏は私の著作〔この年の一月に出た『スコットランド西方諸島の旅』〕を翻訳しようとしているので、注をつけて贈呈するつもりだ。

十月十五日　日曜日

ショワジー、パリから約七マイルのセーヌ川に沿った王宮。川べりの壮大なテラス。部屋は多くて豪華だが、他の王宮と違いはない。礼拝堂は美しいが小さい。球体の磁器、象眼のテーブル。迷路。沈下する食卓。化粧テーブル。

十月十六日　月曜日

パレ・ロワイヤル、極めて広壮、雄大かつ壮麗、絵画の一大蒐集（コレクション）。ラファエロが三点——聖家族が二点——ミケランジェロの小品が一点。ルーベンスが一室。ラファエルの絵が素晴らしいと思った。

テュイルリー宮殿——彫刻。ヴィーナス、アンキセスを腕に抱いたアエネアス。ナイル川の神、その他色々。身分の低い者は遊歩道に入れず。夜間、椅子は一脚二スーで貸し出す。回転橋。

アウグスティヌス修道院の修道女たち。格子窓。修道院長はファーモー夫人。夫人はポープを知っているが彼を快くは思っていない。キャニング夫人は蔵書も多く、人生経験も豊富。彼女らの額リボンは目障りだ。彼女らの頭巾。彼女らの生活は楽だ。五時頃に起床、礼拝堂に一時間半、十時に食事、また礼拝堂に一時間半、三時頃に半時間、七時にさらに半時間。礼拝堂に計四時間。広い庭園。寄宿生は十三人。教師は不平を洩らした。

並木通り（ブールヴァール）では何も見なかったが、来てよかったと思う。綱渡りと笑劇。卵ダンス。

心覚え。パリの近くでは週日でも日曜でも道路は人通りがない。

十月十七日　火曜日

パレ・マルシャンにて。以下の物を買った。

嗅ぎ煙草入れ　　二十四リーヴル　　二ポンド十二シリング六ペンス

――――――　六

卓上装飾用書籍　　十五

はさみ三丁　　十八

――　六十三

我々は弁護士たちの弁論を聞いた。

心覚え。パリでは一年中、毎日、人が横死している。拷問室。パレ・マルシャンの小塔。古くて威厳のある建物。

コンデ大公のブルボン宮。小さな一翼のみが公開されており、高貴で壮麗、黄金とガラス。偉大なコンデの戦いが部屋の一つに描かれている。当主は三十九歳で祖父。

宮殿と他の建物の光景は、それらについて話をしたり銘記しようとする人たち以外には特に目立った印象を残さない。中に入ったとき、亡き妻のことが心に浮かんだ。亡妻は喜んだことだろう。今では喜ばせる人が誰もいないので、自分も楽しくはなかった。

心覚え。フランスに中流階級はない。

パリでは日曜日でも非常に多くの店が開いているので、平日とほとんど変わりがない。ルーブル宮殿とテュイルリー宮殿は宿舎として貸し出されている。
ブルボン宮で、暖炉には金メッキの金属の球。
フランスのベッドはお薦めできる。
大方の大理石は紛い物である。
コロセウムは木造建築物にすぎない。少なくともその大部分は。

十月十八日　水曜日

我々はフォンテーヌブローへ行った。そこはたくさんの人でごったがえしている大きくて薄汚い町であった。森は樹木が繁茂し、広大。マヌッチが我々の宿を確保してくれた。この地方の景観は心地よい。丘は皆無、小川もほとんどなく、垣根は片側だけ。街道沿いの礼拝堂も十字架も記憶になく、静かな舗道と並木。
心覚え。パリで出歩いているのはみすぼらしい人ばかり。

十月十九日　木曜日

宮殿で居室を見物。国王の寝室と会議室はすこぶる壮麗。表に面した部屋にはあらゆる階級の人々がおり、その部屋を王一家が通る。召使いとその監督者たち。ブリュネが二度目の同行。

紹介者が我々のところに来た——私にとても礼儀正しい。拝謁。私にはためらいがあった——その必要なし。我々は進んで行き食事中の国王夫妻を見た。食事中の他の淑女たちも見た。グムネ夫人と共にエリザベート王女。夜、一同で喜劇を観に行った。私には見えなかったし、聞こえなかった——酔っぱらいの女たち。スレイル夫人は二人のうちの片方が気に入った。

十月二十日　金曜日

我々は森で王妃が乗馬を楽しむところを見た。褐色の乗馬服、横乗り、一人の婦人も横乗りだった。王妃の馬は薄灰色——胸繋(むながい)。王妃は馬を早駆けさせた。——それから皆で居室を見物し、嘆賞した。ついで宮殿内を巡った——通路には屋台や店。ある巨匠によるフレスコ画は色褪せている。次に国王の馬と犬を見た。犬はほとんどすべてがイングランド種。退化した種。

馬はあまり褒められたものではない。馬小屋は涼しく、犬小屋は汚らしい。

夜、婦人たちはオペラへ出かけた。私は断ったが、喜んで応じたほうがよかったかもしれない。

国王は我々と同様に左手で食べた。

十月二十一日　土曜日

夜になって、元気になった。パリに帰着した。——我々は礼拝堂を訪れなかったと思う。風で折れた木。フランスの椅子はすべてペンキを塗った板でできている。

心覚え。裁判所には兵士がいた。兵士たちは治安判事に従う義務なし。ディジョン。女。

宮殿の薪束。主要な部屋を除いては、すべてがぞんざい。道路の樹木、高いのもあるが、古木はなく、多くは若木で小さい。

女性用の鞍は出来が悪いように思われる。王妃の馬勒は銀糸織である。馬を叩くための鞭の先の金具。

十月二十二日　日曜日

ヴェルサイユへ。みすぼらしい町。営業用の馬車の往来。壁を背にした粗末な商店街。我々の通る道は陶器のセーヴルを経由している。ヴェルサイユへの途中のセーヴルの木造の橋。規模の大きな宮殿。間口が広い。全部は見えなかった。動物小屋。白鳥の雛は黒く、黒い足、陸に上がり、飼い慣らされている。カワセミ、あるいはカモメ。牡ジカと雌ジカ——幼い。鳥用の檻、非常に大きく、網は針金製。中国の黒い牡ジカ、小型。サイ。角が折れ、削り取られているが、再生すると思われる。足裏は直径四インチだと思う。体中のそして尻のあたりの皮膚は二重に折りたたんだゆったりした布のようであり、幼いながらも巨大な動物で、おそらく雄ウシ四頭分の大きさであろう。幼いゾウの牙が生え始めている。ヒグマが前足を差し出す。よく飼い慣らされている。ライオン。トラはよく見えなかった。ラクダ、つまり、コブの二つあるラクダ、ハイジーンと呼ばれているが、いかなる馬よりも背が高い。一コブの二頭のラクダ。鳥類にはペリカンもいて、放されると、噴水池のところへ行き、魚を捕まえようと泳ぎ回った。足には水かきが発達している。頭をひょいと水中に入れ、長いくちばしを横に向けた。二、三匹の魚を捕らえたが、食べはしなかった。

トリアノンはヴェルサイユ付属の一種の隠棲所である。トリアノンには壁のない柱廊（ポルチコ）があり、敷石は大理石で、柱も大理石だと思う。明確に覚えていない部屋がたくさんあり、長さが約五フィートで幅が二、三フィートの斑岩製のテーブルがあり、それはヴェネチア国からルイ十四世に贈られたもの。会議室では戸口や窓以外はすべて鏡張りだったと思う。

プチ・トリアノンは紳士の邸宅に似た小さな宮殿である。上の階はレンガが敷いてある。小ウィーン。中庭の舗装は悪い。最上階の部屋は狭くて、一人で想像力を満足させるのにうってつけである。ヴェルサイユ宮殿正面のテラスには小さな池があり、その下にも別の池があると思う。小さな中庭がある。――大画廊では、それほど大きくはない鏡を枠でつないだ腰板が張ってある。私が思うに、大きな鏡はまだ作られていない。劇場は非常に大きい。礼拝堂については、一同で訪れたかどうか、思い出せない。一つ訪れたが、それがトリアノンだったかプチ・トリアノンだったか確信がない。外務事務所にはレンガが敷いてある。正餐は各自半ルイ、さらに一ルイ要ると思う。動物小屋で三リーヴル払い、他のところで六リーヴル。

十月二十三日　月曜日

昨夜レヴェットへ手紙を書いた。我々は鏡の製造を見に行った。鏡はたぶん厚さが一インチの三分の一の板硝子の形で、ノルマンディーから送られてくる。パリでは、鏡は大理石のテーブルの上で二枚の板硝子の間に砂粒を挿んで擦り合わせて研磨する。砂粒は五種類あると言われるが、私には不明。上側の板硝子を移動させる把手は、車輪の形をしていて全方向へ動かせるようだ。板硝子は表面を研磨してあるが磨きをかけずに送られてくる。そして時間が経っても表面の傷みが出ないように、注文を受けるまではそのままにしておくそうだ。磨きをかける板硝子は、抵抗が均一になるよう強く張った何枚かの厚地の布で覆われたテーブルの上に置かれ、私にはよくわからないが、ある装置によってその板硝子を強く押さえ、手でやすりをかける。最後に使われる粉末は、私には硝酸に溶かした鉄のように思えた。それを滓と見るバレッティの話では、フランス人もこの滓を「硝酸の滓」と言うそうだ。彼らは硝酸とも硝酸カリウムとも言っていた。砲弾が水銀液の中に浮いていた。板硝子を銀メッキするには錫箔を板硝子の上に敷き、その錫箔を水銀で擦ると水銀が付着する。次にその上にさらに水銀をかけると、水銀と板硝子が付着し合って水銀液が非常に高く盛り上がる。それから、一枚の錫箔をその板硝子の手前に敷き、別の硝子板をその板硝子の上に密着するまで滑り込ませると、水銀の多くが向うの方へ押し流される。その板硝子を布地の上に押さえつけておき、余分の水銀を流すために傾斜をつける。その傾斜は日に日に大きくなって垂直に近づく。

帰途、私はグレーヴ広場、市長公邸、バスティーユを訪問した。

それから我々は醸造家サンテール〔フランス革命でルイ十六世の処刑に一役買った〕を訪ねた。彼はスレイル氏とほぼ同じ量の麦芽で醸造し、同じ価格でビールを売るが、麦芽は税金がかからないのでビールの税金も半分程度だ。ビールの小売価格はひと瓶六ペンス。年間で四千樽を醸造する。パリには同業者が十七人いるが、彼以上に醸造量の多い人はいないとされる――各業者が三千樽とすると、年間五万一千樽になる。ここでは麦芽の売買がないので醸造業者は自分たちで麦芽を作る。

バスティーユの濠(ほり)には水がない。

十月二十四日　火曜日

我々は国王の文庫を訪ねた。私は『人間救済の鏡』を見たが、ところどころにインクの濃淡があり、一部は木活字で、一部のページは木版彫りで印刷したと想像される。ここの聖書は一四六二年のマインツの聖書より古いと考えられるが、年代が記されていない。これは木活字で印刷されたと考えられているが、私は疑問に思う。二つ折り版全二巻は活字が大きくて鮮明だ。もう一冊も見せてもらったが、木活字で印刷されたものとされ、一四五八年の『ドュランドゥスの天国』であろうと思う。これは、ときどき同じ文字に見られる字形の違いから推測できるが、たぶん異なる刻印器から鋳(い)られたためだろう。たいていの文字が一定の規則的な字形になっているのは、金属活字である何よりの証拠だ。私がこれまで見たことがなかったのは、例の『鏡』だけだと思う。

そこからソルボンヌへ。蔵書は極めて厖大で、国王の文庫と違って、格子が付いていない。マルテーヌとドュランドゥスの四つ折り版著作集全十四巻。『ガリアについての著作総覧』二つ折り版数巻。『フランス家系史』全九巻。『キリスト教のガリア』版は四つ折り版、最後の版は二つ折り版全十二巻。副修道院長と秘書と一緒に食事をしてから、私は彼らを表敬訪問。庭は屋根付き遊歩道があって綺麗だが狭い。それでも大勢の学生を収容できる。ソルボンヌの博士たちはみんなが平等で、空席の後継者を選ぶ。実入りは少ない。

十月二十五日　水曜日

副修道院長と一緒にサン・クルーへ行き、フック博士と会う。——宮殿の周りを散歩し、雑談。修道院にて全員で食事。文庫にはベロアルド、キモン、ティトゥスのボッカチオ翻訳。処女マリアへのペトラルカの『諺風の演説』、フォークランドからサンズ宛て。ドライデンの雑録集第三巻への序文。

十月二十六日　木曜日

セーヴルで磁器の彫り込み、上塗り、着色を見る。ベルヴュは気持のよい家だが、大きくはなく、眺めがよい。ムードン、古い宮殿。斑岩のアレクサンドロス像。両眼と鼻の間が凹み、こけた頬。プラトンとアリストテレス。壮大なテラスが町を見下ろす。サン・クルー。バルコニーはさほど高くもなく大きくもないが、心地よい。部屋にはミケランジェロの自画像。サー・トマス・モア、デカルト、ボシャール、ノーデ、マザラン。金箔を張った羽目板は平凡すぎて気づかない。ゴフとキーン。フックが我々を訪ねて宿に来た。――ドラムゴウルド〔パリの陸軍士官学校の校長。アイルランド人〕からの伝言。

十月二十七日　金曜日

私は宿に留まった。ゴフ、キーン、ストリックランド夫人の友人が我々と食事をした。この日から暖房を始めた。非常に寒くなってきたので、この国ではずっと順調だった呼吸に悪影響が出るのではないか心配だ。

十月二十八日　土曜日

私は聖ルイ王創建のカルトジオ会修道院を訪ねた。ここは四十人を収容するものとして建てられたが、二十四人しか入っておらず、それ以上の収容はなさそう。我々と話した修道士は小綺麗な続き部屋を持つ。バレッティ氏は四部屋続きと言うが、私の記憶では三部屋しかない。その修道士の書籍はフランス語のようだ。彼の庭は整然としており、彼は私にブドウをくれた。我々は国王像と虜囚(りょしゅう)像のあるヴィクトワール広場を見た。

リュクサンブール宮と庭園を見たが、回廊は閉鎖されていた。みんなで最上階まで上がった。私はコウルブルックとその大勢の仲間たちと食事をした。フット、サー・ジョージ・ロドニー、モトゥー、アドソン、ターフの面々。副修道院長を訪ねたが、病床に臥していた。

宿——一日一ギニー。馬車は一週三ギニー。宿の部屋係には一日三リーヴル。先供（アヴァンクルール）には一週一ギニー。我々の定食は一人前六リーヴル。経常費は一日約五ギニーのようだ。臨時費は娯楽、チップ、衣服などだが、その金額はわからない。旅費は一日十ギニー。

白い靴下、十八リーヴル。鬘（かつら）。帽子。

十月二十九日　日曜日

我々は捨て子（アンファン・トルヴェ）を収容する孤児院を参観した。一つの部屋にはおよそ八十六人の赤子が揺りかごに入れられていて、客間のように快適である。赤子の三分の一は亡くなる。おそらく七歳を超えるまで収容し、職業に就かせ、書類をピンで服に留めて送り出す。乳母が不足している。そこの礼拝堂を見た。

サン・ユースタチア教会へ行って、非常に多くの少女たちが教理を問答式に教授されるのを見た。大きな集団で、おそらく教理問答教師一人に対して百人の生徒である。男子と女子の教わる時間は別々である。説教。説教師は帽子を被っているが、主の御名が出るときにはその帽子を脱ぐ。彼の身のこなしは一様で、あまり激しくはない。

十月三十日　月曜日

我々はサン・ジェルマン教会の図書室を見学した。非常に貴重な蒐集である。『儀式の作法』の写本、一四五九年、文字は入祭文〔ミサの開始を告げる文章〕のそれに似た角型で、おそらく同じ字体。フストとゲルンスハイムによる索引、メウルシウス、二つ折り十二巻、フランス語訳のアマディス、二つ折り三巻、『万能薬』奥付なしだが――一四六〇年のもの、他の二つの版、一つはラトミ、バディウスによるもの。アウグスティヌスの『神の都』、名と日付と場所の記載はないが、どうやらフストの角型文字のようだ。

私はドラムゴウルド大佐と食事をして、楽しい午後を過ごした。

サン・ジェルマンの本の一部はオックスフォードの本と同様に壁際の書棚に納められている。

十月三十一日　火曜日

私はベネディクト会の修道士のところでつまらない一日を過ごした。粗末な野菜スープ、ニシンとウナギのソース煮。フライにした魚。ヒラマメ、それ自体は味がない。図書室で、マフェウスの『インド史』と『喜望峰回航』を見つけた。我々は副修道院長とウイルクス修道士と優しい言葉を掛け合って別れた。

文学士二年、神学士三年、修士二年、神学博士二年、合計で九年。博士号には、大討論、小討論と最終討論の三つ。いくつかの大学は抑圧され、元のイエズス修道会へ移管された。

十一月一日　水曜日

我々はパリを去った。サン・ドニは大きな町だが、教会はあまり大きくないものの、中廊は天井が非常に高く荘厳である。左手には礼拝堂がいくつかあり、それは壁からはみ出て建てられているので左右の均斉が崩れている。オルガンは今までに見たどれよりも床から高いところにある。門は真鍮でできている。真ん中の門には我等が主の物語が描かれている。ステンドグラスは歴史的なもので、ことのほか美しいとされている。我々は女子修道院に属する別の教会へ行った。そこの入り口は丸天井である。そこから奥には入ることができなかったし、宵闇も迫っていた。

十一月二日　木曜日

今日、我々はコンデ大公の領地であるシャンティイーへやって来た。この地は、泉の噴水で始まるありとあらゆる水の変容によってとびきり美しくなっている。水は滝になって流れ落ち、小川になって流れ、広がって湖になっている。水は屋敷の近くに迫りすぎているようだ。この水はすべて三リーグ離れている水源、つまり川から運河によって引かれているが、そのうちの一リーグは地下を流れている。——屋敷は堂々として立派である。陳列室には物が多く置かれているように思える。私が覚えているのはカバの顎と子供のカバの剥製（はくせい）であるが、子供のカバの剥製はあまりに小さいので本物かどうか疑わしい。胎児にしては毛深すぎるし、正常に生まれたにしては小さすぎるようだ。アルコール漬けのものはなく、すべてがミイラ状態だ。イヌ。シカ。長い鼻のオオアリクイ。長く幅の広いくちばしのオオハシ。馬屋は非常に長い。犬小屋は異臭がしなかった。村の模型があった。この動物小屋にはほとんど動物がいなかった。二匹のブラジルイタチを見かけたが、斑点があり、野生そのものだ。森があり、公園もあると思う。疲れ果てるまで歩き、翌朝、脚がふらつき、足の指がひりひりして痛かった。

十一月三日　金曜日

我々はコンピエーニュへやって来た。非常に大きな町で、五角形の中庭を囲んで建てられた王宮がある。中庭は地下室の丸天井の上に建てられたもので、入口は一つの側面にあり、緩やかに上っている。絵画の話。教会はあまり大きくはないが優雅で素晴らしい。最初は歩くのがとても大変だったが、動くのが徐々に楽になった。夜、我々は司教座の町ノワイヨンにやって来た。大聖堂は実に美しく、柱は交互にゴシック様式とコリント様式である。我々はとても崇高な教区教会へ入った。ノワイヨンは城壁で囲まれ、周囲三マイルだと言われている。

十一月四日　土曜日

我々は早々に起床し、サン・カンタン経由で三時少し過ぎにカンブレにやって来た。——一同でイングランド女子修道院へ行き、聴罪司祭のウェルチ神父に紹介状を渡したので、神父は夕方我々を訪ねて来た。

十一月五日　日曜日

我々は大聖堂を訪れた。とても美しく、両側に礼拝堂がある。聖歌隊席は素晴らしい。手すりは一部真鍮である。内陣は天井が高くて壮大である。祭壇は見た限り銀である。礼服はとても華麗だ。——ベネディクト会の教会にて……。

2　フランス紀行

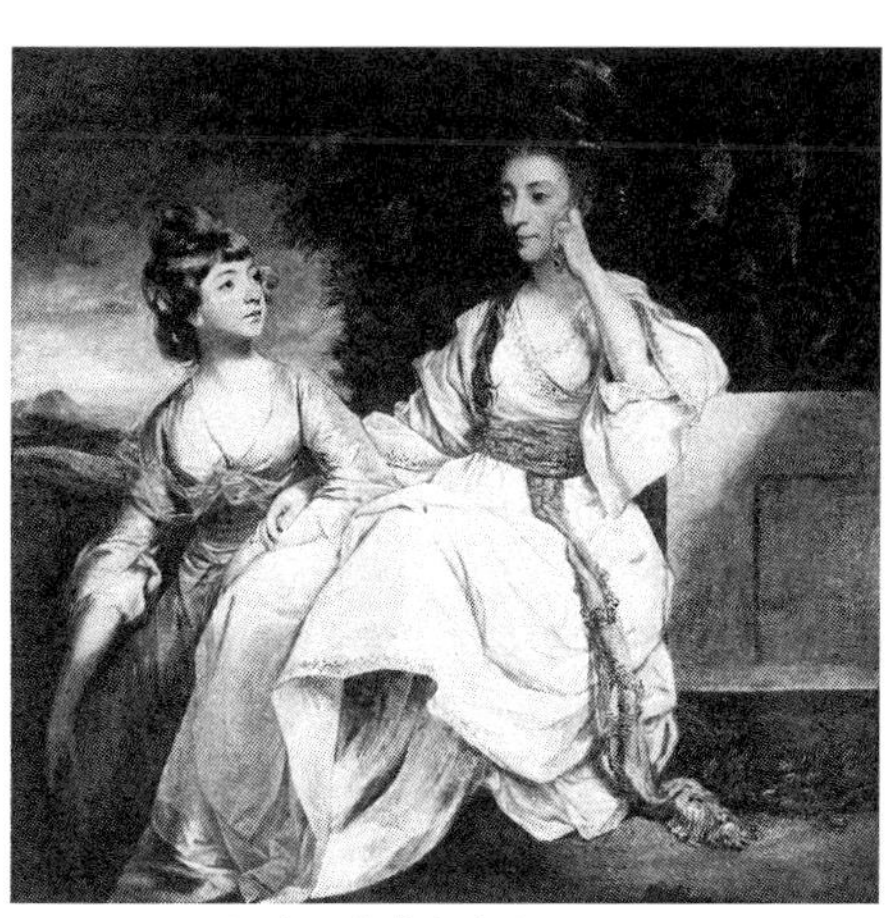
スレイル夫人とクウィーニー

スレイル夫人

この前のウェールズ旅行には嫌気がさしたけれども、最近また旅に出たくなった。

無為ほど悪いものはない、というジョンソンの言葉はまさに至言だ。

〔一七七五年〕

九月十五日

私たちは今やフランスに向かいつつある。ロチェスター大聖堂は私には初めて見るものだったが、ウスターやリッチフィールドの大聖堂には及ばないし、印象に残ったのは説教壇の周りにある信仰の像、希望の像、そして慈愛の像だけだった。この大聖堂にはピューリタンによって破壊された傷跡がはっきりと残っていただけに、それらの像はいっそう私には驚きだった――いかにしてこれらの小さな像が破壊をまぬがれたのだろう、本当に驚いてしまう。

カンタベリー大聖堂はこれまで正当な評価をされてこなかった――そこには今まで見たことがないほど数多くの荘厳で神聖な珍しい物がある。大聖堂を見てこんなに心を打たれたのは初めてだ――本当に壮大で威厳に満ち満ちている。

私たちは当地に投宿した。ベッドはよかったが娘のクウィーニーも同じ部屋で寝ざるを得なかった。

九月十六日

午前中、私たちはカンタベリーを随分長いこと散策した。それで、ドーヴァーに着いてバレッティに会ったとき、彼は痛ましいほどいらだっていた。私たちが到着したちょうどそのときに船が出港したばかりだったので、絶好の潮時を逃してしまったと彼は考えたのだ。とはいえ、私たちは城と城砦(じょうさい)を見たし、「ジュリアス・シーザーの井戸」に石を投げ込んでその反響を聞いたりもした。ドーヴァーの浜辺はとても気持ちのよいもので、今までに見たうちでは最高の海岸だと思う。ここまでのところ、私はこの旅に大いに満足している。出航は夜になるものと思っていたが、朝の九時になりそうなのですべてが好都合だし、クウィーニーのことは何も心配しなくてよい。この子はすっかり元気で陽気だ。

九月十七日

クウィーニーの誕生日。この子はもう十一歳だ。私の生きている限り、神様、どうかこの子の命を守り、生き永らえさせてください。この日、私たちはとても素敵なスループ帆船で出帆した――船長のバクスターは主人の同級生だ。天気は良好だし、船は私たちだけ。海は穏やかで、クウィーニー以外は皆元気だ。この子は私の想像以上に船酔いに苦しんだ。使用人のサムとモリーもひどい船酔いだったが、クウィーニーが皆の中で最もひどかった、あるいは私がそう思っただけなのかもしれないが。

カレーに上陸してとても驚いたのは、兵士たちが頬髭(ほおひげ)を伸ばしているのと女たちがほぼ軒並みひどく不器量で醜いのを見たときだった。それでも女たちは自分たちの醜さを隠したがっているようだった。かかとまでの長いキャムレット織のマントを皆が着ていたのだから。当地の宿はデッサンが経営しているのだが、これまで見たうちで最も堂々としている――モールバラの「マウント」など比較になりはしない。正餐(ディナー)は素晴らしかったし、それにカプチン修道会のある修道士が仲間に加わって座を賑やかにしてくれた。食事が終わってから、私たちは彼の修道院、修道士の個室(セル)、礼拝堂、そして食堂を見せてもらった。図書室には鍵がかかっていたが、私はがっかりしなかった。ジョンソン氏が一度入ったら出てこなかっただろうから。この修道士は好男子で、兵役に就いていたことがあり、修道士として巡礼をし終えたのだ。彼はヨーロッパを回りアジアも訪れたことがあり、めったに出会えないほど感じのよい男だった。この男は中世物語(ロマンス)に登場する申し分のない人物そのものだ、とジョンソンが述べた。彼の個室に開いてあった読みかけの本はイングランドの歴史の本であり、彼は楽しみとしてバイオリンを所有していた。軍艦のモデルになりそうな船が修道院の礼拝堂の壁に飾ってあるのを私たちは見た。あれはどんな意味があるのですかと私が尋ねると、彼の答はこうだった。あの船はさる立派なお方が作ったもので、その方はそれを俗世の物にしておくにはもったいないと思うほど気に入ってしまい——それで、敬虔な信者らしくカプチン会の礼拝堂に寄進されたのです、と。奥様はクウィーニーをこの修道会に捧げるべきです、とジョンソンが言った。

九月十八日

ここで私たちは安眠、いや快眠をむさぼった。明けて十八日はジョンソン博士の誕生日で、私たちは朝早く立派な教会へ歩いて行った。私はこのような教会の素晴らしさについては聞いていたのだが、そのことを忘れていたのでひどく驚いた——見たところこの教会では祭壇を正確に東に向けていない。数えてみるとそのような祭壇が教会の所々に九つもあった。

ここからバレッティは私をドミニコ修道女の修道院に案内し、そこの鉄格子越しに私はとても感じのよいイングランドの婦人と言葉を交わした。彼女は二十六年そこに入っているとのことだった。もちろんもう若くはないが、容姿端麗で申し分なく上流婦人らしい態度と様子をしていた。彼女はイングランド女性なので、いまロンドンではどのようなことが話題になっているのですかと私に尋ね、二人でフット氏〔イギリスの劇作家サミュエル・フット〕のことと氏のキングストン侯爵夫人との論争についておしゃべりをした。彼女は修道院上長（スーペリア）でレディー・ペニーマンの親戚だった——名前はグレイという。彼女は、私の帰国時にもう一度会いたいと言い、親戚に手紙を届けてほしいとのことだった。私は快諾し、彼女の小物をいくつか買ってあげて別れた。彼女は素晴らしい指輪をしており、テーブルの上には実に見事な象眼細工の嗅ぎ煙草（たばこ）入れが置いてあることに私は気づいた。この修道女（ナン）についてはこれまで。午前中に例のカプチン会の修道士が私たちに会いに来て、私たちが表敬訪問をしたことへの返礼としてクウィーニーに楊枝入れというちょっとしたプレゼントをしてくれた。昨日、私たちが修道院にルイ金貨を一枚寄進しておいたのだ。

　さてさて、私たちはやっと出発し、サントメールへと急いだ。そこで私たちはイエズス会修道院とその付属学校に案内された——これらは十分に完備されていて華やかでさえあった——さらに、ブライトヘルムストン〔ブライトンの旧名〕の劇場よりもはるかに素敵な劇場にも案内された——それは男子専用にきちんと整備されていた――だが、案内したのは何の説明もできない無知な男だった――おかげで、大聖堂で過ごすはずだった多くの時間を空費してしまったと後になってから思い出して不愉快になった。この伽藍は何と巨大なことか、そしてこの高貴な建造物の装飾部分は何と緻密なことか――これからはイングランドの教会のことは口にしないことにしよう。

中央に置かれた美しい打ち出し模様のある銀の聖骨容器は、私がそれまでに見たものすべてを越えていたし、さらにもう一つガラス越しに見るべきものがあり、それはさらにいっそう豪華で珍しい展示箱のような容器だった。当地サントメールのもう一つの教会であるサン・ベルタンはさらに多くの装飾品であふれており、七フィートの長さの銀の司教杖や、釘としてダイヤモンドを使い、さらにその他の宝石が鏤（ちりば）められているキリストの磔刑（たっけい）像が特に私の目を引いた。私たちはこれらのものを鑑賞するだけで一日を終えた。

九月十九日

翌九月十九日、私たちはアラスまで馬車を走らせたが、その途中のリレールで果物を売っていた感じのよい未亡人を覚えているようにとバレッティ氏が私に言った。アラスには大聖堂があり、屋根は非常に高いアーチ状で柱はとても太くて堂々としている。ひと目（クードゥーユ）で他のすべての大聖堂を凌駕しているのがわかる。これらの教会が妍（けん）を競っているのだから、そのような壮麗さがどこまで続くのかしらと思う。ベネディクト会の新しい大伽藍が私たちに同じような心地よいひとときを与えてくれた。ホール、つまり、彼らが食堂（リフェクトリ）と呼ぶところはオックスフォードのクライスト・チャーチのホールに劣らぬほどの広さがあり、彼らの図書室は広さと配置がオール・ソウルズ・カレッジの図書室に酷似している。私が階段の一番下の段で上るのをためらっていると、一人の老修道士がやや無礼な口調で私をとがめて、この寄宿舎は女性禁制ですと言った。ここアラスでは今まで経験したことがないほどひどい宿にあたったが、十分我慢できるだろう。早々に起き出して宿を出る時間までに町中を駆け回るというバレッティの提案は、珍しいものはすべて見ようという目的にはとても合っているのだが、一日中町を歩き回って疲れ切っている者にとってはそんな早起きはとても不愉快なことだ。正餐（ディナー）はすべて申し分がないように思われる――ワインも同様。

九月二十日

この日私たちはアラスを発った。この町の印象は装飾品に満ちた教会、気難しいベネディクト会修道士、そして黒いマントの女性たちなどで、私の頭からはなかなか離れないだろう。私はこの十五分ほどを全般的な回想に費やすことができた。サントメールからリレールまでの街道に立っているキリストの磔刑（たくけい）像は九つを数えた。カレーからここアミアンまでに教会以外の場所で見た聖母（マドンナ）像は二つきりだった――教会は実のところその像であふれていて、しかもそのほとんどが見事な出来だ。ピューリタンが腹を立てかねないと思える像を見たのはただ一つで、それはある哀れな狂信者が聖母マリア像に、長いレースの頭巾かピンで留めた帽子か私にはよくわからないものを被せて飾りたてたものだった。サントメールとアミアンの間で紳士(ジェントルマン)の邸宅はたったの三軒を数えるだけだったが、それらはちゃんとした家だった――フランスあるいはフランドルでは、紳士は私邸には住まないようだ。彼らは皆大きな地方都市に集まって住んでおり、最も裕福で重要な人々だけがパリに来て、遠方の地に住む貧しい小作人たちの貢いだ地代を使っているのだ。道路は立派で、貴族のお屋敷への長い並木道のように見える。両側に樹木が植えられ、真ん中が舗装されている。農業はとても盛んだと思うし、土地はとても肥沃なので、カレーからここまでの二マイルの間で荒れ放題の土地は全く目にしなかった。丘には羊よりも豚が多くて、牛は哀れなほどに貧弱だ。しかし、草のないところで太ることができるだろうか。牛たちに小麦を食べさせるわけにはいかないだろうし、牛たちはタバコを消化できない。駅馬はお粗末の一語に尽きるし、馬具は笑劇でも笑いものにできないほどの代物だが、ときおり見かける上流階級の人々が乗っている馬はそのほとんどがとても素晴らしい。周囲に狩り(スポーツマン)をする人は見かけないし、猟犬も見かけない。フランスの田舎は私がイングランドで見たどこよりもキツネ狩りやウサギ狩り、そして猟犬の獲物指示(セッティング)による獲物の追跡には持ってこいだし、さらに土地ははるかに広い。私が観察できた女性のドレス類は似合わないばかりか、見た目にもほとんどあか抜けないものばかりだった。カレーでは様々な色のキャムレット織の長いマントが、そしてサントメールでは体をぴったりと包んでいる黒い布かサージあるいはそのような見慣れないものが女性たちの装飾品だ――非常に高い身分の女性以外はリボンをつけていないし、身分の低い者たちの多くはプリント地のリンネルの帽子を被っているだけ。女たちは一般に胸当てとエプロンの類を身に付けているのが目につくし、男たちはたいてい口髭をたくわえている。しかし、礼儀正しさこそが実際この国民の見上げた特徴であるらしく、フランス人の紳士は路上で会えば必ず帽子を取るし、税関の役人ですら恭（うやうや）しい丁重さをもって行儀よく振る舞っている。

　私たちはアラスを早めに出立してアミアンに早々に着いた。ここの大聖堂は有り余る人力と経費の点で私が今までに見たものすべてを凌駕していた――ここで私は祭壇の上に横たわっている白い大理石の「過ぎ越しの祝いの子羊」を初めて見たし、胸に短剣を擬した聖母マリア像も見た――人々はこのマリア像を「苦しみの聖母」と呼んでいる。私はこの建物の華麗さを描写しようとは思わない――私にできることは、「壮麗」と「荘厳」という単語のむなしい繰り返しにすぎないし、それらの単語、あるいは私が今まで聞いたそれ以外のいかなる言葉も、アミアン大聖堂を辱（はずかし）めるにすぎないのだから。ここで私たちはジョンソン氏の寝室で夕食をとった。食事は美味しいが、宿はそれほどではない――そして、驚くほど暑い。

九月二十一日

この日、ベッドから起き上がったが、こんなお粗末なベッドで寝たのは初めてだった。私たちは窓を開け放しにして寝たのだが、それでも暑さとベッドの狭さにはほとほとまいってしまった。旅を進めて行くと、大きくて重々しい石造りの邸宅のそばを通りかかったが、その広壮さとこのような建物の珍しさが私たちの注意を引いた。しかし、それがパンティヴェール公爵の別宅だと聞いたときの私の驚きといったら——品位も装飾も全くなくて、周囲の風景の自然美に頼っているだけなのだ。見る者を感嘆させ、持ち主に喜びを与えるような私園も庭園も目に入らなかった。イングランドの地方の州の紳士(ジェントルマン)たちの邸宅と較べるとこのような住居は何と貧弱なことか——ブレナムやチャッツワースは言わずもがな、ローハンプトンのベズバラ卿のお屋敷でもこれと較べれば楽園(パラダイス)だ。調理場を除いて私はよい趣味にお目にかかったことがない——たぶんそんなものはパリに限られているのだろうから、近いうちに見られるだろう。教会の壮麗さが個人の住宅のお粗末さと奇妙な対照をなしており、私たちは今や本道からそれたので、貧弱な馬と深い轍(わだち)のために転覆する危険に絶えず晒(さら)されている。今夜のヌーシャテルの宿は今まで泊まったうちで最低だが、夕食は無類によかった。思うに、この国の安宿に泊るなら蝋燭(ろうそく)を持参しなければならない。イングランドでは蝋燭のない宿屋など見たことがないのだが。

私は今日、一人の紳士が丘の上で狩猟をしているのを見た。その丘は土地の広さと農耕が生み出すすべての美を一体化している。景色はうっとりするほど素晴らしく、自然の姿はどこも心地よい。家禽類もまた、納屋の戸口でも食卓でもとても美しくて美味しい。それを少し手に入れたいと思う。

九月二十二日

昨夜の私どもの部屋は広かったし、ベッドは柔らかくてきれいだったので、私は一度も目を覚まさずに九時間もぐっすりと寝ることができた。もし他の子供たちがクウィーニーと同じように健康だったらどれだけ満足することか――この子はフランスに上陸して以来全く病んでいないので、船酔いが却ってよかったのだと思う。今日私たちはルーアンに行き、そこでケンジントンにいる娘たちからの手紙を受け取るだろう。留守番のハリーに手紙を書こう。

三時頃に私たちはルーアンに着いた。この町はとびきり楽しげでどことなくバースに似ている。素晴らしく美しい丘に囲まれ、教会の間に立っている樹木に彩られており、もともと旅行者の賞賛を招くためだけに造られたかのようだ。しかし、丘を下って行くと、ルーアンがとっても古くて粗末な造りの町であることがわかった。宿は確かに立派なもので、カレーやサントメールの宿のようではなく、シュルーズベリーやリッチフィールド、あるいはバーミンガムの宿屋よりも上等だ。でも、そっと打ち明けると、食事は寝室でとるのだ。しかし、高い天蓋付の深紅の絹のダマスク織のベッドと、それと同様のベッドカバーは人が寝る場所とは思えなく、むしろベッドよりもご大層なソファーのような感じがする。ストリックランド夫人が私たちの食事中にやって来て料理を褒めたが、それは常々私がしていることだ。食べ物は確かに素晴らしい。夫人は私と一緒に六時にお芝居に行く約束をしたが、これはお芝居を楽しむというよりは、私を彼女の友達のペロン夫人に会わせるためだ。ペロン夫人は上流婦人で、ジョンソンの『ラセラス』をフランス語に翻訳した有名なパリの才女ボカージュ夫人の姉なのだ。約束どおりに私はお芝居に行き、ペロン夫人がストリックランド夫人の言ったとおりの人であることを知った。丁重な言葉を少し交わし合った後、ペロン夫人は私たち一同を次の日曜日の夜の食事に誘ってくれた——さて、お芝居だが……。劇場は確かに粗末で、ブライトヘルムストンの劇場ほど大きくはないと思うし、清潔さも間違いなくその足元にも及ばないが、観客の服装の豪華さと嵐のような拍手から推察すると、フランスでは役者たちは大いに持てはやされているようだ。ラシーヌの『フェードル』が上演されたのだが、その役が最近バリー夫人〔イギリスの女優〕によって演じられるのをすでに観ていたので、この劇場の女優の演技に私はひどく嫌悪感を覚えた。しかし、ひどい俗悪さが許され、作り顔が表情の名のもとに尊ばれている舞台では、彼女はおそらくやがては喝采を浴びるだろう。しかし、この芝居自体よりもこの女優を応援する騒ぎのほうが私には嬉しかった。バレッティがそのような蛮行はロンドンだけに限られていると主張しているが、それが間違いであることを証明しているのだから。私がロンドンの演劇界を知ってからかれこれ二十年になるが、その間にいかなる場合でもそのような騒ぎがあったことは一度も耳にしたことがない。夜、宿に帰ってみると、殿方がすでにお相手（コンパニオン）を選んだり本を買ったりして部屋に入ってしまったことを知った。私はクウィーニーを健康そのもので上機嫌のまま床に就かせ、十一時には私自身も就寝した。ジョンソン氏は私たちが泊まったすべての町で短い二行連句（ディスティク）を作っている。例えば、

　カレーでは出費過多
　サントメールはすべてが高い
　アラスであー残念
　アミアンですっからかん
　羊の肉（ムトン）は味気無し
　ヌーシャテルに金色の羊（ムトン）の看板

九月二十三日

午前中、信心深い女性たちのいる二つの修道院を訪れて、私の好奇心は十分に満たされた。最初のものはグラヴリーヌのクララ会の修道院で、礼拝堂よりも奥に入ることは許されなかったが、そこの

格子越しに私は彼女らととても打ち解けた会話をした――彼女たちのすべてが私の同国人なのでなおさら打ち解けたし、その中には強い北部訛りを今も留めている人が何人かいた。彼女らは実のところ本当に哀れな姿で、スカートを一枚だけ、しかも最も粗悪な生地のものをはいており、脚も足元もむき出しだった。バンドらしきもの以外にリンネルは身に付けておらず、そのバンドもとても汚れていた。私が訪問することは知っていたはずなのに。訪問者受付所(スピークハウス)の修道女(シスター)は誰よりも『錬金術師(アルケミスト)』〔ベン・ジョンソンの喜劇、一六一〇年初演〕のラングズに似ていて、彼女に挨拶したときにはとても嫌な臭いがした。これがすべての修道院ではいつものことなのだ――修道女たちは全部で四十三人なのだが、私が会ったのはたったの四人――受付所の修道女、修道院上長〔彼女の実の姉で――姓はヴァヴァソール〕、女子副修道院長、そして、格子のところに飾る造花を作っているウィリアムズ夫人とかいう女性――だけだった。修道女たちの指はすべて関節がふしくれだっていて、爪は割れて惨(みじ)めに変形している。彼女たちはまた極端に痩(や)せているが、副修道院長だけは別で、八十一歳だが歯も目も耳もどうやらしっかりしているようで、見るからに陽気で感じのよい老女だ。他の三人は実に陰気な方々で、身体に触るとてもひんやりとしている。でも、構うものか、明日また彼女たちに会おう――さあ、次はベネディクト会だ。ストリックランド夫人がこの惨めな場所から最高の修道会の修道院へ案内してくれた。そこには勅選女子修道院長(ロイヤルアベス)――国王に選ばれたのでそう呼ばれている――がおられるのだ。私たちが訪問者受付所で名前を告げて、この上なく丁重な言葉で修道院の内部を見せてくださいと頼むと、とても優雅な女性が院長様に伺ってみますと言って急いで聞きに行った。女子修道院長自身がやがて現れ、まず自分の正餐を終わらせたい、その間の応対は修道女（ナン）の一人にまかせてイングランドのご婦人の好奇心を満たすようにして、その後は自分の部屋で私たちとご一緒したいと言ってくれた。それで、シスターと呼ばれている修道女たちの二、三人が私たちの相手をするように選ばれ、私たちはこの修道院の食堂、個室、庭園、そして、珍しいものすべてを見せてもらった。修道院長は袖口のところが織の細かい亜麻布（キャンブリック）で折り返されている薄黒色の修道服を私たちに見せてくれた――頭巾（ヘッドクロス）で彼女の髪は全く見えなかったが、それでもとてもよく似合っていた――修道女たちは、毎日、リンネルを取り換えていて、とても優美で清潔である。食堂は広くはないが、テーブルクロスはひし形模様のある良質の布で極めて清潔である。修道女は各自が銀のフォークと銀のカップを所有していることに私は気づいた。食堂内には説教壇があり、他の修道女たちが食事をしている間に、修道女の一人がそこで朗読を始めた。この頃には、といっても、主にこの修道院で縫われていると思われる祭服を見せてもらった後のことだったが、女子修道院長も私たちに加わった。祭服を見せてくれた老婦人は私の改宗を執拗に望んだが、私はそのような話からさっさと逃れた。それから修道院長は私を自室に案内してくれたが、その部屋はなるほどとても優雅で、修道院長と副院長と主な四人の修道女がストリックランド夫人と私との愉快なおしゃべりの席についた。私たちは文学や政治や今流行（はや）っていることなど、いろいろなことを話したが、修道院長は確かに素晴らしく感じのよい女性で、知識欲がとても旺盛のようだった。修道院長は殊にアメリカでの反乱の特徴と原因を聞きたがっていた。修道院には抱き犬(ラップドッグ)や猫やオウムがたくさんいたが、修道院長のお気に入りは大型のイングランドのマスチフ犬で、修道院長はその犬をイギリス人である私の郷土愛に委ねた。彼女たちは驚くほどクウィーニーに親切で、この上なく私に愛想がよく——私にクウィーニーの年齢の娘がいるとは不思議だと言い、イングランドのような寒冷な気候の所で女の子たちは十二歳で嫁がされるのかと——あたかも本心からであるかのように——尋ねた。彼女たちは手作りのケーキを私に出してくれ、私は修道院長にジョンソンの『ラセラス』のフランス語訳を差し上げますと約束したが、それを読んでもいいのかしらと修道院長は言う。純潔修道女(ウエスターリス)たちなら読んでもいいでしょう、院長様、と私は答えた。私たちが純潔修道女であることをどうしてご存知なのかしら、と修道院長は言った。さらに多くの事柄が話題になったが、それらを書き記す時間がない。とはいえ、ここから私たちは宿まで馬車を走らせ、クララ会の修道女のためにストリックランドに一ギニーをあげた。明日、もう一度、その修道女たちと話がしたかったから。

午後、私たちは、私の思い違いでなければ、ベネディクト会所属の図書室へ行った。そこで私たちは大修道院長(アベ)を見かけたところ、これまで運の悪いことに話し相手を見つけることのできなかったジョンソン氏はその院長とラテン語で言葉を交わした——言葉の壁があるので、私たちのところに寄って来るのは、かつて英語を話すことのできた年老いた愚かな司祭ウィルソン神父だけだった。しかし今は、ジョンソン氏は皆が教会参事会員（シャノワーヌ）と呼んでいたこの大修道院長と一緒にいて、すっかり打ち解けている様子だった。この紳士が祭壇近くにある獅子心王（クール・ド・リオン）〔イングランド王リチャード一世〕の墓を案内してくれたのだが、私はその墓のある大聖堂について記すだけにしたいと思う。祭壇の装飾画には、ヨハネの黙示録の傷ついた子羊に影を投げかける壮麗なヤシの木が描かれている。その大聖堂の礼拝堂だったと思うが、某氏によるとても立派な絵を私たちは見せてもらった。その人はルカ福音書で述べられているように、産着でくるまれた赤子を描いている。

九月二十四日

ここでこの長く楽しかった一日を終わりにし、ペロン夫人への短い表敬訪問と、それからグラヴリーヌにある聖クララ会修道院へ出かけたときの様子を述べて、二十四日を始めることにしよう。そこの修道女たちは私のあげた一ギニーにとても恐縮し、もったいのうございます、もったいのうございますと言った。今日は彼女たちと大いに語らい、彼女たちが悲惨なほどに無知で迷信にとらわれていることを知った。私たちの聖なるキリストの傷を聖フランシスが恩寵として受け取っているとか、聖ウィニフレッドがある女性の視力を取り戻してやったとかいうでたらめの話をしているのだった。

私は今では修道院の生活がどのようなものであるかを十分に理解できた。このような禁欲生活は他の生き方を少しでも経験したことのある女性なら決して選ばないとわかったが、哀れにも娘たちを手放したがっている親は、十歳か十一歳の娘たちをこれらの修道院に送り込むのだ。そこで娘たちは――このような修道女を絶えず目にして、他には何も見ないので――罠に落ち、信心というよりも愚かさから、貧窮も、悲惨さも、そして世間の人たち皆が嫌がることもすべて受け入れると公言している――しかし、ウィリアムズ夫人が私に述べたように、彼女たちの中には、冬には無理にでも暖を取らせなければならない人たちもいる。そうしないと、自らの高潔さを目立たせようとして、自分の体に厳しい仕打ちを加えて命を絶ってしまうことだろう。このような盲目的な迷信が神を喜ばせるだろうか。もちろん、そんなことなどあるわけがない。せいぜい無意識な過ちとして許してもらえるだけのことだと思う。修道女たちは私にお手製の造花をくれ、私たちは優しい言葉をたくさん交わして別れた。女子修道院長の聖年（ジュビリー）は来年九月八日に祝われる予定で、皆が新鮮な魚と白パンを食べることになっており、今からそのことを話してはしゃいでいる。

　私は町で最も有名な教会の荘厳ミサ（ハイマス）に行き、信者たちに敬虔な気持ちが欠けていることにとても驚いた。金勘定をしていたり、ひっきりなしに割り込んで来る乞食たちと言い争っていたり、伝言を受け取って急いで応じていたり、音楽に拍子を取ったりしていて、司祭が聖体（ホスト）を奉挙する一瞬を除いて祈っている人などほとんどいない。ニカイア信条が唱えられているとき、私の友人はお疲れでしょうからと言って、私に座るように強く勧め、あなたはその内容を信じていないのだから立っていて無駄に疲れる理由はさらさらないと付け加えた。私はとてもショックを受けた。

将校や兵士のための軍用のミサはさらに騒々しく、さらにいい加減に行われる。その教会から私はストリッククランド夫人の部屋へ馬車を走らせて行ったところ、クララ会修道院のケネディ神父ともう一人の聴罪司祭がいた。そこで、私たちが見てきたことについて彼らと話そうと思ったが、ストリッククランド夫人が、物議を醸すような会話を始めるのは許さなかった。夫人が後で言うには、あのようなあさましい人たちにカトリック教の教義を託すわけにはいかないとのことだった。確かにカトリック教は立派な宗教だが、完全に盛りを過ぎている。華やかそのもの、見た目も立派だが、私も見ているとおり、知性は皆無、真の信仰も皆無。私の高貴な宗教と祖国をますます嬉しく思う。

今晩、私たちはペロン夫人と夫人の才媛の仲間と食事をした。その折にジョンソン氏が例の大修道院長に再び会い、イエズス会の解体に関してとても深い議論を始めた。夫はその会話に引き込まれたが、夫の判断力は衰えてはいなかった。私自身は彼らの話についていく力がなくて、私の言うことを理解してもらうのに一苦労したが、それでもどうにかわかってもらえた。街道を馬車で通って、この素晴らしいペロン夫人のところに食事に行ったが、ルーアンの町は舟橋（しゅうきょう）や丘や川があって、極めて美しいところだと思った。私たちはペロン夫人宅の料理でもてなされた。食事は素晴らしかったが、テーブルクロスは汚れていた。

九月二十五日

私たちは裁判所をひと回りし、本を一、二冊買い、ベネディクト会の図書室を熱心に見学した。もう一つの図書室は教会に所属していた。今日、殿方たちはたくさんの物を見たと思うが、私は自分のことだけを書こう。できることと言えばせいぜい自分自身の事柄を記録しておくことだけなのだから。しかしここで時間切れ。

私たちは別れを告げにやって来た親愛なる大修道院長ととても心地よく午後を過ごした。私たちは朗読やおしゃべりや文学の批評をしたが、ミルトンについてのジョンソンのラテン語による賛辞は実に素晴らしかった。夫は一緒にイングランドへ行こうと院長を誘い、ジョンソン氏はオックスフォードを案内しますと約束した——院長が好奇心と臆病の板挟みになってとても迷っているのを見るのは愉快だった。院長はイングランドを訪ねることを強く願っていたので、今回の誘いを決して悪くはない機会だと考えたのだと思う——しかし、宗派の仲間を置いて、知り合ってたった三日だけの人たちと異端の国を気軽に旅することにはかなり躊躇されただろうし、誰がそのためらいに驚くだろうか。要するに、院長は辞退し、私たちは別れたのだ——思うに、双方とも大いなる好意を抱きながら。

今晩、ペロン夫人も同様に極めて丁重に私たちに暇乞いをした。

明日、私たちはルーアンを発つ。ここではお互いに大いに礼儀を尽くし、大いに好意を示し合った。私はルーアンをいつまでも愛することだろう。さようならをもう一度。

九月二十六日

午前中、かわいそうにバレッティは具合が悪かったが、何か薬を飲むように説得しても無駄だった。医術に不慣れな人は薬のようなものはすべて恐れる。したがって、バレッティ氏は一口の酒よりも催吐剤の方が危険であると思わずにはいられなかったのだ。氏が間違っているのは確かだと思うが、それは氏の問題だ。喜ばしいことに私のクウィーニーはとても健康でいる。

セーヌ川

私たちはセーヌ川の河畔へ行き、その川を三度渡って一日の旅をとても楽しみ、ヴェルノンに泊まった——正真正銘のフランス風の宿屋だったが、こんな清潔な宿にはお目にかかったことがなかった。ブドウ畑を今日初めて見かけたが、それに失望したのももちろんこの日が初めてだった。伸びているブドウの木に対して尊敬の念を抱かせるものはブドウの実以外には何もないのだが、ブドウの木は短くて、手入れがされてなく、見た目にはホップ畑の半分ほども美しくない。とはいえ、馬車を走らせながら通り沿いの熟れたブドウの実をとるのは素晴らしく楽しいものだ。道路は今日もまた快適で、道沿いの紳士の屋敷はだんだんと立派になっていく。ジョンソン氏は、私たちは今や太陽を追いかけて温暖な地に入る喜びを味わっている、と言った。午後、私たちは橋の上に座り、セーヌ川の美しい眺めを楽しんだ。セーヌ川はくねくねと小さな島の間を流れ、おそらくはこの世で最も肥沃な土地を潤し、言葉にならないほど目を楽しませ、万物を与えたもうた神への感謝の念で心を満たす。岩はとても高くて想像力を掻き立て、また遠く離れているので、見る目をうんざりさせることもなく、流域はいくつかの点でリッチモンド・ヒルから見えるものよりも勝っている。ないのは森だけ。思うに、フランスの庭園趣味は五十年前のイングランドの趣味にそっくり。変化を生み出しているものと言えば、高い壁、真っ直ぐな線、意味もなく醜い形に無理やりねじ曲げられた樹木だけだが、この国民の想像力が生み出すことのできるものとはこのようなものだけのようだ——しかし、もっと多くのものを見るまでは、私の意見は控えておくべきだろう。

九月二十七日

ヴェルノンの宿で起床。一同元気で上機嫌だった。道路の方までずっと続いているブドウ畑に見とれたが、ブドウのツルが上部へ向かって巻き付いている白い棒のために全体的に幾分不快な様相を呈している。しかし、セーヌ川の河畔は驚くほど美しく、地域全体が言葉にならないほど喜ばしい豊穣の雰囲気を漂わせている。サクランボ、リンゴ、ブドウ、アスパラガス、レンズマメ、サヤインゲンが大量にぐるりと回りに植えられていて、この国の恵みを分かち合おうと旅人を招いている。それを目にするのは極めて心地よいので、物乞いをする人が多いのにはいらいらする。ここでは誰も飢えることなどあり得ないと当然信じているのだから。

この思いは、夫とバレッティと娘の乗っていた馬車に降りかかった恐ろしい事故を思い出して遮（さえぎ）られた。御者の一人が急な下り坂のところで落馬して、引き革が切れ、一頭の馬が轢（ひ）かれて、馬車は危険極まりない速さで突進して行き、夫は誰かが来るまで待てずに――バレッティとクウィーニーのために馬を止めようとして馬車から飛び降りた――しかし、怪我をするばかりで、サムが来るまで二人の馬車は突進し続けた。サムはこの暴れ馬にひどく手を焼いた。その馬がずいぶん長いことサムをてこずらせ、ついには彼を振り落としてしまったのだ。そんなわけで、今日は災難の一日であり、私たちがサン・ジェルマンに着いたとき、主人はとても具合が悪かったので医者を呼んだ。その医者は、パリに行って瀉血（しゃけつ）してもらい、十分に休養するように、そうすればきっと回復するだろうと励ましてくれた。それで夫は私たちをサン・ジェルマンに残し、バレッティ氏が夫を助けるために、そして私たちをパリで迎える宿を取るために、親切にも同行してくれた。ジョンソン博士の命を気遣っただろうと思われるこの三人の安否に対する博士の全くの無関心ぶりは、私にはショックだったし、驚きだった――しかし、バレッティが言うように、それが真の達観（フィロソフィー）なのだ。ストリックランド夫人はそんな親切な言い方をせず、私に対する友情よりも博士に対する憤りの方が強くなっていくのがすぐにわかった。私たちはサン・ジェルマンに泊まったが、ベッドは素晴らしく、翌日、私はクウィーニーが昨日の事故でわき腹を痛めたことに気づいたが、それ以上の災いがこの子に降りかからなかったことを喜んでよしとしよう。

九月二十八日

ここのフランス人たちの礼儀正しさは一風変わったもので、私たちが買い物をしたりおしゃべりをしたりしていると、召使いたちがやって来てびっくりするほどじろじろと見るし、紳士然たる人たちが私たちの服などについて、自分たちのものによく似ていると妙なお世辞を言うので、笑うべきなのか腹を立てるべきなのかわからない。今晩、私たちは無事パリに着いたが、ここまでの道は実に快適で、期待に添うどころか——期待以上だった。午前中にサン・ジェルマンの城を見物したことを述べるべきだった。フランス人たちは明らかにサン・ジェルマンの城を誇りに思い、私たちがウインザー城を褒めるように彼らは庭園のテラスからの眺めを賞賛している。フランスがイギリスより明らかに劣っていることに私は大満足。案内人が王立遊園を自慢して案内しているのを見るのは言葉では言い表せないほど滑稽だった。広さが私たちの家庭菜園の二倍ほどもなく、刈り込まれた小さな生垣と小さな灌木の植え込みを森と呼んだりしているのだから。午後、私たちがパリへ着いたところ、夫は回復しており、家から長い手紙が届いていた。それには我が家の繁栄と息子の健康についてびっしりと書いてあった。夜、夫の往診にやって来た外科医は私たちを大いに励まし、私たちが奇跡的に難を逃れたことを聖母マリアに感謝すべきだと言っている。

九月二十九日

今朝、ストリックランド夫人の友人や知人たちが夫人のところにやって来た。婦人帽子屋や殿方がそれに加わって賑やかさを増した。夫人は上流階級の人をたくさん知っているし、その人たちは誰もが立派で評判のよい人たちばかりなので、夫人たちと一緒にいれば間違いなく楽しい。私どもはジョンソンとすっかり仲直りをした。私が、ジョンソンに対して即座にあるいはまともに返事をしたがらない（と考えたようで）ジョンソンがそれを感じ取ったとき、彼がむっつりして質問をしなかったのは、夫への無関心からではなく、私に対する怒りからだったというのがジョンソンの言い分であった。

私たちは便利で優雅な宿に泊まっている。バレッティは私たちのためを思い、万事に目を配ってくれている。クウィーニーにはすでにフランス語の先生がついている。私たち一同の心の安らぎは、皆が互いに気遣っているように思われること――ただし、私のことを愛していないクウィーニーは別だが。クウィーニーは同様に父親も好きではなかったと私は思っていたが、父親が怪我をしたときは確かに少しばかり同情した。（夫もそう思った。）

ところで、娘は今、奇妙にも怪我をしている。かわいそうに、足の親指を、驚くようなやり方で、しかもあの奇妙な内気さ故に押しつぶしたのだ。私はこの旅でその内気さが治まってくれるのではないかと幾分希望を抱いていたのだが――これは恐怖とまでは言わないが、私の第二の頭痛の種である。それが何の不都合ももたらさないことを望んでいるし、そう信じている。今日、老ルヴィエに会ったところ、かわいそうに彼は落ち込んでいたが、私と会って嬉しそうだった。ルヴィエは、クウィーニーの親指が治ればダンスの先生を連れて来てくれるだろう。夜、ストリックランド夫人がオペラに出かけている間、私は馬車に乗って、当地の人のいうところのギャンゲットや大通り（ブールヴァール）へ出かけた。それらは庶民のための大衆娯楽の場所で、小部屋、あずまや、遊歩道などがあり、バイオリン、アーモンドシロップ、ラスやその他の飲み物があふれるほどある。しかし、ワインもビールもブランデーも売られていないので、陽気だが騒々しくはなく、群衆がいるが暴動はない。私たちイギリス人はいつも下層の人たちに娯楽を与えるのをしぶっているが、私の会うフランス人は娯楽を奨励したいと思っている――これは両国民の国民性の違い――むしろ特徴のように思われるが、どんな娯楽も酒類がなければイングランドの民を喜ばすことはないということ、そして、酒類はそれがもたらす粗暴な結末のために許可できないということを私たちは覚えておかなければならない。

九月三十日

私たちは今朝、ボカージュ夫人を表敬訪問した。夫人は確かに私たちに極めて丁重であろうとしていたので、その気持ちをもっとはっきりと表すべきだ。夫人は物書きだし、旅をしたこともある――そして今は家でくつろいでいるのだから――しかし、私は期待していたほどには夫人のことが好きにはならなかった。夫人の姪のブランシェティ伯爵夫人は見るからに愛想がよい。しかし、私たちは次の木曜日に正餐に招待されたので、そのときにはもっとよくわかるだろう。この訪問先から私たちは商店街に急いだが、そのとき偶然にノートルダム教会からのダルトワ王女に随行する馬車の行列に出会った。王女は教会で産後のお礼参りを済ませてきたところだった。その供回りの馬車は華麗で――王女自身の馬車は壮麗そのもので、私がイングランドで目にしたいかなる馬車も比べものにならないだろう。私はまた、あまりにもしばしば目にするもの――我が国の兵隊をはるかに凌ぐフランス兵の見栄えのよさ――を見せつけられることとなった。夜、私たちはサントヴィドの定期市辺りへ馬車を走らせたが、そこには私には全くもって初めての光景があった。大きな広場の真ん中にルイ十五世の騎馬像が立っており、その周りには――とはいえ、かなり離れているのだが――円を描くようにお店があって、これまで見たこともないような陽気な雰囲気を醸し出し、極めて素晴らしい――お店は仮設で、もちろん取るに足らないが、安ぴかの装飾品類、リボン、鏡、ナイフとフォーク、焼き菓子など、想像でき得るありとあらゆる派手で無価値なものが並べられている――しかし、無数の明かりで照らされると、イングランド人の達観ですら軽蔑することはできないし、オランダ人の愚鈍も無視できない祭りの雰囲気を醸し出している。国王の像を取り囲んでピラミッド型に飾られているランプと、程よい間隔で円を描くように並んだお店は、毎晩この陽気な場所を歩き回る大勢の見物人の目にはきらびやかに見え、買い物をしたいという人もいれば、おしゃべりをしたいという人もいて、ジョンソンは土曜日の夜のクランボーン・アリー〔ロンドンのレスタースクエアに続く通り〕を思い出した。

十月一日

私たちは十一時か十二時からずっと町中を馬車で見て回り、この間に私は何とか三十分をつくって一日の出来事と印象を記した。バレッティはパリでは壮麗さと惨めさの両極端が共存し、同様にあらゆる種類の両極端も必ず共存すると言っているが、その言葉ほど真実を伝えるものはない。昨日、私は売春婦が胸に十字架像をつけて、芝居がかった服を着て男を誘う姿を見た。そして今日はチュイルリー宮の美しい立像群の中を歩いた。そこは壮麗さではソロモン神殿の絵にそっくりで、小石はブライトヘルムストンの海岸とは違ってぎっしりとあるわけではなく、壮麗な池は一面アオウキグサで覆われているが、ロンドンのイズリントンの安っぽい居酒屋風の木格子は老朽化し、ばらばらになって朽ち落ちている。

ヴィクトワール広場はバースの円形広場に似ていなくもないが、優美さでははるかに劣り、大きさはレッド・ライオン広場ほど。そこにはルイ十四世の騎馬像があり、この像が大きすぎて、二台の馬車を並べてこの像と家並の間を走らせることはまずできそうにない。広場の中央に装飾を施したヴァンドーム広場の方が幾分か釣合いは取れているが、フランス人以外の目には驚きだろう。広場はこれだけだと思うが、私はこれらの広場に住むのが何らかの名誉になるということが理解できない。フランスの大邸宅はすべてがバーリントン・ハウス〔ロンドンのピカデリーにある大邸宅〕のように通りからの出入りができないようになっていて、堂々としていると言われている。私はそういう大邸宅にまだお目にかかっていない。通りはロンドンの通りよりも騒々しくて狭いので、道の両側を走る馬車の響きも聞こえる。歩行者用の舗道がないので、歩行者が玄関の真近を通る。家並も非常に高いのでこだまするし、どんな音でも反響するので、耳を聾するばかりだ。以上、両極端がいかに共存しているかを述べた。昨日、ボカージュ夫人は私たちが恐縮するほど丁重な言葉をかけてイギリス人の機知や魅力などを褒(ほ)めたたえてから、私たちにこう言った。もし私にあなた方にお出しできる焼き菓子(プディング)があれば、ご一緒にお食事するところなのですが、と。感情を傷つける意図でもなければとうてい思いもつかないような言葉だったが、夫人には私たちに喜んでもらいたいという思いがあったことはほぼ間違いない。夫人の姪は、午前中、少なくとも五十ポンドはする一対の頭飾り(ラペット)と、あまりにも平凡で不潔なガウンを着ていたので、我が家の乳絞りが家でそんなものを着ていたら、私はその子の揶(すく)い取ったクリームなどは絶対に口にしたくない——夫人の姪はひだ飾りをワンピースにさえ全く付けていなかった——ところが、私がさらに驚いたのは、彼女がロンドンの居酒屋の女将が指にはめるような薄っぺらな銀の指輪をしていたことだ。

しかし今朝、イングランドに関するボカージュ夫人の手紙を読んでみると、私の批判精神も幾分かは和らぐような内容だった。夫人の方が私より意見を述べる機会も多かったし、おまけに知力も勝っているのではないかと思うが、それでも夫人の知識はひどく限られていると私は見ている。夫人の言う事実の多くは間違っている —— 私の方がどれほど正しいことか。私は自分が目にすることしか言わない——これなら事実に反しないはずだ。

人の目に絶えず迫って来る事物には異常な醜さがある——そんな様々な形の醜さは想像もつかなかったし、あまり目にしたくもない。ノートルダム寺院の中にある絵は人々を幾分かほっとさせてくれるので、理由はいろいろあるが、その絵を見上げることができるので嬉しい。私たちは遅れて教会に着いたために荘厳ミサは聞けなかったので、副祭壇わきの聖餐台での読誦ミサに参列した。私は司祭の言うことが一言も聞きとれず理解もできなかった——私は気持ちを落ち着けて、ソウダ・アンド・マン教区のウィルソン主教による霊的聖体拝領に関する手引書を心の中で唱えた。

これだけ混雑する首都なのに、空気のきれいなことには本当に驚く。石炭を焚かないから、パリの最も狭い地区の空気でさえハムステッドの丘の空気よりもよどみがなくて明るい。イングランドを出て以来、サントメールで一度の弱い俄か雨に遭ったのを除き雨には降られていないし、十月一日のこの日も太陽はとても強く、厳しい暑さとぎらぎらする陽光のために皆いらいらした気分になりがちだ。

パリの人々の行儀のよさもまた称賛に値する。当地の群集はロンドンの群衆ほど不作法でも危険でもない。パリの民衆から侮辱されることはまずないし、当地では男性は誰もが女性の保護者を任じている。女性に対するこの種の丁重なる振る舞いは、私の観察し得た限りでは、あらゆる階層の人々に滲透している。

今夕、私はパリの大遊戯場（コリゼ）へ行った。ロンドンのパンテオンを模した新しい娯楽施設だが、比較すると、こちらはかなり小さい――しかし、美しく飾られてきれいに保たれている。花火は申し分なく美しく、ドーム下の中央では子供たちが回りを取り巻く人たちを楽しませようと、コティヨンなどのダンスを踊っていた。ここで私はボブ・コットン〔前年にもウェールズで会ったスレイル夫人の親戚〕に会った。

十月二日

今朝、クウィーニーが新しい先生に就いてフランス語を習い始めた。この先生は私の大のお気に入りで、フランス人にはまずできないほどの流暢な英語を話す。その後の午前中は、ヴェルサイユへ行く私たちの衣装を整えるために婦人用マントの仕立屋や帽子屋などにうるさく悩まされて過ごしたが、ついに王室が確実にショワジーへ移るので、私たちはヴェルサイユへは行かなくてもよさそうだ。そのかわりショワジーで宮廷の人々に会える。夜は皆でお芝居に行った。なかなかの演技力のある役者たちの演じる舞台で『ル・シッド』〔コルネイユの悲劇〕を観られてよかった。私は役者のせりふはすべて理解した。劇場は粗末なもので、フットの小劇場〔サミュエル・フットがロンドンのヘイマーケットに建てた芝居小屋〕はこれに比べると規模、壮麗さ、装飾の優美さの点でまるで宮殿だ。しかし、芝居の一番の売り物は役者であり、ここの役者は芸達者だ。今日は俄か雨が降った——本日の日記の記載はほんのこれだけ。日曜日は当地ではあらゆる商売や娯楽にとって大事な日であるようだ。

十月三日

今日の午前中は、ローマ・カトリック教の栄光を見ようと教会から教会へと駆け巡った。サン・スルピス教会は私たちが見た最初で最大の教会だ。これは現代イタリア風であり——広大かつ壮大なる見事な建築だ。主祭壇は絢爛たる純真鍮の天蓋に覆われて目立たないが、清潔かつ燦然（さんぜん）と輝いている。聖餐台を囲む手すりも同様に真鍮製である——ここには天然の貝殻が二つあり、聖水を容れるものとしてはこれまで見た中で最大ものだ。これらはヴェネチア共和国からルイ十五世へ贈られたもので、ルイ十五世は貝殻を保護するためにその縁に真鍮を巻かせた。さらにこの教会には三位一体を表現した非常に珍しい絵画もある。その絵では、忠実な信者を描いたものとされる一群の人々の周りに鷲が翼を大きく広げている。サン・スルピス教会の話はこれまで。ここから私たちはカルメル会の修道院へ馬車を走らせ、そこで、改心するラヴァリエールの肖像とされるルブランの有名な「マグダラのマリア」を見せてもらった。それからストリックランド夫人が私たちをイングランド・ベネディクト会修道院へ案内してくれた。そこの副修道院長は特に礼儀正しく、当院に安置されたジェイムズ二世の亡骸を私たちに見せてくれたが、その顔の原型が焼き石膏で作られたものか蠟(ろう)で作られたものか私にはわからない。私たちは次にヴァル・ド・グラース教会へ案内され、私はこの教会の主祭壇がこの上なく気に入った。幼児イエスを真ん中にしてその両側に立つ等身大のヨセフとマリア像も絶妙な秀作だ。全体が驚くほど上品な白の大理石造りだ――故リシュリュー枢機卿の記念像はヨーロッパで最大傑作の一つと言われているので、今朝の見物の折にはあったはずだ――この記念像の価値はイタリア人でさえ認めるところだ。

夜、私たちはもう一度芝居を観に行き、私は『賭博者(ゲームスター)』という新作喜劇でたっぷりと楽しませてもらった。役者は実に芸達者で、イングランドの役者に勝るが、何もかもとなると、フランス人がいかにイングランド人に後れているかがわかる。ロンドンやイングランドの旅巡業でも見るに耐えないような、同じ芸のくり返しや最低の芸でもフランス人は黙って観ている。今夜はフランス王妃〔マリー・アントワネット〕が他の貴婦人と同じようにバルコニー席にお座りになって芝居をご覧になったが、王妃がご退席の際に観客へ会釈をされるときには、観客はそれに応えて王妃へ拍手を送った。王妃は驚くほど美しく、とてもお優しい方であると思う。というのも、王妃が役者をお気に召すと彼らに拍手され——本当に愛想よく楽しそうに女官たちともおしゃべりをされていたから——私は王妃のためにもっとよい劇場と王妃の座る立派な特等席があればよいのにと思った。

十月四日

私たちは朝食のときに新しい友人たちから、競馬、いやむしろ二人の貴公子間の勝負を見に行こうと誘われた。これは最も軽い馬に最大のハンディキャップをつけるというフランス馬術のすごい妙技だ——もっとも、騎手をイングランドから呼び寄せるだけの分別が彼らにはあった。ロッキンガム侯爵の騎手であるシングルトンが敗れたのは決して不思議ではない——馬の体力にせよスピードにせよ、二頭の釣り合いが全く取れていなかったのだ。加えて、その一頭はハンディをつけられた四歳馬で、他方はハンディ無しの八歳馬だ。

フランス王妃がこの競技会の観戦に来られ仮小屋に通されたが、それはウェストミンスター橋のたもとにアストリーが建てた安い芝居小屋よりもはるかに粗末だった。そこにはパリから椅子が運ばれて来るまでは座る椅子もなく、しかも競技場は町から四マイルも離れていた。王妃は限りなく質素な装いにもかかわらず、夜よりも昼の方がなお一層お美しい。王妃は勝った方の騎手を褒めたたえ、馬をなでた。王妃と女官たちは勝馬がゴールインしたときには拍手を送り、歓声を上げげんばかりだった。

私たちは昨日訪ねたイングランド・ベネディクト会副修道院長のクーリング神父を迎えて会食した。神父様は学識があり礼儀正しいようで、私のことを気に入ってくれたと思う。そのことは私の目から見れば、常に第一級のすぐれた特性である。私たちの中にはクウィーニーのお気に入りの神父さんもいて、とても社交的な方だ。その後、ルロワ氏という方も見えた。この方はイングランドに行ったこともあり、アテネも訪れているし、コンスタンチノープルへも行っている。もっとお近付きになれば、私たちは氏をとてもよい人だと思うことだろう。

かご細工はイングランドで頻繁に見られるものだと昔から聞いているが、当地では乗合馬車やセーヌ川で木炭を運ぶはしけ船が主に小枝で作られている。貴婦人用のしゃれた椅子かごを作るときもやはり小枝を使うが――くすんだ青色で塗りたくってある。

私はまさにこの日、椅子かごに乗った厚化粧の貴婦人を見た。しかし、このように見るに耐えない下品な例は、この国以外の文明国では決してあってほしくはない。宮中の最も若くて綺麗な女官でさえも細やかな心配りなどは少しも見せずに、平気で咳払いをして痰を吐く。今日も競馬場で、身分のある女性が衆人環視の中で太い脚にストッキングしか着けず、白い肌をむき出しにして馬に跨る姿を私たちは見せられた。（騎手に揃いの服を着用させ、まるで遠くからは騎手の見分けがつかなくするかのように、あらゆる色から緑を選ぶというフランス人の考えほど確かに馬鹿げたものはない。）しかし、この点に関して私が聞いた中で最も驚いたのは、今日の競馬場で王妃を取り囲んだ四十三人の漁師の女たちが起こした騒ぎだ。女たちがありったけの声と気違いじみた身振りで、王妃の耳元で下品で卑猥な言葉をやたらと発したため、王妃はとうとう堪りかねて女たちに金をやって追い払ったというものだ。このような事が許されることに私が驚きの声をあげると、あるフランス人紳士は落着き払って、「そう、この連中は王妃から金をだまし取る方法をよく知っているのです」と言い、もう一人の紳士もすかさず、この女たちはある日のこと、興奮して大騒ぎに紛れルイ十五世にキスをしたこと、またその日の朝にも王弟ダルトワ伯がたまたま好青年だったので、伯爵の手に強引にキスをして気まぐれな思いを満足させたということを私に話してくれた。さて、イングランドの自由について声を大にして話すことにする。これほど不道徳なことは選挙の論戦においてさえ私たちには決して許されるものではなく、ましてや王族や気高い貴族が楽しむための娯楽ではなおさらのことだ。私の競馬の話はまだ終わっていない。イングランドでは、騎手は遠くからでもすぐに見分けがつくように常に異なる色の乗馬服を着用する。緑色は草木がその色の識別をむずかしくするので、その目的には最悪の色と考えられている――当地では騎手の服装は全員が同じ色で、その色は緑だった。

ここパリの店は特にお粗末で、店員はぞんざいで不愛想だ。呉服屋は半ダース以上の絹織物を客に見せたがらない、その生地を裁断したがらない――ガウン用として一着分の反物になっているため、客はそれをそっくり買うか買わないかを迫られる。しかし、私は金物や刃物などを売っているある男の立派な心遣いについてぜひ話しておきたい。王弟ダルトワ妃殿下がノートルダム寺院で彼女の子の産土（うぶすな）参りをした日、この男は私たちが見物する場所に困っているのを見ると――自分のお店に私たちを招き入れ、馬車の行列が通過する様子がよく見える窓際に私たちの場所を提供してくれた。

もっとも、この人はイングランドに七年住んでいたことがある。

ようやく十月四日が終った。明日、私たちはボガージュ夫人邸で正餐をとるので、たぶんいろいろな事柄が話題になるだろうから、新しいページから記そう。

十月五日

二時にボカージュ夫人と正餐をとるため、午前中は装身具を整えて過ごした。中央に枠台（フレーム）のある派手な正餐で、夫人はクイーンズベリ公爵夫人の調理法に倣（なら）って作ったイングランド風の焼き菓子（プディング）を私たちに出してくれた。この訪問で私たちはボカージュ夫人の姪であるブランシェティ伯爵夫人の美貌以外、特に満足するものは目にしなかった。ただ、伯爵夫人のご主人もとても好男子なので――フランス人なのだろうかと――私は疑問に思った。しかし、会話の中でこのご主人はイタリア人であることがわかった。その場にはもう一人のイタリア人貴族がいて、バレッティに挨拶をし、私たち一同にも愛想がよかった。夜にはこの貴族は大遊戯場へ私たちのお供をするほかには果たす役目はなかったのだろう。サルディニア王国大使夫人には私たちの名前を伝えてあるので、彼が私たちに付き添うことに異存はなかった。ボカージュ夫人の応接間にはシェイクスピア、ミルトン、ポープ、ドライデンの胸像があった。夫人はソファーに座り、足元に金色の房のついた見事な赤いビロードのクッションを敷き、夫人の頭上には並はずれて大きな蜘蛛の巣のような古い薄地の織物があった。卓上には黒のくすんだ白鑞（しろめ）か銀の痰壺が置かれていた。召使いがコーヒーを持ち運んで来ると、指先で砂糖をつまんで入れた。この人たちの住む家は素敵だが、夫人の部屋へ行くには下男たちがトランプをしている広間らしきところをわざわざ通り抜けなければならないように作られていた。私たちの新しいイタリアの友人とこの友人が私たち一同に紹介してくれたハンガリーの貴族と一緒に、夜、大遊戯場から宿に戻ると、皆でこの日の正餐のあら捜しを始めた――腐ってはいないが臭い兎肉が一皿、もう一皿は屠殺されたばかりの羊の足肉を串焼きにして、古い豆を付け合わせたもの、三本しかないソーセージが一皿、砂糖菓子だけが一皿、などと。しかし、悪口は盛りだくさんとなり――以上の品定めをもって今晩の座談を終了した。

十月六日

ドミニック・ミード氏が私たちの仲間に愉快な一員として加わり――（外国人全員で）――オルレアン公爵邸へ行き、そこでカメオの小箱と沈み彫りとその他古くて珍しい彫刻を見せてもらった。その中に印章があり、それはアウグストゥス・シーザーが常用し、ポケットに入れて持ち歩いたものと言われている――それはオンパレ〔ギリシャ神話に出てくる女王〕の頭部で――柄は後世の所有者によってダイヤモンドが鏤められている。この邸宅の絵画の蒐集は私がこれまで見たかぎり抜群に素晴らしいものだ。それらは主としてティツィアーノ派だが、アンニバル・カラッチの「キリスト聖墓の三マリア」が他のどの作品よりも優れていたと思う。今日私が見た珍しい品々の半数は記憶するまでもないが、最も博識な考古学者にも判読しがたいパルティア語の碑文の宝石に彫り込まれたパルティア人の頭部を忘れてはいけない。同様に私はしまめのうに刻まれたハンニバル将軍に似た男の頭部にも感銘を受けたが、そこにはイタリアの沼地で失明したハンニバルの眼の痛みが表現されている。

今夜、私たちはサー・ジョン・ムーアの老いた妹とお茶を飲んだ。彼女は三十年間パリに暮らし、すっかりこの国の習慣になじんでおり、寝室に来客を入れたり、室内用便器をできる限り身近に寄せて使用したりしている。

気候は今や変わり、雨期に入ったが、私たちはできるなら寒さを我慢しなければならない。パリの暖房費は一日一ギニーかかると聞かされている。一日をイングランドの男たちと共にイタリアの絵の中で過ごしたので、今日はこれまでにない最良の一日であった。

十月七日

私たちはイエズス会の有名な教会へ行ったが、今でもとても立派な教会である。しかし、この修道会が追放されたときに多くの豪華な礼拝用品が取り去られてしまった。この教会は実に優雅な趣向で建てられ、キリスト受難の見事な彫像で飾られている。教会の両脇には聖心（フレイミング・ハート）を持った等身大の純銀製の二つの天使像が鎮座し、その他に同じ大きさで総ブロンズ製の力天使（ヴァーチャーズ）に囲まれた大きな十字架と優れた職人技によるいくつかの浅浮き彫りがある。この立派な教会から私たちはイングランド人尼僧の修道院へ馬車で赴いた。そこではレディー・アナステイシア・スタッフォードが女子修道院長を務めていて、何人かの上流婦人が隠遁（いんとん）している。私はレディー・ルーシー・タルボット、ハワード夫人、パーカー嬢、レディー・メアリー・スタッフォードに会った。そして、同じ修道会に属する彼女らと共に、俗世間では全く異なる階級に属するが修道院の中では同等である一人の婦人に会った。この女性はストリックランド夫人の父親の女中をしていた人で、パリへ渡って助修女と呼ばれる身分となり、これらの婦人たちの召使い役をこなしている。彼女たちは、私が思うに、この女性が献身的で従順であり、素晴らしい声に恵まれていたので、彼女にお金はなかったが修道女会入りを認めて、七年前に修道女として正式に入信させたのだ。彼女はストリックランド夫人の手に口づけをして、現在の地位をとても光栄に思っているという気持ちを表した。しかし、彼女が上流階級の女性たちがお互いに呼び合っているように彼女たちをシスターと呼び、彼女たちと共に火床（ひどこ）の前に座ってすっかりくつろいでいる様子であるのを目にした。でも、彼女は粗野なところが目立ちがちで、ストリックランド夫人の女中と親しくしたがっていた。

婦人たちは皆とても礼儀正しかったが、ハワード夫人が目立ってそうであった。夫人はまたとりわけクウィーニーに親切だったし、女子修道院長は女子修道院への入構許可を後日司教様に求めると約束してくれた。この修道女たちの何人かがストリックランド夫人にフッカーという夫人について話をしたが、彼女たちによればこの夫人は病気だという。一同が宿に戻ったときに、ストリックランド夫人は例の夫人の夫の経歴について私に話してくれた。この男は、どうやら、四五年〔一七四五年のジャコバイトの乱〕の背信行為に対して政府がどうしても彼に恩赦を与えてくれないことに腹を立てて、マンチェスターの製造業をイングランドから当地へ移した人らしい。彼は恩赦を祖国との和睦の条件にしたが、それが満たされなかったので、綿とリンネルの工場をここパリに開設して、私がフランスで見てきたその種の全製品をフランス人にもたらしたということだった。

今晩、私たちは宿に留まり、ボカージュ夫人が私たちとお茶を飲んだが、夫人には私たちと親交を深めたいという気持ちがあるのだと思う。例の二人の愉快な外国人がイタリア喜劇を観た後で宿にやって来て、私たちは皆で、ときには英語、ときにはフランス語で、そしてときにはラテン語、ときにはイタリア語でたっぷりと文学談義を交わした。誰もが間違いを犯したが、この間違いに皆が笑った――ジョンソンはハンガリー人の幼いバティアンが気に入った――実に愛嬌のある少年である。ハリーもこの子のようになればよいと思う。

十月八日

私たちはとても居心地の悪い時間を過ごした。銀行家のパンショーという人が私たちを彼の別宅(カントリーハウス)に招いてくれた。そこには確かに彼の苗字を使っている女性がいたが、まるで売春婦のような態度と作法だった。私は彼女がその手の女であると思い、恭しく接することはしなかった。彼女の物腰にはあまりに品がなかったので、宿に戻ったとき、私はバレッティ氏にはぶっきらぼうな言葉で、夫にはとても厳しい言葉で、あのような仲間に紹介されたことに不満を述べた。バレッティの弁明は腹立たしいどころではなかった――彼は、彼女はチャムリー夫人にはうってつけの話し相手であると言ったのだが、そのような無礼な発言に対してバレッティに反駁する正当な権利があると思い、私はそうすることを控えはしなかった。しかし、私の怒りは激しくても決して長続きはしない――私たちは再び仲良しになり、少なくとも私自身の機嫌が直ったことは確かだ。

今晩、私たちはパンティヴェール公爵の別荘(ヴィラ)を訪れた。それは全体的にはウォンステッド・ハウスほど立派ではないが、ウィンブルドン・ハウスよりも素晴らしかった。床はとても凝った造りになっていて、庭園はフランス風の綺麗なものである。

十月九日

例の二人の外国人が私たちと会食し、ヴォルテールのシェイクスピア批評をあれこれ言いたいようだった。ヴォルテールは確かに大陸の精神に非常に大きな影響力を持っている。書物で彼に反論を挑む論客はほとんどいないように思われる。シェイクスピアの批評ではもっと少ないはずで、ヴォルテールのホメロス批評に挑む人は二、三の孤独な学者以外にはいないと思う。しかし、ここにいる二人の若者は極めて非凡な人たちである。私はストレッタムでマヌッチ伯爵をもてなしたいと思うが、残念なことにバティアンにはニ度とお目にかかることはあるまい。彼はここからイタリアへ行き、それからウィーンに落ち着く予定である。そこでは彼の父（ハンガリーの公爵）が皇后の宮殿に住んで仕えている。バティアンはジョンソンをその宮殿へ招いたが、ジョンソンはまずは私に聞くべきだと言った。バティアンは私たちに旅の途中でウィーンを訪れるようにと盛んに勧めてくれた――私たちがイタリアへ行くとなれば、それはよほど予定外のことになるだろう。マヌッチは二、三週間もしたらイングランドへ行く予定だ――彼はフィレンツェの高貴な生まれの貴族だ――バティアンはイングランドから来たばかりで、彼はその地で教養のある若い女性との恋に落ちたのだ――ノーシングトン卿の娘だと思うが。私たちの友人たちについてはこれまで――彼らは二人とも文学に秀でている。

十月十日

一同、サン・ロック教会を見に出かけたが、私はこの教会が、アミアンだけは別だが、大陸で見た中で一番気に入った――祭壇の配置が実に巧みでとても快い。ここに関する話はどの本にも載っているので、繰り返さない。そこから、私たちはパリのタヴィストック・ストリート〔ロンドンの華やかな商店街〕とでもいうべき通りへ出かけた。そこはエクセター・チェインジ〔ロンドン、ストランドにあったマーケット〕のような場所だが、当地の方がよりよい品物、より多くの種類の品物がある――すべての品物が安いので、その安物をいくつかお土産に買った。次に行ったのは孤児院で、そこは尽きることのない慈善を誇りとしていて、実際、婦長が言うには昨年の一月以来すでに五千二百人の幼児を受け入れたそうだ。その施設は驚くほど清潔で、フランスで見てきたどれよりもきれいで、哀れな幼児たちは少なくとも清潔な環境の中ベッドの上で安らかに死んでいく――私は何列もの赤ちゃんがおくるみに包まれて骨と皮だけになり、とても小綺麗な幼児用寝台（クリブ）で衰弱しているのを見た。それぞれの寝台の頭部にはミルク粥のようなものの入った瓶が吊るされていて、それを吸うことができれば幼児は生き残り、吸えなければ死んでいくのである。生まれたての赤子は滅多に生き残れないと思う――生後八、九ヶ月になってから収容される幼児は十分に生き延びられるようだ。今夜はイタリア喜劇に出かけた。この喜劇では有名なカルリーニが表情豊かな道化役（ハーレクィーン）で役者としての才能を発揮した。この道化振りは今まで見たどれよりも、または想像できたどれよりも下卑たものだったが、人々は笑い、パチパチと手を叩き、歓声まで上げた――そして、バレッティは何が大衆を最も楽しませるかを判断するのは大衆であり、国民性を理解しないで喜劇を批判することは不可能である、と随分ともっともらしいことを言った。したがって、私は楽しまずに宿に帰った――私の好みは彼らの好みとは異なるのだから。しかし、幾ばくかの知識を得たから失望はしなかった。少なくとも私は大陸の観客を喜ばせるものが何なのかはわかった。この日は非常に有益な一日だった。

十月十一日

今日は私どもの結婚記念日である。結婚記念日をパリで過ごすなんて夢にも思わなかった。フランソワ神父が最初におめでとうと言って、一年中咲く花の中でも最も綺麗な花の大きな束を贈ってくれた。アレクサンドル嬢のところで殿方にご機嫌伺いをしてから、私たちはリュクサンブールへ馬車で行き、ルーベンスの絵がたくさんある素晴らしい美術館を訪れた――そこの絵は人々の目を完全に眩惑する。宿に帰ってから、大宴会を開き、六人からなる我が家の身内の他に、ボカージュ夫人とその甥と姪、ブランシェティ伯爵夫妻、イタリア人貴族のマヌッチ、旅行家のルロワという男性、イングランド・ベネディクト修道会の二人の修道士とフランソワ神父が参加した。午後は大通り――サドラーズ・ウェルズ〔ロンドンのイズリントンにある盛り場〕のようなところへ出かけた。そこでは綱渡り、宙返り、小歌劇が行われていた――それは芝居よりも面白かった――それに、宴会に残っていた伊達男たち――マヌッチとルロワ――と私たちはたんまりおしゃべりができた。

十月十二日

今日一日は優しい大修道院長に委ねた。院長は私たちを楽しませてくれると請け負っていたのだ――それで、私たちと、マヌッチ伯爵、副修道院長、私たち一同お気に入りのように思えるスウェイン某氏、アーウイン大尉夫妻とそのお嬢さん、そして私たちの案内人の大修道院長からなる一団がゴブラン織物工場へ出かけ、そこで鮮やかな色彩と優雅なデザインの醍醐味を満喫した。製品は完成度においてはムーアのそれに勝っているが、イングランド婦人が両者を心の中で比較したときにその婦人を落胆させるほどのものではない――自分こそがここの中心人物であると思っているように見える男性はスコットランド人で、この男はフッカー同様に反乱を理由に本国から逃亡してパリに落ち着き、この素晴らしい工場を経営し、すべての工程で親方になっているようだ。私たちの次の行き先は王立博物館で、ここでは高名なドーバントン氏が私たちを案内するために待ち受けていて、続き部屋に保管されている珍しい博物標本を見せてくれた。これは最近ビュフォン氏〔フランスの博物学者〕自身が配列したものだ。私たちはそれらを見て、見事な展示を大いに楽しんだ。ここの展示室はレスター・ハウスのそれと全く同様に配置されており、部屋数は五つだと思うが、王立博物館にはレスター・ハウスのリーヴァー博物館よりも入手が困難なものがある――もっともリーヴァーが集めた鳥の標本の方がここのものよりもはるかに保存状態はよい。私はビュフォン氏の標本がリーヴァー博物館の標本に匹敵するほどになったことがわかって感心したり喜んだりした。並外れた大きさと光沢の宝石はどのようなものであっても王室の蒐集家にのみふさわしい稀覯品であるが、ここには普通の雌鶏が生む卵と同じくらいの大きさのエメラルドとトパーズもいくつかある。鳥の標本の中では、キューバの黄色いオウムであるズグロハゲコウ、魚を食べる中国産の大きな鳥で、私の知っている最も大きなコウノトリの二倍はある鳥、そして、石炭のように黒く、カササギとほぼ同じ大きさで二フィートの長さの尾と鮮やかな緑色で縁どられた翼のあるギニアのサトウドリが、初めて見る鳥の標本として私の目を引いた――それらの鳥はエドワードやウイロビーの鳥類の本にも収められていないと思うが定かではない。ブルックによって剥製にされて二階に保管されている異国の鳩と呼ばれている鳥は、ここでは、バンダの羽冠雉と呼ばれている。チャンデルナゴル〔インド東部〕の玉虫と中国の緑スズメバチはここで観察した中では最も優美な昆虫である。リーヴァーのカブトムシもフランス王のカブトムシよりはるかに優美である。博物館には長居をしたが、私たちがガニ氏のお宅に着いたとき、博物館をゆっくりと見て回った喜びを悔いはしなかった。ガニ氏のお屋敷は値がつけられないほど高価な品々で飾られている。数点のオランダ派の小さな絵画――とはいえ、最高の完成度で描きあげられたもの――が壁を覆っていて、その壁には絹のダマスク織りが掛けられている。ポウル・ブリルが描いた風景画、テニールズによる小さな肖像画、ポレンバーグやフランケン〔父〕の作品がガニ氏の部屋の素敵な飾り物であり、氏の九つの部屋には実に多様なそして驚くほど価値のある骨董品がぎっしりと並んでいる。素焼き(テラ)の陶器(コッタ)、陶磁器の花瓶、碧玉(へきぎょく)のテーブル、いろいろな形をした斑岩(はんがん)、瑠璃(るり)、古くて珍しいインドのラック塗り、それに水晶のシャンデリアは三千五百ポンドしたと言われている。純銀製品が次々と私たちの注意を引いた。部屋の隅々まで何らかの珍しいもので満たされていて、ここではすべてがその価格に比例して珍品とみなされている。私を一番喜ばせてくれたものはデイヴィッド・テニールスのおよそ横二フィート縦一フィートの大きさの釣りをしている人々を描いた絵であり、確かに抜きん出て素晴らしかった。それと、およそ八インチと四インチのバルトロメオによる「砂漠のマグダレン」だった。その他にはジェラード・ダウズによる非常に貴重な絵画やウーバーマンズやベルヘムの小作品があったが、私たちの案内人の言葉を借りれば値が付けられないほどのものだ。私はこの優雅な宮殿を去るのが残念だったが、次に私たちが訪れるところがわかっていたらなおさら残念に思ったことだろう。ともあれ、モンヴィル氏の屋敷が私たちの訪問を待ち受けていたのだが、そこに着いてみると何の喜びも与えてはくれなかった。この屋敷はうんざりするほどの卑俗さを味わうためにのみ造られているように思われ、私にはわかるのだが、あるローマ皇帝の隠棲所(いんせいじょ)をお手本に仕上げられている――装飾品は卑猥なものばかり――その持ち味において抜群であるとみなされてない場合は、すべて私が見る限り何の価値もない代物ばかりである。ルーベンスが描いたハープシコードの内側は例外だ――この絵は実のところ私がこの家の中で気に入った唯一のものであり、この家を見物して私たちの長い――全体的には愉快な午前を終えた。私たちの友人の伯爵が宿にやって来て一緒に食事をとり、おしゃべり、あら捜し、そして座談に興じて今宵を過ごした。

十月十三日

午前中は一人で過ごし、イングランドへ手紙を書いた。その後、私はリュクサンブール宮の庭園でクウィーニーを走らせたり、パレ・マルシャンを散策したりした。パレ・マルシャンでは、国に持ち帰るためのおもちゃをいくつか買った。もっとも、税関の役人たちをうまく言いくるめることができればの話だが。夜にはオペラ座に行き、マウント・モリス卿とさんざおしゃべりをした。卿は極めて好青年であるように思われ、夜のオペラ公演のきらびやかさについて、フランス人は群衆の他には目を楽しませるものを知らないし、騒音の他には耳を楽しませるものを知らないと、いみじくも述べた――今宵の公演の騒音は確かに私の脳を引き裂かんばかりだったが、私の見聞を広めてくれた――私はこんなに多くの人々が満足して座っているなどとは想像もできなかったし、感動して意味のない叫び声を上げることにこれほど唖然とすることなどなかったことだろう。私がフランスの偉大なバレリーナ、ハイネルを見るのは今回が初めてだった――ハイネルが高い名声を博しているにはそれなりの理由があるということがわかった。

私は今や全般的な感想を述べるための時間をうまく見出した。この国には実際に目で見ないと信じられないような愚かさがある。この国の人たちは魚——例えばコイ——をうろこも取らずに食卓に出すし、この上なく威厳のある庭園または非常に大衆的な行楽地をホーリー・オークやありふれたマリゴールドで飾る。これらの例は私自身が目にしてきたものだが、アイルランド人紳士のキルパトリックは生活費が安いのでここに定住し、それ故にそれらのことをもっとよく承知しているはずの人で、彼が言うには、フランス人は抱卵している雌鶏（めんどり）を殺し、肥育鶏（プーラルド）として食卓に出すそうだ。今夜のオペラ座でももっともらしさなんて露ほどもないことが見受けられた。例えば、嵐は彼らのからくりを見せるがためにのみ起こされるのだが、そのからくりとやらは実に見下げ果てたもので、舞台の上に適当に敷いたブリキの板だけでできていて、それが——観客の見ているところで——くるくると巻かれ、いかにも波音のような音を出すのである。しかし、パリのオペラ座はロンドンのそれよりも大きく、桟敷にベンチがないところを除けば、ロンドンのそれによく似ている——誰もが立ち見で満足しているのだ。通りの看板を見ると楽しくなる。普通、「聖霊」は質屋が選ぶ看板であり、「聖母マリア」は酒場の出入り口の上に置かれ、バッカス神の巫女（みこ）と同様に本物のブドウで飾られており、イエスの名前はＩＨＳと書かれて橋の向こう側の古着屋にある——「神」はといえば、麦畑とブドウ畑の間を歩く父なる神によって表され、よく見かける看板である——そのような図案を私はこれまで見たことがなかった。自己賛美はこの国の一大特質であるように思われる——私たちはオルレアン公爵の絵に囲まれてたんまりと目を楽しませてもらったが、そこではティツィアーノ派の絵画が一、二時間の間、我々の目の中に輝き我々の心の中で勝ち誇っていた──その後、私たちは──締めくくりとして──フランス人の言う後味（ボンヌブーシュ）がよくなるように、大ギャラリーへ案内された──そこはフランス人の親愛なる同国人コアペルの派手な手法で側面が華やかに飾り立てられていた──この画家の作品の出来映えは、イタリアのすべての素晴らしさよりもフランス人の審美眼を十倍も魅了した。別の日に──ゴブランのつづれ織り（タペストリー）を見せられたときだが──彼らは自国の絵画以外からは絵を写そうとはしなかったし、自然の模倣を残すための配慮をほとんどしないので、例えばペリカンをピンクやグリーンに、コイを紫と黄色にしている──このことは、それらの色の強さを示すためだけであり、そこにある常識との矛盾を完全に無視しているわけだが──それでも、冷笑を浮かべて、絶えず──イングランドにはあのような素晴らしいものはないと思いますよと付け加えるのだ。フランスの紋章はいつでも人目を引くが、リュクサンブール宮の庭園の芝生に切り込まれると非常に滑稽に見える──もちろん、紋章を肩章のように服に織り込ませた例の大通りの曲芸師を思い出すことがなければの話だが──私の感想はこれまで。

十月十四日

新しい一日が始まり、今日はルロワ氏から大いに楽しませてくれるとの約束を得ているが、氏はこの地でイングランドにおける——私たちの言うところの——「アテネのスチュワート」のような人物である。

彼は知識を大いに増やすために
フランスに住んで、ギリシャを旅した

ルロワ氏はまず私たちをダルジャンソン氏の邸宅へ連れて行ってくれたが、そこは金と鏡だらけだったと思う。氏の寝台は最も高価な薄絹の天幕で、支柱には槍が束ねられていて、最上部には羽飾りの付いた兜（かぶと）が載せられている——弓、矢、戦斧（せんぷ）などが頭側の板を成している。この寝台はうまく置かれた合わせ鏡に八度も繰り返し写っている。屋敷の他の部分もそれに相応していて、夫人の部屋は一層派手だった。夫人の化粧室は素晴らしく、豪華でさえあり、私室（ブドワール）には優雅な壁紙が張られていて鏡で覆（おお）われていた。夫妻は私たちに夫人の靴を見せてくれたが、とても可愛らしく小さかった——クウィーニーにはその靴は絶対に履けないと思う。この部屋にはこの場所にふさわしいおとぎ話のような本があった。夫妻はどうしても私たちに二階を見させてはくれなかったが、それは私たちが二人の本を手に取って笑っているのを見たからだ。

私たちが見た次の邸宅はいっそう華美でぴかぴかしていて、もちろんさらに見事だった。部屋ももっと大きく、ある部屋などは奥行きが五〇フィートもあって――壁には緑の大理石と鏡が交互にはめられていた――この華やかな邸宅はサン・ジュリアン氏の所有で、氏自身が私たちに邸内を見せてくれたのだが、態度はとても丁重だった。氏のご子息の寝台のベッドカバーと部屋の窓のカーテンと椅子だけで五百ポンドほどの価値がありそうだった。だが、父親の部屋のものと較べてそれなりに見劣りがしたが、木製の書物が詰まっている書棚以外には全体の華麗さを汚すものは何一つ見なかった。お庭の一つの花籠が強く私の注意を引いた――ストレッタムにもこんなものを置きたいものだ。バッキンガム・ハウスの女王様のお庭のような大きな庭園が大都会の真ん中にあるのは、他のすべてのものを合わせたよりももっと強烈に豪華な感じをイギリス人訪問客に与えている。

ルロワ氏が私たちを兄上に会わせてくれた。この方は経度の発見に貢献したことで報奨金を二度受けた優秀かつ老練な技師であり、私たちに測定器を見せながらその特性と使い方を説明してくれ、それについて私が少しばかり知っていたのでとても褒めてくれた。その主要な原理は熱さと寒さと動きに影響されないばね仕掛け（スプリング）であるらしく、彼の最も重要な技術は摩擦の悪影響を避けるために各部分をあらゆる他の部分から切り離しておくことにある。彼はその問題に関する論文を私に贈呈してくれ、私たちはお互いに気持ちよく別れた。マヌッチが私たちと食事を共にし、皆でフランス人の趣味のあら捜しをした――彼はダルジャンソンの鏡の置き方を笑って、ベッドを八度も反射させるのは病院を連想させる以外には何の面白味もないと述べた。彼が言うには、この人たちは幻想だけが豊かだ

――残念なことだが、彼らはルイ金貨も同じように鏡に映して数えているのだ――しかし、私が久しぶりに聞いた最高の名言は主役バレリーナのヴェストリのもので――現在ヨーロッパにいる偉人は、プロシャの王、ヴォルテール、そして私の三人だけ、というものだ。ボカージュ夫人とブランシェティ伯爵夫妻が私たちと一夕を共にした――明日はショワジーに行く。

十月十五日

ショワジーには王宮があり、これはもっぱら田舎の隠棲または狩猟用の建物として造られたせいか壮麗と言うよりはむしろ優雅である。窓からの眺めは素晴らしい――ショワジーのセーヌ川はボートか船を浮かべていたら、さぞやグリニッジのテムズ川に似ていることだろう――しかし、フランスほど川に船が少なく道路に馬車が少ない国はない。水路や陸路で二〇マイル旅をしても、船や馬車に全く出会わないかもしれないほどだ。ショワジーの王妃の部屋はとても綺麗だが豪華ではないし、王妃自身がサン・ジュリアンの子息夫人のものよりもはるかに見劣りのするベッドで寝ている。国王がお付きの者や愛妾（あいしょう）など特定のわずかな人々と内輪に食事をしようとするときは、古くからある一種の「魔法のテーブル」を使う。テーブルが上下する仕掛けになっているのだ。そして、傍らには同様の仕掛けで皿などを替えたりする料理運搬具（ダムウエイター）が二、三あり――みな最後には床の下に沈んで行く――床には真鍮がはめこまれていて――床の一部となっている。私たちはここでこれとは違う奇妙な細工がしてある別のテーブルを見せられた――それは様々な色の木材でできており、仕上げは完璧である。買値は三千ポンド、作るのに十年かかったと言われているが、私には信じられない。ショワジーはパリから六マイルにすぎないが、帰り際にはパリの美しい姿を見ることができる。しかし、パリは近郊からの眺めがロンドンほどよくはない――ただし、煙霧がかかっていないときのロンドンだが。ところが、この都はいつもそのような状態であり、町のあらゆる尖塔をまるでロンドンのハムステッドの家々のようにくっきりと見分けることができる。石材建築は町を取り囲む石切場のおかげでとても安価であり、それがパリの拡大を招いていることは言うまでもない――全体として、パリは地面も住居も白くてロンドンよりもバースに似ている。だが、ブドウ園と植林地の若木が石のぎらつきを心地よく和らげており、この都に入る道の両側はどこも美しい。

これまでで私が最も気に入ったのは、オルレアン公爵が蒐集した絵画、ガニが集めた高価な珍品類、サン・ジュリアンの装飾品の趣味のよさとその華麗さ――そして、ショワジーの落ち着いた佇まいと簡素な優雅さ――さらに、ソーの象眼の床を忘れてはいけない、これはこの種のもので今までに見たうちで最高のものだ――各部屋の床が、コブ氏が作り顧客の目を奪って最高の評価を得ている飾り棚のように仕上がっている。この夜は私たちだけで気楽に過ごした――今ではいつもマヌッチが一座に加わっている――しかし、彼は明日フォンテーヌブローに行くらしく、私たちはおそらく水曜日の夜にはそこに着くだろう、すべてが予定通りにいけばだが。クウィーニーはいま回虫でひどく苦しんでいる——だから一日も欠かさずに薬を飲ませなければならない——これが少し悩みの種だが、我慢しなければ。

十月十六日

昨晩、ミード氏が私たちに別れを告げた。ミード氏はとても好感の持てる人なので、もし私たちが氏をもっと前から知っていたら、いっそう寂しさが深まったことだろう。私ども夫婦はとても友人に恵まれていて、大修道院長は親切で愛想がよく、ルロワ氏は様々な楽しみを提供してくれるし、マヌッチ氏はバレッティ氏と共に即興で詩を作ってくれる。さあ、新しい一日を始めなければ。

今日は——少なくとも十時から三時半までは——サン・ヴィクトワール通りのイングランド修道会（イングリッシュ・カレッジ）——女子修道院のことであるが——のアウグスティヌス修道女たちと共に過ごした。そこの修道女たちは申し分なく話し好きで、陽気で、愉快な人たちだ——私はこの人たちが大好きだ。女子修道院次長はフェルモー家の方で——ポープのベリンダ〔ポープの『髪の毛盗み』の主人公〕の姪なのだ。私たちはその詩人とその婦人双方を話題にして大いにおしゃべりをした。もう一人の修道女もとても楽しい方だった。彼女はロンドン界隈では私が知っている頃から美人で通っており、今でもとびきり美しい人である。さらに、彼女は世間のことをよく知っており、旅もしていれば本も読んでいる。彼女の部屋には様々な分野の本がどっさりあって、ラテン語を学ぶことについてとても熱心に語った。彼女は私を楽しませようと教会のオルガンを演奏し、見事な指捌き（ゆびさば）でヘンデルの「水上の音楽」を弾いてくれた。修道女たちは私が食堂で食事をする許可を司教様から取ってくれていた。私は彼女たちと一緒に、人参（にんじん）やその他の根菜を添えた蒸しビーフ、羊の首肉のホウレンソウ添え、名前は不明だが添え料理（アントルメ）を食べた。女子修道院長、修道院次長と私自身が部屋の上座に据えてあるテーブルに座り、修道女たちが両側に並んで座った。食後、私たちは礼拝堂に行き、そこからすぐに戻って、すべての個室を見たり、修道院の生活について正確な説明を聞いたりする機会が持てた。素晴らしい庭や野菜畑、そしてブドウ園があり、そこでクウィーニーは年金生活者たちと駆けっこをした。その間、私の方は修道女たちとおしゃべりをしていた。一、二時間後、私たちは女子修道院長が淹（い）れてくれたお茶を飲みに私室へと呼ばれて行き、のんびりと楽しくお茶を飲みながらおしゃべりをした。フランスの習慣の悪口を言い、クララ会が遭遇した苦難に驚き、要するに皆が関心のあることなら何でも話したり聞いたりした。ジョンソン博士が馬車で私たちを迎えに来てくれたのには恐縮したが、お茶を飲み終えるまで博士をしばらく引き留めておこうとそのお相手に聴罪司祭を呼び寄せた。お茶を飲み終えると、一人の修道女が格子窓のところまで私を案内してくれた。やがてストリックランド夫人がもう六人の修道女と姿を見せた。そのほとんどが夫人の友人であり、学友か教師なのだ。夫人はこの修道院の中で育ったのだ。私たちはとても優しい言葉を掛け合いながら別れた――修道女たちのおかげで私はとても楽しい一日を過ごすことができたし、修道女たちが言うには、彼女たちも私たちのおかげで楽しい一日を過ごすことができたとのことだった。私は間違いなくこれらの修道女と修道士たちに未練が残るだろう。この人たちの態度にはとても慈愛に満ちたところがあり、同情と同時に尊敬を招く彼女らの信仰は比類のないものなので、誰もが彼女らを愛さなければならない。しかも、彼女らは私たちには何の愛も感じていないのだということを斟酌しなければ、自分自身にはきっと苦痛になるような優しさをもって愛さなければならない。私はこれらの修道女たちにワインを買うためのルイ金貨を一枚渡し、互いに非常な好意を感じながら別れたと信じている。聖アウグスティヌスの修道女はそれほどの苦労はしていない――ベッドは柔らかだし、リンネル類は上質で、食事はたっぷりとあり、住居は便利だ。彼女たちは清貧、貞節、修道院上長への従順、そして終身の修道禁域を確かに誓ってはいるが、貧困に関しては――彼女らはその窮迫(きゅうはく)をみじんも感じていないし、人類の半分を苦しめている貧困への不安とも無縁である。寄進の多い修道院は他のすべての修道院の中で最も完璧な貧窮からの避難所である。独身主義はどうかと言えば――ほとんどの場合、それが不名誉なことだからこそ世間的にはいたたまれないものだが、その根拠が修道院ではなくなっている。孤独に関しては――二十四人とか三十人もの同性の知り合いと付き合っている女性などはめったにいない――修道女たちと全く同様に、祈ったり、トランプをしたり、おしゃべりをしたりして時間を過ごす世俗の人々のことを言っているのだが、この世俗の人たちは皆で共同生活をする代わりにお互いの家を訪問し合ったりしているのだ。盲従はすべての誓いの中でも最も嫌悪すべきものだが、それもまたごく気楽になされているようだ。修道院長は彼女たち自身が選ぶのであり、三年ごとに新しい、または同じ院長を繰り返し選んでいる。私が昨日会った院長は十三年間その地位に就いている。今までに述べたことがあるかどうかわからないが、ルーアンのサン・ルイにあるベネディクト会修道院の院長が私に語ったことには、院長は冬をパリで過ごす許可を得ているとのことだった。たった今聞いたのだが、院長は私が楽しい一日を過ごしたフォセに今晩行くとのことだ。院長はフランスの貴族一家——バルバンソンだと思うが——の貴婦人であり、ルーアンで私にとても親切にしてくれたフランスのベネディクト会修道女たちの好意的な協会（ソサイアティ）を統轄するように国王に選ばれたのだ。院長は今私にとても近いところにいるのでもう一度会いたいものだ。院長は優雅な物腰の高貴な淑女だ。院長の修道院はフォセにある同朋（どうほう）の女性たちの修道院よりも豪華であり、その食堂の装飾も素晴らしい——さらに、修道院長の私室は私がフランスで見た上流階級の人々のどの部屋にも劣らないものだ。ここでは図書室やビリヤード室が整っているのに、哀れな我が同朋の女性たちは各人が個室の棚、娯楽室の一脚か二脚のトランプ用テーブル、それと双六（バックギャモン）用のテーブルなどで満足していなければならないのだ——ここの修道女の中にはチェスが飛び抜けて強い人も何人かいるようだ。

十月十七日

暇を見つけてリュクサンブール宮の庭園で一時間ほどクウィーニーを走らせた。この子が普段はよく運動をしているのにこのところ運動不足だと思ったから。昨夜は修道女たちのことで頭がいっぱいだったので、大通りで一夕をどう過ごしたのかや、一人の少年が数列に並べた卵の間を驚くほど軽快に踊るのを見たことを書き忘れてしまった。フランスの芸人は我が国の芸人よりもましなようだし、一番下手な芸人でも何らかの取り柄がないわけではない。しかし、演じたり、歌ったり、踊ったりするにしても、手袋をはめないこの今風のやり方はあまり好きではない、特に、女性たちがとても華やかに着飾っているオペラでは。こんなことを考えていると、ブルボン宮を見に行くことになった。そこは、建築の素晴らしさと装飾の優雅さの点で私がそれまで見たものすべてを凌駕していた。しかし、最も素晴らしい部屋の一つには薪をもっともらしく積み上げた籠があった、夜、私たちは大通りをもう一度ぶらついた――そこにはロビンソン・クルーソーの出し物と、もう一つは男と女の模擬戦の出し物があり、男たちはマスケット銃、女たちは浣腸の管を持っていた――女たちが勝って拍手喝采を受けていた――フランス人の繊細(デリカシー)さなんてこんなものなのだ。

十月十八日

私たちはフォンテーヌブローへ出かけた。のどかな田舎を過ぎて早めにそこに着いたのだが、マヌッチが私たちのために確保しておいた宿はひどいものだった。私は旅仲間と、向こうに着くまで何時間かかるかについていくつかの賭けをして、締めて六ルーブル勝ち取った。男性と若い女性たちは皆バレッティが勝つことを願っており――彼らはバレッティが賭けに勝つようにとさんざ工作をしたと思う――結局、大騒ぎした挙句にバレッティはジョンソンから一ルイ金貨、私から十五リーブルを勝ち取ったのだった。馬車は美しい地方を通り抜けた――フォンテーヌブロー周辺の景観はイングランドのタンブリッジに似ているが、そこよりも石がごろごろしている。私たちは皆で陽気に夕食を食べ、ベッドで熟睡した。

十月十九日

朝は身支度、午後は王宮見物、夜は芝居で過ごした。私たちは最初に若いエリザベート王女が食事をするところを見た――王女の侍女はグムネ夫人だけで、夫人は王女から皿を受け取ってそれを小姓に渡し、別の従者が王女に肉を切ってあげる。王女は王の末の妹で十二歳ぐらい、美人ではなく十人並み。コルセットに締め付けられて顔色が悪く窮屈でたまらないといった様子ではあるが。この国ではすべての子供が幼いうちにこのように締め付けられ虐待されていることがわかる。彼女らが大人になったときの醜さは、愚かな両親に対するその苦痛への報復なのだ。王女自身が自分の国の嗜好に従って苦しんでいる有様（ありさま）だ。

王と王妃は別室で一緒に食事をしていた。食卓にはきめが粗くもなければ細かくもないダマスク織のテーブルクロスだけが掛けてあり、ナプキンはなかった。盛り皿は銀製だが、イングランドの銀のようにきれいでもぴかぴかでもなかった——しかし、ともかくも銀だった。ところが、取り皿、ナイフ、フォーク、そしてスプーンはめっきなのだ。胡椒と塩が当地の習慣どおりに二人のそばに置いてあり、正餐は一つのコースが五皿。王妃は王が取ってやったパイをもりもり食べたが、二人は、私が記憶している限り、お互いには何も話さず、ただ二人ともときおり侍従に向かって話しかけたりしていた。王妃は宮廷の中で抜群に美しい女性だが、王はといえば、まずまずで——普通のフランス人といったところ。

もう一つの部屋では、紳士と淑女が食事を共にしている。これはご大層な静粛かつ儀式ばった仕事なのだ——このような人前での食事は。その上、この二人も藁(わら)を詰めた二つの人形のように座って、口をきいたのは私どもの娘クウィーニーのことを訊ねたときだけだった。娘については以前王妃が同様に根掘り葉掘り聞いてきたことがあった。王妃は私どもの名前を書いてくれとせがみ、とてもへりくだった態度だったがその質問攻めには手を焼いた。（部屋の片隅に行くと一人の紳士が、「あの可愛らしい子はイギリスのお嬢さんだろう、顔を赤らめているので間違いない」と言うのを私は耳にした。）次に注目を浴びたのは王弟ダルトワ伯爵夫妻で、私どももまた思う存分に二人を眺めた。伯爵夫人は小柄で貧弱な体つきだが、実に可愛らしい顔をしている。子供を連れているのはこの夫人だけなので、その子がおそらくフランスの王位継承者なのだろう。目が痛くなるまでこれらの王侯たちを見つめてから、私たちは宿に戻り、服を着替えて、劇場で一夕を過ごした。その喜劇は抜群の出来の新作で、当意即妙なやり取りと新旧の冗句がふんだんに鏤めてあった――そして、その演技であるが――舞台での演技力（パフォーマンス）でフランス人が我が同胞にこれほどまで勝（まさ）っているのを目の当たりにして私は残念でならない。でも、彼らが私たちを凌駕しているのは**それだけ**だと思うし、そのことが私の慰めになるに違いない。

所見

王宮には王妃のイアリングを除いてダイヤモンドは皆無だった。そして、王妃の頭には他の宝石類はなかった――それぞれに絵が付いている真珠の腕輪だけが高価な装身具らしきものだった――そのガウンは花模様で飾った薄織（ゴーズ）だった――そして、頭部の樹木状の飾り物は例外なしにとんでもなくひょろ長い。女官たちは全員とびきりの醜女で、嫌悪感を催さない顔は一つもなかった――体形は幼い頃の扱いから予想できるようなものばかり――醜さを免れている女性はここではほとんど見当たらない。王宮の衣装はイギリスのものとは違って、大きくて傾斜した輪骨（フープ）の上で特殊な襞（ひだ）と結んである。女官たちはみな裾を引きずっており、イギリスの絹を身に付けている者は最良の服を着ていると思われている。今夜は時間がなくてこれ以上は一語も書けない。

十月二十日

今朝、人々が「森」と呼んでいるところへ王妃の乗馬姿を見に馬車で行った。十分に早く着いたので王妃が馬に乗るところを見ることができた。乗り方はイングランドのように男の手を借りるのではなく、まず王妃自身が右足を鐙（あぶみ）に据え、鞍に乗ると足を引き抜くのだ。王妃が乗った馬は均整がとれてもいなければ気性が穏やかでもなかったが、胸懸（むながい）で締め付けられており、青いビロードと銀色の刺繍の見事な馬飾りが付いていた。鞍は出来がよくなく――後ろに傾斜しているのだ――さらに、鞍頭（くらがしら）がとても不恰好なのでどんなに腕の悪い職人でもこれほどひどいものは作れないほどだ――鞍の横には取っ手が見えた。私たちが馬具とその組み合わせを見ていると、王妃が馬に乗ろうとやって来た。お付きの者はリュイーヌ公爵夫人で、男のように長靴と乗馬用ズボンをはいてその上にペチコートを着用していた。髪は結んでおり、帽子は男の人のようにつばを上向きにしていた。王妃の乗馬服は所謂（いわゆる）暗褐色で、帽子には羽根飾りがいっぱい付いていて、乗馬姿は申し分なく素敵だった。王妃の後を追って馬車で待ち合わせ場所（ランデブー）へとやって来た王の叔母たちが馬車を下りるとき、王妃は叔母たちに腕を差し出したが、彼女たちは恭しくその手を謝絶した。やがて私たちの案内人が、王家の方々が狩りに行ってしまったので王宮の部屋を見て回る頃合いです、と言った。それで、私たちは宮殿へ馬車を飛ばして、各部屋を見て回った。それは豪華さと壮麗さの点で私たちがこれまで見てきたものすべてを凌駕するものだった。ただブルボン宮だけがその新しさと調度品の美しさでこれに匹敵しているかもしれない。しかし、家族と従者たち全員がミサの行き返りに通る大きな画廊はプリマティキオの絵画とチェリーニの彫刻で飾られており、その両側には店があって、小間物、婦人帽、書物、さらにありとあらゆる物――とりわけ、粗隠し(トラス)――を売っていたが、これは実際にとても必要な物だ。

王の犬と馬が次なる見ものだった。猟犬(スタグハウンド)は実に見事で、しかも主にイングランド種だ。馬は（飼育係がイングランド種(ラングロワ)と呼んで飼っている六頭を除いては）三フィート半の馬屋以外には入る場所もなく――実に惨めな馬たちだった――醜悪で盲目で脚が悪く――その上、すべてが種馬で、もちろん癖が悪い。犬舎と厩舎(きゅうしゃ)の話はこれまで。

この夕べは身支度と観劇だけで過ごした――町の小さな芝居小屋ではなくて、王や王妃たちの娯楽のために城の中に建てられた素敵な劇場だった。こういう方々は――お忍びでなければ――これ以外の劇場に行ってはならないのだ。最も高い地位の人々と、言うまでもないことだが、宮廷の人々だけがこの名誉ある観客の中に入ることを認められているので、私たちはそこに加われるように数日前にイングランド大使にそのお墨付きを求めていたのだった。ジョンソンとバレッティは、自分たちがこのように華やかな場所で精彩を放つほどに華々しい男であるとは思っていないので宿に残った――そして、私ども夫妻は横の枡席(サイドボックス)に押し込まれ、真向いには紳士(ムッシュ)と奥方(マダム)がいて――私は観察していたのだが――四時間も続いた上演の間中、どちらも一言も言葉を発しなかった。王妃は朝の乗馬の後は正装する気にもならないとのことで——お忍びで上の階に座っていた。ちょうど私どもの向かい側で、王の弟と妹の真上だった。こんなにきらびやかな光景を見たのはとにかく初めてのことだった。劇場の隅々まで満員で、華やかにあるいは豪華に着飾っていない人は誰も入場を許されていないのだ。しかし、女性の中で抜群に抜きん出ていたのはダイヤモンドと美しい羽飾りで着飾ったロシア大使夫人だったし、夫人のご主人が堂々としていたように同伴者もぱりっとしていた。ローマ教皇庁大使以外にも九人の各国大使がいて、私をいらだたせたのは私を取り囲んでいるこの壮麗な眺めを見るにしては照明が不足していることだけだった。私たちがお互いにひけらかしあうのを照らす蝋燭は十六本きりなかったが、舞台は十分に明るかった。出し物はミュージカルでとても心温まるものだったし、もちろん演技も素晴らしく、主役はその演技によって一財産を築いて引退した男優で、現在は王妃がフォンテーヌブローで過ごす数日の晩だけ王妃を楽しませるために舞台に復帰しているのだ。今夜の観客は最高で、熱気と匂いはすさまじかったが、クウィーニーはそのすべてに堪えている。明日、私たちは再びパリに向かう。

十月二十一日

私たちは美しく実り豊かでよく耕された地方を通ってパリに戻って来た。フランスには、少なくとも私が旅をしたところには垣根はない——緑の草木もない。この国で旅人の注意を引き付ける風物は、麦畑とこの国に人を住まわせると共に美観を添えることを狙っているかのように美しく点在する総石造りの町である――川がただ目を楽しませようとするかのように、見える限りくねくねと流れている。この他に楽しみを与え続けているものは、今ではすっかり慣れてしまったのだが、馬車で進むときに道の両側で絶えず動き回る鳥獣類――ノウサギ、キジ、ヤマウズラ――であり、目を凝らすとときおりそれらがいくつか見つかるというのではなく、我が国のカササギ同様に頻繁に目に入ってくるし、何も恐れずに道端で餌を食べているのだ。この動物たちはそばを通っても逃げようともしない。ウサギが走るのを見たりキジがバタバタという独特の羽音を立てて飛び上がるのを楽しもうとして大声を上げたり石を投げたりすれば話しは別だが。私はキツネを全く見かけなかったが、パリの向こうではとてもたくさんいると聞いているし、キツネがその住処(すみか)の近くで他の鳥獣類の数をめっきり減らしているとのことだ。部屋にベッドが二、三置いてあるどんな安宿でも正餐にヤマウズラを食べるのが、私には初めはすこぶる奇妙だった。その調理法についてはまだ何も話していなかった――当地の肉はイングランドの肉の味わいがない。すべての料理で玉ねぎやチーズが用いられ、動物の肉の自然な味を抑え込んでしまっている。肉の匂いが本当に臭いときは別だが、でもそんなことがよくあるのだ。それに加えて、どの種類の食べ物も味付けがとても濃くて食べ物の香りは全く残っておらず、何か他の物、一般にはニンニク、酢、チーズ、そして塩を余分に加えざるを得なくなっている。

看板についてはすでに言及したと思う――今日は居酒屋(エールハウス)の戸口の上に次のモットーと共に聖母マリ

アの看板を見た。

　　私はわが神の母
　　当居酒屋の守り神

「神の恵み」も同じようによく見かける看板で、リボンや蝋燭などが売られているところではどこでも――小間物屋であろうとも食糧雑貨屋であろうともどこでも、共通して雲の上におわす全能の神が、その店の商品がこぼれ落ちそうになっている豊穣の角（コルヌコピア）の先端をお持ちになっている。それにまた、店の壁を這い上がるブドウを看板にして、その下に「ブドウの木の下で（オーピエ・ドラヴィーニュ）」と書いてあることもときにはある。今晩は宿に戻るのがとても遅くなり真っ暗だったので、クウィーニーのことを心配したが、回虫以外には苦痛を与えるものは何もないと思う。

十月二十二日

大修道院長が午前中の早い時間にやって来て、私たちをヴェルサイユとその近辺に案内してくれた。私たちが最初に訪れたところは動物小屋（メナジリ）で、目新しいものは何もなかった。ペリカン用の小さな池の中でペリカンが魚を捕まえるのを見たり、抱き犬のように人になついているシベリアキツネを撫でたりするのは確かにとても楽しかった。次に案内されたのは王家の離宮（トリアノン）で、それはとても優雅な夏の住居（サマーハウス）である――ただただ暑さよけのために造られたもので、壁のないアーチ状の柱、吹き上げる噴水、濃い日陰の歩道などがある。しかし、国王はまもなくすべての木を切ってしまうおつもりだ――そうなればつまらない場所になってしまうだろう。小ウィーンは大宮殿からおよそ一マイルのところにあるもう一つの正餐館（バンケティング・ハウス）である。ここに王家はときどき泊まり、国王とそのお供を迎え入れるために部屋がうまく配置されている。ここで先の国王は天然痘を患い、ここから現王妃はヴェルサイユまで徒歩で行かれた――たった四人の貴族と四人の貴婦人（レディー）に伴われて――お妃様の愛らしさといったら。

次に案内されて皆が感嘆したのは劇場で、そこはさすがに立派で想像を絶する豪華さだ――フランス王劇場を訪れていなかったら、金に糸目を付けなければどのようなものができるかを知ることはできなかっただろう。私たちはその劇場内を見るために舞台に上がった――そして、さて、どんな芝居を演じましょうか、と私はジョンソン氏に言った――『パリのイングランド人』〔サミュエル・フットの風刺劇〕はどうでしょうか。もちろんダメです、とジョンソン氏――『ヘンリー五世』〔主にフランスを舞台にしているシェイクスピアの悲劇〕をやりましょう。ここでの上演にはどれでも二千五百ポンドはかかる。劇場から私たちは礼拝堂に進んだ――それはフランスで私が見てきた多くの礼拝堂ほどは素晴らしくはなかった――我が国のグリニッジの礼拝堂とほぼ同じだった。しかし、宮殿の部屋は豊かさ、豪華さ、美しさの点でこれまで見てきたすべての光景を凌いでいた。回廊は私の歩幅でぴったり百二十五歩だった——とても広々としていて、何と素晴らしい装飾であろうか。しかし、オックスフォードのオール・ソウルズ・カレッジの図書館より全体で七〇フィート以上も長い訳ではない。ヴェルサイユ宮殿の正面入り口の前面（ファサード）は実に華麗な建築物であるが、その立地はよくないし、テラスに奇妙に配置されて水をいっぱいに張ってあるいくつかの大理石の水盤を除いては、窓から見えるものは何もない——そのテラスは一段一段と高くなっており、最も高い場所にたどりつくと宮殿が建っている——調度品に関してはヴェルサイユ宮殿の調度品以上に華やかで同時に豪勢なものはない——私たちだったら誇らしげに取り出すようなカップとその受け皿の入っているセーヴル磁器の飾り棚は王妃の居室に美観を添え、その部屋では金の刺繍が施してある真紅のベルベット製の豪華な宝石箱に王妃のダイヤモンドが収納されており、その箱は宝石箱（ビジュトウリ）と呼ばれている。フランス人は壮大さを誇示することに倦（う）むことはない——すべての神々や女神たちがフランス王に敬意を表しているミニャールによる天井画をときどき見かけるが、それを除いて目に入る唯一の絵画といえば彼らの宮殿と彼らの庭園の美しい場所を描いた絵画ばかり。オルレアン公爵の絵画コレクションとリュクサンブール宮のルーベンスの絵画は例外ではあるが——しかし、私が思うに、ルーベンスが保存されているのは、それらがアンリ四世妃に由来するからであり——この世で最も素晴らしいフランドルの絵画であるからではない。

パリの宮殿を見物する際に、特に注目すべきことは――居室に調度品などがいかに豪華に備えてあろうとも――部屋の使い勝手は決してよくないということだ。例えば、王妃にはいくつか住まいがあるが、いずれにおいても二間――寝室と客間――しかなく、その寝室で王妃は眠り、衣服を身に着け、祈り、おしゃべりをし、姉妹や他の親交を許されている人たちと面会し、私の察するところでは、午前中はほとんど付き添いもなくせわしなく暮らすのだ。王妃には一人になるために逃げ込める部屋は他にはなく、室内用便器をしまっておく小部屋もなく、いつもベッドのそばに置いてある――フォンテーヌブロー宮殿を訪れた日には、ある男性が部屋の掃除をしている間じゅう、蓋が開けっ放しになっていた――失礼ながら、私がそれを見たのはプロヴァンス夫人の部屋だったが、もし蓋が閉められる前の同じようなきわどい瞬間に私たちがたまたまそこに入って行ったら、王妃のところでも同じことだったに違いない。

私たちは今日、さまざまな国々とのさまざまな和平条約の文書が保管されている場所を案内してもらい、壁に掲げられたイングランド王の肖像画を見た。その向かい側に、イングランドの文書が多くの図書室の本と同じように金網と絹布の奥に保管されていた。皇后、スペイン王、そしてロシア女帝の肖像画が同じように掲げられている――そこはとても素晴らしかった。私は大体において今日の見物を大いに楽しみ、宿に戻って、大修道院長とフランスの詩や文学一般について少しばかりおしゃべりをした。院長は私が期待していたほどには十分に力が出せず、私は自分の思っていた以上に務めを果たしたので、明日まで穏やかに眠り、ヴェルサイユのことはもう考えないだろう。

十月二十三日

今日、私は司教様の計らいでブルー修道女会を訪問した——寒い季節になると聖歌隊が朝課の際に青色のマントを身に着けることからそう呼ばれている。私は食堂での正餐と食事の感謝の祈りを唱える儀式を見た——修道女らがアウグスティヌス修道院同様に聖歌隊席へ移動するのかと思ったがそうはしなかった。彼女たちはアウグスティヌス修道院に比べて非常に広い住まいと庭を所有し、個室は生活に便利なものは可能な限り収納できるように造られている——冬には温かいベッドが、夏には涼しいベッド（カーテンやベッドの天蓋という意味だが）がある。その修道院には小さな礼拝堂が二つあり、それに加えて、その下の方に教区の教会がある。女子修道院長が重要会議を開いたり、次長や院長代理や修道院上長と緊急時に相談したりする聖堂参事会がある——これらの人々にさらに投票で選ばれる三人の修道女が加わり教会会議（カウンシル）を開いて、議論の裁定をしたり、強情な修練女を罰したりする。ここでは八人の年金受給者を養っているが、その人たちは修道服を着用し、女子修道院長の同意がなければ院外へ出ることは決してない——女子修道院長は三年毎に選ばれるが、二期以上連続してその顕職を続けることはできない。ここの修道女たちは他のローマ・カトリック教徒と同様に断食日がない――ハワード夫人が私に言ったところでは、公現祭（エピファニー）には彼女たちはいつも十二夜のケーキを作り、国王と王妃の絵を描くそうだ。女子修道院の中では楽しみごとは抑制されているに違いなく、そのためにクリスマス・パイや十二夜のケーキを私たちの十倍も楽しみにしているのだ。同様に女子修道院長の部屋でのお茶も彼女たちにはとても大きな楽しみである。不自由が楽しみを増やすというルソーの信条が真ならば、修道女は人間の中で最も幸福である。彼女たちはそれに最も長けているのだから。おしゃべりをしたいという欲望が強くなるのは、一日のうち数時間を無言で過ごすからであり、断食をするのはただ単に肉を食べる日を十分に楽しみたいからなのだ。結局、ここの修道女たちは幸福ではない。隠遁生活に耐えられるのも何よりも信仰があるからであり、来世にしっかりと目を向けているからだ。しかし、こういう特性は私が親しくおしゃべりをした四十一人の内の一人の修道女を除いては見出せなかった――いつも話しているクララ会は例外で、その修道女たちの禁欲生活は五十年もの忍従でさえその欲望の激しさを鈍化させることはできないほどのものだ。したがって、刻一刻現在の苦悩によって来世への偉大なる旅を進めるように強いられているのだ。日々の戒律が厳格ではない他の女子修道院では、今日、一緒に過ごした女性たちやアウグスティヌス修道院の私の友人たちと同様に、各人が私たちと同じく現世の幸福を求めており、各人が――私たちと同じく――失望の辛さを感じているのだ。彼女たちの不安を増しているのは、彼女たちが不幸だと感じるならそれは自分たちが修道女だからだと考えることであり、一方で神様がご存知なのは、私が今日会った人たちの多くが俗世間に生きていたなら、その人たちはなお一層ひどく悲惨だったろうということである――若くて友もなく、不器量で貧しい女性たちにどのような幸福が待ち受けているというのだろうか。その大部分はまた上流の人たちで、罪や不名誉に敏感に気づいている女性たちなのだ。確かに修道院は貧困と心労の矛先をかわす最も安全な避難所である。ある伯爵の姉妹の一人であるレディー・ルーシーの財産（一万ポンドを持参していたのである）が今のところこの修道院を支えているのだが、そのレディー・ルーシー・タルボットが給仕当番の週に求められている義務として修道女たちに食卓で仕えるところや――かつてストリックランド夫人宅の女中だったシスター・シムゾンのキャベツを少し温めるために台所に急ぐのを見て今日はとても楽しかった――このように信仰によってすべての差別がなくなるのを見るのはとても素晴らしく、心に染み入ったその光景に私は深い感銘を受けた――私が彼女たちにそう言ったところ――女子修道院長が、あー、上流階級の女性たちもここでは給仕と料理を学ばなければならないのです、と言った。女子修道院長はストリックランド夫人の方を向いて、レディー・キャサリン・ハワードと卵の話を覚えていますか、と尋ねた――院長様、それはどのような話でしたか、と私が叫んだ。女子修道院長は、おやまあ、可愛そうにレディー・キャサリンが見習い修道女の期間に卵をゆでる番が回ってきたとき、誰も食べることができないほどに卵を固くゆですぎたのですよ、と言った。女子修道院長がさらに言うには、キャサリンはこのしくじりに対して二度叱責されたのだが、三度目は最悪となり、卵は彼女たちの言うところの完全な青色(ブルー)となってしまい、修道院上長はとても厳しい言葉をいくつか使ったとのことだ。私はどうしたらいいのかしら、とついにシスター・キャサリンは言った。私は卵が柔らかくゆであがるように朝課へ行く前に卵を鍋に入れて火にかけたのですが、私としては卵を柔らかくしてくれそうなものは何もないように思います、と。

私たちはここを去ったが、この修道女たちは私たちに満足し、私たちは彼女らに満足していた――正餐に戻ったとき、コウルブルック氏とモテュー氏が私たちとの会食の席に着こうと待ち構えていた。その食事会の後、ストリックランド夫人が手配してくれた若いローマ・カトリック教徒の案内で、私たちは大通りへ出かけた。私たちは類まれなる道化師(ハーレクイン)にたっぷりと楽しませてもらったが、この道化師はクウィーニーに比べてそれほど背は高くなかったがとても賢かった。

宿に戻ると殿方たちが劇場から帰ってきており、『ディドー』の上演に大いに満足していた――芝居を演じたり、パンを作ったり、クッションに詰め物をしたり、道路を造ることにおいて、イギリス人はフランス人にはとても敵わないが、フランスの警察がとても優秀で路上の騒動を防ぐことができるという思い込みほど誤っているものはない。ヤコブ通りに住んで一ヶ月になるが、その部屋の窓から喧嘩や転覆や破壊を見てきた。それは、ロンドンで一年間安全な時間にだけ通りを歩いていて見かける以上に多かった。もっとも、ここでは角々(かどかど)に兵隊を見かけもするが、公共の場所からの出口にはイングランドの劇場で見かける十倍もの困難が待ち構えている。

マヌッチ伯爵が私たちに言ったように――この伯爵は特にフランス人にとって不利な情報なら何でもかでも集めることにも非常に熱心だった――パリには死体公示所という場所があり、夜中に発見された水死体、圧死体、暗殺されたすべての死体が毎朝そこに運び込まれ、友人たちが身元を確認して埋葬するというのだ。マヌッチが言うには、そこには朝のうちにしばしば六、七人の遺体が見られ、二体より少ないことはめったにないそうだ。

この恐ろしい話を聞いた後で、次に私たちと食事をしたフランス人男性はルロア氏で、氏から私はその真実を聞き出そうとしたが、ストリックランド夫人がそういう非道な行為が存在する国は野蛮だと不意に大声をあげて氏を驚かした。そのため氏は、優雅な町パリで殺されるのは一年を通して一日一人だけだとしぶしぶながら認めた。

十月二十四日

ここは確かに華麗な町であり、女たちは戸口の閉まっている居心地のよい家の中にいるかのように、通りで落ち着いて座っている。つまり、普通の女性たちはいつもそのようにしているのだ――橋や通りなどの片隅で果物などを売っているような普通の女性たちは。貴婦人(レディー)たちは実際にそんなに下品に振舞うというわけではない。彼女たちはあなたにただ席を外すようにお願いするだけだし、しかも殿方が全員揃っている前でそうお願いするだけであり、喜劇で役者がみだらな冗談を巧みに表現したときには笑って男たちの方に顔を向けるのだ。このように思いを巡らしていると、イングランド・ベネディクト会修道士たちが到着してその思いは中断させられ、修道士たちは国王の図書室にご案内しましょうと提案してきた。私たちは似たようなものを見たことがなかったので、そこを訪れて驚いた。公の建物とその豪華さの威力で確かにフランスこそが国家、パリこそが首都だ。その後の午前中は呉服屋の婦人用上着（マンチュア）仕立て職人などのところで時間をつぶした。私は夫がどんな値段の絹でも買ってやるよと言ってくれるのを聞いて嬉しかったし、夫の優しさに満足し、かえって夫にこれ以上の出費をさせたくないと感じて嬉しかった。私が持って来ているのはガウン三着だけだったが、必要な物はそれだけだった。絹のガウンは一枚も持たずに来た。

私たちは宿で食事をしたが、司書と二人の修道士と大修道院長が一緒だった。さらに、午後、スウェイン氏とクレイトン氏が私たちに会いに来たが、クレイトン氏はトリノに行くことになっている。珍しいことに、私たちは夜にどこにも出かけなかったので、ストリッククランド夫人は私の馬車に乗って、病気の友達のところにおしゃべりに行き、一方、殿方たちはボカージュ夫人と楽しいひとときを過ごした。私はフォンテーヌブローで観たときにとても愉快だった面白い喜劇を読んだ。もちろん劇を読んでみると舞台で演じられるほど面白くはないものの、楽しく読むことができる。もっとも、面白さはすべて状況（シチュエーション）から生じるので、舞台上でこそ最も面白く見えるものだ。

十月二十五日

私たちはパレ・マルシャンでもう少し散財し、それからセント・エドマンド修道士たちとの食事に行った。私たちはクウィーニーがダンスの先生を出迎えることができるように四時に宿に戻ることにしていたが、修道士たちが私たちとの同席を逃したくなくて、ルリヴェール先生を彼らの修道院に呼びにやることを望んだ——私たちはそのとおりにした——クウィーニーはベネディクト会修道院で踊り回った。夜には私たちは『ディドー』を観た——私は今晩は体調がよくなくて、褒めたり批判したりできない——絶対に床に就かねばならない。風邪を引いて何もできない。——クウィーニーは健康を保っている。

十月二十六日

私がひどい風邪を引いてしまっているからといって、ロークール嬢に当然受けるべき賞賛を送らないで済ますわけにはいかない。彼女はとても素敵な女優で、長所は無数にあるが、欠点も一つだけある。フランスの女優たちはとっても素晴らしくて驚かされる——それでもこのような女性が大声でしゃべった後、隅の方で唾を吐くために顔を背けたり、音を立てて痰を吐きだしたりするのはとても下品な光景で、それを見たとたんに嫌悪感に襲われる。悲劇で顔の汗を拭い去るのも俳優たちには普通の行為だが、それが人をいかにうんざりさせるかを俳優たちは考え付かないのだと思う。笑劇(ファース)は寓話的で、我が国の『リースィー』〔ギャリックの笑劇〕と異なってはいなかったし、主役を演ずる少女には驚くほど好感が持てた——喜劇の女優たちは皆手袋をはめている——悲劇の女優たちは腕をむき出しにしている——昨晩の楽しみについてはこれまで。私たちは芝居が始まるまで、修道士たちとご一緒できてとても楽しかった——私は神父様と版画の間(プリントルーム)で長い時間二人だけで話をし、一方、クウィーニーは別室でダンスをしていた——ジョンソンは修道士(フライアー)たちが就寝時間になるまでそこに留まり、以前サン・ジェルマンで会ったことのあるキルパトリックさんが私たちと軽い食事をとった。

十月二十七日

キルパトリックさんが朝食にやって来て、私たちをとても喜ばせた。この人は世に言う面白い人(キャラクター)だ——馬喰(ばくろう)、道化者、財産目当ての求婚者、酒を飲みながら相手を笑わせ、仲間には決して恥をかかせない人——人呼んで気のいい正直者だ——キルは誰とでも付き合い気兼ねなく話す人——財布はからっぽ——いつも人を楽しませることに精を出し、ひたすら楽しませようとする——馬の買手がいれば、売手に騙されてはいないか確かめる。「畜生、売手が俺の友人に脚の悪い痩せ馬を押しつけるなら、そいつに一発お見舞いしてやる」とキルは言う。キルはフランス人の悪口を言ってジョンソン博士に取り入る方法も、フランス人を弁護するバレッティに阿(おもね)る方法も心得ている——でも、キルパトリックさんの話はこれまで。

大修道院長が折よく、磁器が産出されるセーヴルのセーヴル焼きの窯元を見に行きませんか、と私たちを誘いに来た。私は見本として少しばかり買わざるを得なかった。フランスの着色の方がイギリスのものより優れているとバレッティ氏が言い張ったものだから――ああ、残念ながらフランスの陶器が勝っていることは私も知りすぎるほどよく知っている――絵柄と色付けに限れば、チェルシーの窯元の方が間違いなく彼らより一枚上だ――イングランドの粘土がフランスのものと同じならよいのに。ここから私たちは、私がこれまでフランスで見た中で最高の場所にあるベルヴュ宮殿へと向った――その宮殿は申し分なく優雅で――どうやらポンパドゥール夫人がその権力の絶頂にあったときのお屋敷のようだ――夫人の礼拝堂はたいへん素晴らしく、小部屋には丸形の枠で夫人がすべて一人で刺繍した掛け物があり――この上なく見事だ。うっとりさせるこの場所から島の点在するセーヌ川と、パリそのものと、丘の美しい景色が見渡せる。イングランドのハムステッドやハイゲートに似たこれらの丘は、フランスではモンマルトルの丘、そしてカルヴァリの丘と呼ばれている。丘は少し離れたところにあるブーローニュの森に遮られているが、この森はノーウッドのように広大な土地に広がり、見晴しはよく、完璧な景観を成している。私たちが訪れた次の場所ムードンでは、優れたものはこの国のほかでも見られる利点のみだが、つまらぬものは、芝生を型通り切り取った子供っぽい花壇や、昔風のパイの皮のように全体に塀をめぐらした侘しい囲いのようなちっぽけな生垣だ。サン・クルーの方が上品で木陰も多く木も大きいが、どれも短く切りつめられ、刈り込まれ、不自然きわまりない形に剪定(せんてい)されている。ここでも私はいくつかの優れた絵画、特にギウリオ・ロマーノの「ユーピテルの偉業」を描いた下絵を見た。それは相当な価値はあるが、日々傷みが進んでいる――レンブラントのとても大きなアエネイアスの孝行話の作品も急速に傷んできている。美術館の胸像もすべてが古美術品であり、たいへん貴重だ。ジョンソンはフランス人がこれらの古代の英雄名をギリシャ語やラテン語ではなく、常に自国語で書いていると批判している。アレグザンダー自らがモデルになったと思われるその胸像は――「アレグザンダー大王」とフランス語で書かれたことで、多少名声が汚されたことは間違いないと私は思った――今日から私たちはサー・ハリー・ゴフとキーン氏という二人の男と知り合いになったので、ストリックランド夫人はこの伊達男たちをお供にすることになるだろう。さて、クウィーニーはといえば、いろいろと努力を重ねたがその甲斐もなくとうとう風邪を引いてしまった――それだけに娘は大好きなこと、つまり、私がやきもきする様子を見て楽しんでいるのだ。私自身はひどく声が嗄(しゃが)れ、昨夜は喉がかなり腫れてしまい、本当に病気になって面倒をかけるかもしれないと思ってとても不安になった。もしそんなことになれば、現状では皆に好かれようとするのが精一杯の私にとって事態が悪くなるだろう。――しかし、ここで私が不機嫌になれば、私は完全な恩知らずだ。主人はお金を惜しまず、バレッティ氏も労を惜しまず私を上機嫌にしてくれているのだから。私は素晴らしい大旅行をしてきた――それなのに私たちは水曜日にイングランドへ出発すると聞くととても嬉しくなる。クウィーニーの風邪がよくなればと願う——私はいつも娘の咳を恐れている。

十月二十八日

私たちが今日訪れたところは、プチ・ダンケルクという大きなおもちゃ屋だけ。私は小間物を一つ二つ買ってから、精巧な美しい嗅ぎ煙草（たばこ）入れがどうしても欲しくなった。夜、ストリッキーは殿方が芝居に行っている間、馬車を一台借りてあちこちを訪ねたが——私は敢えて出かけるほどの元気もなく、ジョンソン氏が宿で私の傍にいてくれたので、私たちはお互いにあら捜しをしたり話し合ったりして——博士は楽しそうに私を叱り、私は叱られて嬉しかった。

十月二十九日

今日、私は聖アウグスティヌスの修道院で親切な修道女たちに最後の別れを告げた。キャニング嬢は私に手紙をよこすと約束し、私のささやかな本の贈りものに何度も礼を述べた——私は彼女に『ランブラー』を、ファーモー夫人には『ラセラス』〔ともにジョンソンの著作〕を贈ってあった。私はくぐり戸を通り抜け二人にキスをして、心から二人の健康を祈った。フィッツハーバート嬢は私に宛てて彼女の母のひだ飾りを送ることを約束した——私はこの修道院から送られて来るものなら何を見ても嬉しいだろう。ここから私はバルバンソン夫人を訪問した。夫人はパリにいる間、女子修道院の院外で生活しているのだが、気苦労も多く心の休まる暇が無い――私自身はパリの通りを夫人が馬車に乗っていたところを見かけているが、夫人はこの宿にまで来てストリックランド夫人と私のために紹介状を置いていった。夫人は感じのよい女性で、私はルーアンでお目にかかったときも今も相変わらず夫人のことが好きだ。ただ、夫人は走り書きなど残さないはずだ。というのは、そのような書き付けは当然紹介状とはみなされないからだ。

今日、私はサン・スルピス教会で行列を見た――司祭たちは壮麗な衣装を華やかにまとい、赤いビロードの旗を持って道の両側を歩き、その旗にはブドウ酒が満たされ光輪を載せた聖杯の像が見事に刺繍されていた。やがて、贅沢に金箔を張り、宝石を鏤めた十字架像が現れ――それから司祭たちは再度――礼拝歌を歌い、数人の男たちがホルンを奏した――後になって、これら四人の老司祭は、金糸で得も言われぬ美しい刺繍が施されている豪華な赤いビロードの天蓋を精巧な祭壇の上に掛けた。祭壇の中にはガラスケースに入った聖体のパンが納められ、そのケースからパンが覗いていた――ガラスケースの周囲のまばゆいばかりの美しさは、すべてがダイヤモンドの輝きで、行列の末尾も、最後の壮麗さにふさわしく飾られていた。その後に続く修道士たちは大勢いて――私は七十人まで数えて止めた。彼らは四番目の祭壇ごとに聖体を奉挙しながら教会を三周した。聖体奉挙の度に私の召使いのサムを除く教会のすべての人が跪いた。サムはプロテスタント精神が沸き起こり、この儀式をしなくて済むようにドアの陰に逃げ込んだ。私としてはサムの行動をまねるつもりは毛頭なかったが、彼には感心した――私の立っているところで行列が止まり、聖体の前を進んでいた行列の人々が全員戻り、聖体の前でひれ伏し――誰もが祈禱の衝動にかられたとおぼしきとき、私も跪き、三位一体の神を称える祭日後の第十日曜日の集禱文（コレクト）を真心こめて復唱した。今日の体験はこれまで。私たちはこうして宿で一日をおしまいにしたところ、ストリックランド夫人にはこれが気に入らなかった――しかし私は当地に来てから自分が楽しみたいと思っていたことをまだ何もしていないので、この日の午後を思い切ってクウィーニーの風邪の看病に充てた――自分自身の風邪に関しては少なくとも一週間は苦しめられるだろうということがわかっている――だからこの一週間は諦める。

十月三十日

私はサン・スルピス教会へ再度出かけた。キリスト磔刑（たっけい）像だけを掲げる別の行列が行われる――この十字架像は昨日運ばれた十字架ほど立派なものではなく、司祭の数も多くはなかった。ここから私たちは廃兵院の礼拝堂へ馬車を走らせた。この礼拝堂は美しさ、様式、優雅さの点でこの大きな町でこれまで案内されたいずれをも凌駕している。私たちは今宵をボカージュ夫人のお宅で過ごした。夫人は私どもに親切にしてくれ、夫人自らベローナから持ち帰った花束を私たち一人一人にくださった。私たちがそこでお茶を頂いたとき、夫人はポットからお茶が出てこないことに気づき、おもむろに下男にポットの口を吹くよう言い付けた。下男が言われたとおりにしようとすると、ストリックランド夫人がそれを遮(さえぎ)った。しかしボカージュ夫人は——ポットの名誉に傷がつくことを恐れて——お茶の出ない原因を調べてみようとしたが、注ぎ口が依然として詰っていることがわかると、ポットの注ぎ口をご自分の口に入れて吹いて通るようにした。ボカージュ夫人はすかさず大声で、さあさあ、もっと早くこうしておけば——ポットからすんなりお注ぎできたでしょうね、と言った。今宵、ストリックランド夫人とはお別れ。夫人は小さな娘の待つ家に帰り、明日はルーアンの聖クララ女子修道院へ行く。私は今度の水曜日に馬車で故郷へ向けて出立する。私たち二人はお互いの役に立ち、喜びを分かち合ってきたと思いたいし、そう信じてもいる。私が二、三人の殿方の中で女一人ならばじろじろ見回すばかりだが、そうすることもなくより理性的な人物になれたのも、ストリックランド夫人のお蔭があればこそ。それに夫人はいろいろな盛り場を訪れているが、そのような場所で大いに楽しんだようだ。とりわけ、夫人が貴顕(きけん)紳士に同行してもらうときには。私どもと一緒のときには大抵そうであった。私たちは夫人と知り合いになって久しいが、これまで一緒に過ごしたことはそう多くはない。それだけに夫人は私に対するのと同様に私のすべての友人や夫に対しても愛想よくしてくれたので、私は格別に幸運だったと思う——夫人がいなかったら、私ははたしてどうなっていたことやら皆目見当がつかない。そして最後には三人の殿方も私同様に夫人との別れを惜しんでいる——クウィーニーでさえ夫人が大好きなので、夫人が私たちと別れたことを悲しんでいる。

十月三十一日

私はまるで今友人を亡くしたかのようにここに一人取り残されている。その友人がいなくなればとても寂しくなるだろう。私はどうやって気を紛らせればよいのか、今すぐにも考えなければならない。さて、クウィーニーと私はリュクサンブール宮の庭園を馬車で走り、パレ・マルシャンをひと巡りして、オルレアンの絵画蒐集品（コレクション）をしばらく見ていると、喜びは増すばかりで、いくつかの作品には感極まった――もし真に崇高なるものを見ることができるとすれば――それはまさしくここに見出される。ただただ様々な優雅さだけで私の心は歓喜に満ちあふれる。この館の一室を一見するだけでも海を渡って来る価値がある――夜は宿で過ごした。

［日付の誤記あり。今日が一日とだけ聞こえたので、十一月一日と思っていた。十一月一日は私たちがパリを発つ日のようだ。］私は同じ場所――パレ・ロワイヤルで午前中を過ごしてから、オルレアンの絵画の蒐集品と、たぶん――いや、十中八九――永久にお別れすることになった。そのため私はその蒐集品の中に三時間留まり、一般の鑑賞者には未公開の多数の作品――特にシャルトル公爵の寝室にある作品を堪能した。これらは公爵が朝の目覚めのときに目にしたいものとして選んだ六点だ。この中にルーベンスの風景画が暖炉の上の方に掲げてあったので、一瞬私の記憶からカラッチの

風景画を拭い去ってしまった。「パリスの審判」だけが風景で画面がいっぱいになっているが、この絵の重要な点は田園風景だ——それにしても何と見事な風景か。私はこれに匹敵するものは見たことがない。クウィーニーはこの絵にとても楽しいエピソードがあることを私に気づかせてくれた。トロイの王子パリスが意中の人にリンゴをやらないので、ユーノーの孔雀がパリスの脚をつついているのだ。ティツィアーノの「マルスとビーナス」、コレジオの「聖家族」、ティツィアーノの「ニンフのいる風景」、ラファエロの「聖母マリアと幼児キリスト」、そしてティツィアーノかティントレットの「等身大女性の美しい肖像」。

当時のパリの街灯

　私たちが正餐のため宿に戻って友人ルロワと会食したとき、その場に私たちのことをとても気に入っていたスエイル氏もいた。殿方たちはオペラに行っていたので、私はモリーをそのオペラ観劇に行かせた。パリの通りは馬車で走り抜けるのが楽しい。午前中は長時間ずっと陽気に馬車で通りを走った——洒落者、法衣を纏（まと）った人、傘を持つ売春婦、マフ〔手足を温める毛皮〕を着けた職人、レースだけの上品ぶった男、毛糸の鬘（かつら）を着けた老人などがロンドン市民には想像もつかぬほどの対照と多様性を呈している。ロンドン市民は修道士や修道女がみな修道院に閉じ込められていると思っているのだから――石工がマフを身に着け、嗅ぎ煙草や番犬を傍に置いて、大理石の石材を切り出すことなど思いもよらないのだ。パリの犬は実際その様子から見ると、たいへん幸せに生き――誰もが犬を飼っているように私には思われ、小さい犬ほど大事にされている――朝、チュイルリー公園やリュクサンブール庭園で生まじめそうな紳士が、犬が逃げないようにたいてい赤い紐（ひも）に犬を繋（つな）いで散歩させている姿を見るのはとても滑稽だ――私はもはやクウィーニーへの気遣いがそれほど滑稽だとは思わない。しかし馬はイギリス人にもフランス人にも虐待されている。彼らは馬の顔を殴（なぐ）ったり、情け容赦なく手荒く扱ったりする――だから、私はパリの馬車の危険よりもパリの道路の泥の方が嫌いだ――しかし御者はなかなかの手綱（たづな）さばきだ。ランタンを紐で道の真ん中にぶら下げて通りを照らすのはみすぼらしくて、御者自身もそれを恥かしがっている。

十一月一日

私たちはパリを離れた――ここでの出費はかなり嵩（かさ）んだが、とても楽しく、有益なひと月を過ごした。私たちは多くの人や事物を観察し、クウィーニーはフランス語を少し学び、ダンスが大分うまくなったのだから。パリで私が最も感銘を受けたものは廃兵院の礼拝堂、サン・ジュリアン教区司教猊下（げいか）の邸宅、サン・ロック教会の祭壇の配置、そしてパレ・ロワイヤルの絵画だ。私が一番気に入った**人たち**は、機械技師のルロワ氏とその弟さん、そしてパリにいるすべての外国人だったと思う。ギリシャやアジアなどを旅したその弟さんはとても感じのよい人で、兄弟仲もすごくよく、兄は自作の機械にかけては並々ならぬ誇りと自信をお持ちのようだ。ご兄弟は間もなくイングランドで運試しとして、経度の発見者に約束された報賞金を議会へ申請してみる意向のようだ。私たちは早めにサン・ドニに着いたが、祝祭日（ホーリーディ）のため宝物は見られなかった。

十一月二日

さて、私たちはかなり重要と思われるサン・ドニの宝物を見た。祭壇はさまざまな宝石で飾られ、サン・イレールの司教冠（ミトラ）の周りには今までに見たうちで最高と思われる真珠が鏤められている。めのう（アガット）製のとても古い聖杯は極めて精巧な作りであると思われたし、驚くほど大きな十字架の中央には紫水晶（アメジスト）があった。私たちは同じようにとても素晴らしいルビーや商人ピットのダイヤモンドの標本を見せてもらった。サン・ドニの建物は上品で、宝物のある教会は強固な美しい窓で引き立てられ、フランス王の叔母ルイーズ夫人が隠棲（いんせい）された女子修道院の付属礼拝堂は――非常に心地よい建物のようだ――私たちがその建物を見て、修道女たちが聖歌隊で歌うのを聞いたのは昨夜遅くになってからだった。日中、私たちはシャンティイー宮殿へ向かって馬車を走らせた。シャンティイーは風情と優雅さにおいてフランスで見てきたどこよりも優れている。ここには清らかな水があり余るほど大量にあるので、自然の滝や川と同じようなものを何か設けて排水しなければならない。この他に七つの噴水も絶えず吹き上がっているのが窓から見える。大理石で縁どられた大きな水路は途中で鋭く蛇行するが実に雄大だ。ここには島があり、そこにフランス人が大喜びしそうな小さな動物村もある。フランス人はこれを彼らの間で評価の高いイングランド風の動物村と考えている。ここには華やかに飾られた劇場や、今までに見たこともない広大な厩舎がある。三百匹のイングランド猟犬用の犬小屋や動物小屋があり、それが貴重なのはそこに珍種の動物がいるからではなく、動物が素晴らしい環境で適切に飼育される様子が見られるからだ。もっとも、金ワシの足は凍傷にやられてもげていたけれど。

城内の部屋はとても華やかで贅沢だ。東屋（サマーハウス）や搾乳場などはどれも城にふさわしい。総じてこれは大陸で見た限りで最も気持ちのよい館だ――そしてご当主が大様（おおよう）に振る舞うので、その人のものは何でも好きになってしまう。

コンデ大公の逸話

大公の庭師の話によると、大公がここに居住する数ヶ月間にどんなに無名の外国人でも来訪すると、彼らはかならず大公の食卓に招かれたという。そして私の聞いた話では、あるイングランド紳士――下院の議員――がシャンティイーに着くのが遅すぎて、希望していた芝居を観ることができなかったとき、コンデ大公はただちにその紳士の好奇心を満足させるために改めて上演を命じたという。コンデ大公は息子が九歳のときのこと、留守中の小遣いとして息子に五十ルイ金貨を渡した。大公が戻ってみると、息子はその金貨を見せながら、パパ、パパのお金は全部まだ大事に取ってあるよと言ったという。――しかし、大公はおもむろに息子を窓辺に連れて行き、その金貨を路上に投げ捨てて息子に言った――息子よ、もしお前にお金を施す美徳もそれを使う勇気もないのであれば、せめて貧しい人たちがそのお金を使う機会を持てるように、必ずこうするのだよ、と。

十一月三日

私たちはシャンティイーを出発――どれくらい駅を通過したか忘れてしまった頃にノワイヨンに着き、ここでたいへん入念に装飾された主祭壇のある美しい教会を訪れた。浮き彫りされた銀製の一本のシュロの木の先端には別の天使がいて、そのシュロの大枝を聖櫃（せいひつ）の上に広げ、その聖櫃には同じく銀製の浮き彫りされた黙示録の子羊が横たわっていた。銀色の二天使が子羊の上を舞い、シュロの木の梢（こずえ）にいる別の天使には絶妙な象眼が施され、ランタンに似た構造のものを下げているらしく、その中には聖餐式に用いるワインを湛（たた）えた金色の聖杯が納められている――私にとってこの趣向はノワイヨンで初めて見るものだ。主祭壇に向き合う司教座には白い大理石の聖母マリア被昇天の見事な彫像が飾られていた——この教会はノートルダム教会と呼ばれる。私たちのベッドは快適で、宿も居心地がよかった。一般民衆はおそろしく不快だと夫は言うが、まさにそのとおりだ。四日の朝、夜の明けぬうちにカンブレに向けて出発したので、この町のことはほとんど覚えていない——どうもつまらない町ではなかったかと思う。

十一月四日

私たちは、希望通り、閉門になる前にカンブレにやって来た。美しい町のように見える。通りは広く、人も多い——建物は——公の建物のことだが——外観からは少なからぬ楽しみのあることが予感される。私たちは今やフランドルに戻って来て、婦人たちが皆、長い黒い布をすっぽり身に纏(まと)っているのにまた気づいた。乞食はフランスより一層多くいるし、肉屋には肉がもっとふんだんにある——柔らかいベッドはもっと硬くて清潔なベッドとなり、六角形の煉瓦(タイル)張りがなくなって普通の四角い煉瓦へと代わった——これは寝室でのことだ。というのは、ここではイングランド同様にまずまずの応接間があり、フランスの象眼の床ではないにしろ、床板が張られてもいて、食事をする部屋にはベッドが置かれておらず、夕食を食べている間にベッドの上掛けの角を折り返すために女中が入って来ることもない。私の部屋には壁紙も張られていて、青と白の格子柄のベッドがあり、すべてがフランスよりもはるかに故郷に近いように思える。これに加えて、ここではイングランドの鍵にちょっと似ている鍵がドアに付いていて、これは国を出てから初めて見るものだ。私は修道士と修道女のことを忘れていた。彼らは私にはすっかりお馴染みの存在になっているが、実は、ジョンソン博士がパリの副修道院長からカンブレのイングランド・ベネディクト会修道女の聴罪司祭へ宛てた紹介状を預かっていたのだ。私たちは、もちろん、女子修道院へ行き、格子戸のところで婦人とおしゃべりをした――その婦人はウィンチェスターのシェルダン家の人で――宿屋での夕食時に、また夕食後に私たちと同席した聴罪司祭と知り合いだった。この司祭はウェストモーランド出身のウェルチ氏という人で、すべてのローマ・カトリック教徒と同様に、ストリックランド夫人の名前と家族をよく知っていた。このウェルチ神父は際立った美男子だが、不思議なことに、法衣を纏った人で醜悪な人を私は見たことがない。とはいっても、修道士（モンク）や修道会（フライア）の会員だけのことで――普通の司祭、女子修道院長などの大半は風采が上がらない。法衣が特に似合うのか、それともすべての美男子が法衣を纏うことを好むのか私にはわからない――しかし、カレーのカプチン会修道士からカンブレのベネディクト会修道士にいたるまで、お目にかかって嬉しくなかった修道士はいない。

十一月五日

　私たちはカンブレを去ったが、見物を勧められたものすべてを見終わってからのことだった。ここの大聖堂は装飾が実に素晴らしく、ナプキンの表側は今までに見たどれよりも滑らかに織られていた。私たちはフェヌロン〔フランスの作家、大司教〕の記念碑や肖像画と司教用の礼服を見た。その礼服はこれまでに見せてもらったどれよりも威厳ときらびやかさにおいて卓越していた。ベネディクト修道会所属の教会で、私たちはアントワープのジェラードによるいくつかの珍しい装飾画法(グリザイユ)を見せてもらった。ジェラードは二ヤード離れると高浮彫りとは識別できないような模造品を作っている。私はそのような模造品が見られるのではないかと期待はしていたのだが、それがまさに私の期待していたものだったということが信じられなかった。私たちの召使いの一人はむちの端でそれに触れるまでは決して納得しなかった。それらの模造品はこの種の物では世界一完璧な物ではないかと思う――どのように描写してもそれらは正確には言い表せない。

十一月六日

昨夜、私たちは早めにドゥエに着いた。パリの副修道院長がジョンソン氏にこの地のイングランド・ベネディクト修道院宛のもう一通の紹介状を託していたのだ。副修道院長は昨夜その書状を持参し、宛先の修道士についてとても愉快な話を私にしてくれた。この宿には女中が一人もいなくて、給仕(ウエイター)がベッドの上掛けの角を折ったり、その他もろもろの部屋係り役をこなしたりしている――しかし、私たちは寝室では食事をとらない。この町の殿方は木靴(パテン)を履いて歩き回っていると夫と召使いのモリーは言うが、私の部屋の窓は通りに面していないのでそんな人は一人も見ていない――彼らはパリと同様に雨傘を使っている。今朝、私たちはこの町のサン・ペテロ教会に行った。この教会は今風の建物で、十分に優雅で高価な装飾が施されている。主祭壇の上には木製の手の付いた二本の腕が銀製の箱に納めてある――一つは聖セバスティアヌスのもの、もう一つは聖ジョージのものだと言われており、これらの聖人の銀製の胸像がその聖人の聖遺骨の脇に立っている。私たちが教会を見物している間にドゥエの議員たちが荘厳ミサに出るためにやって来たので、私たちは彼らを見たりバイオリンやファゴットなどの楽器からなる素晴らしいオーケストラの音楽を聞いたりするよい機会に巡り合えた。私にとって最も衝撃的だったのは、誰もが聖体に深い敬意を表し、その聖体のある祭壇に首を垂れている最中に――軍人たちが帽子を被ったまま、議員たちに付き添って気取って入って来たことだ。午後、私たちはリールへやって来た。ここはプチパリと呼ばれている。クウィーニーは今朝腹痛を起こし、午後には召使いのサムが同じく腹痛を起こした。クウィーニーには大黄根を、サムには吐根剤を与えて、明日の二人の回復を願う。ここにはイングランド同様の床張りが施され、水拭きもされてもいる部屋が

パリのイギリス人

ある。私はイングランド海峡を渡って以来、今日まで一度もモップを見たことがない。私が寝る部屋は広々とした部屋で、その部屋を選んだときには芳香が漂っていたが、夜になるとサンフライアディル以外では嗅いだことのないほど嫌な匂いが入ってきた。

私たちはドゥエで執り行われた荘厳ミサを見たが、今朝、ジョンソン氏がそれに関して、儀式の終わるまでそこに留まって聖体奉挙を見るべきだったかどうか私と話しをしたかったようだ。留まっていたらあなたは跪（ひざまず）いたに違いない、とバレッティが言った。良心がとがめないのだから進んで跪いたでしょう、と私は言った。ジョンソン氏はミサのような儀式では絶対に跪くことはしなかっただろう、と言った。私はそのときは議論をしたいという気分ではなかったし、その上、ジョンソン氏の迫力ある論法に平常心が乱されるのではないかと恐れた。私は大陸に来てから聖体奉挙のときに二、三度またはそれ以上跪いたし、そうすることは神を不愉快にすることがないと固く信じているからだ。聖体（サクラメント）にキリストの実在を信じ・な・い者は――キリストの死と受難を表すために聖別されたパンとブドウ酒を敬うことが極めて適切だと考えて――聖体がまさに彼らの救世主の体であると考えている人々にパンとブドウ酒が奉挙されると、心から進んで跪こうとするのだ。彼らを救うために主のもうけた一人子を遣わした神を沈黙のうちに崇めているのだ。この精神は信じてもいない点での公の信仰告白として、そして世俗的利益や名誉を得るための信仰告白として、跪（ひざまず）くことを人に促すようなものとは明らかに大きな違いがある。私たちの心をお見通しの神に対するそのような罪は、殉教の苦難に耐えることになったとしても必ずや避けるべきであり、決して冒すべきではないと思うような罪なのだ。しかし、ローマ・カトリック教徒は聖体が奉挙されるときに神の実在を信じることを公に告白することはしないし、信仰の行為としてではなく崇敬の行為としてのみ跪く。十月の末日にパリのサン・スルピス教会での行列で十字架が教会の周りを巡ったとき――すべての人が、私もその一人なのだが跪いた。もっとも、そこにいた最も無知な乞食でさえその銀の像が聖なる救世主の体だと想像できる分別は十分に持ち合わせていたと思うのだが。これが何であれ――ローマの教会は明らかに、かつ積極的に化体説を信じており、義務とされている日々の典礼は、司祭が聖体拝領に先立ってほんの二、三のラテン語のお祈りを非常に低い声で繰り返し唱えるのを見る儀式だ。司祭はこの聖体拝領の儀式を何度も手を清めたりして時間を満たしてから会衆全員の面前で聖体を奉挙して行う。教会内の誰もが祭壇で儀式が執り行われていることを知り、それに応じて拝礼することを怠ることのないように小さな鈴が鳴らされ、会衆はその音を合図に跪いたり平伏したりするのだ。

十一月七日

通りがぬかるんでいたので、私たちは辻馬車でリールの町を巡って娯楽を求めた――私たちが乗った辻馬車は外国の織物で裏打ちされており、上部は作りたての綺麗な金モールで飾られていたが、馬はロープと羊皮で覆われた最も粗末なくびきで馬車を引っ張っていた。この町では、犬がその力に応じて軽い荷を乗せた荷車を引いているが、そんなやり方は今までに見たことがなかった。私たちは、非常に大きな建物である穀物の貯蔵庫に案内された——片隅にいくらかの米があっただけで、それ以外には何もなかった。実際、夫はフランス人の貧弱な農業技術をいつも非難していて、彼らが土地を十分に活用する方法を知っていれば農産物を大幅に増産できるだろうと言っている。私は頻繁にある祝祭日が彼らの労働意欲を大いに低下させていると考えたい——日曜日に関しては、彼らはあらゆる仕事や娯楽のためにそれをきっと喜んで返上するのだろうと思う。パリにいたときのクウィーニーのダンスの先生ルリヴェール氏は、日曜日の朝ごとに娘の指導をすると申し出たのだが、諸聖人の祝日には、指導をすることに対する良心の咎めにひどく苛まれるのだ。

私たちは人目を引く教会を見物した。そこには煉獄の霊魂を描いた絵画とその絵画の下に次のような文言が刻まれている献金箱がある。

煉獄に落ちた霊魂のための献金箱

同様に、聖母の像があり、ある熱心な信者によって非常にきめ細やかな絹のガウンを着せられていて、そのガウンには星と次のような銘が付いていた

私はあなたを仰ぎ見る
きらめく夜明けの光
海の星を

この教会には聖母の像がもう一つあり、それは青と銀のガウンを纏い、大きなフープスカートをはいている。聖母の王冠と笏(しゃく)は純銀製で、この近隣で最も流行しているのはお気に入りの聖人に小さな銀のハート形装身具を捧げることだ――いくつかの装身具が聖人の周りにぶら下がっていて、信者がその聖人に祈願することによって視力を回復したときには銀の眼の装身具が、あるいは、いかに稀有なことであれ、聴力が回復したら耳の装身具を捧げることがときどきある。夫はローマ・カトリック教会の迷信は、フランスよりも女帝の領土において、またフランドルのあちこちで強く信じられていると言っている。明日はリールを離れる。その地では商売の兆しを幾分かは見たし、他のどこよりもロンドンの作法により近いものを見てきた。しかし、彼らは頑として窓には鉄格子を取り付け続けるだろう・・・。

十一月八日

その必要はなかったのだが私は四時に起床した。私たちは正餐の時間までにダンケルクに着いたが、天気が荒れて雨になったのでカッセル山からの素晴らしい眺めは得られなかった。しかし、宿の女将(おかみ)には大きな喜びを見出した。女将はイングランド女子修道会で育ったので英語をすらすらと話したのだ。今日の旅程で最も注意を引かれたのは、看板の下にフラマン語の言葉が書かれていたことと、農民がフランス語で話しかけられると一言も理解できないという新しい事象だ。これでは全く別の国にいるかのように思われる。そしてこのことは、大陸で国境を超えるときや別の君主の領土になるときに絶えず起こっているに違いない突然の変化が、そして、フランスに行くだけではその一例にはならないというこの感じがどのようなものであるかをよくわからせてくれる。というのは、海を渡るときには何か新しいものが期待される――が、馬車が見た目には同じ国を移動する間に、言語が――衣装もある程度――突然変わってくることに気づくことは、心を別の方向に向けてくれるので楽しい気分になる。ダンケルクではフレーザー大尉がとても丁重に私たちに応対してくれ、私たちが明日大尉の夫人と食事をすることを望み、また私たちがこの地の要塞やその他の珍しいものを見て一日を過ごすことを望んだ。夫がこの親切な申し出を受け入れると約束してくれたので嬉しかった――夫人のご両親はストレッタムの私の隣人なので、私が帰宅したらお嬢さんのよい知らせを聞いて喜ぶことだろう。ここからカレーまでの道路はひどいと大尉が言うので、まずはここで一息入れるのはありがたいのだがこのことを喜ぶ理由がもう一つある。私の召使いのサムがとりわけ具合が悪いので、厄介なことになる前に休憩をとることができるのだから。

十一月九日

フレーザー大尉は私たちを宿に訪ね、朝食をとり、私たちと一緒に要塞の解体作業を見に出かけた。大尉はとても知的な男性であるように思え、当地における自分の仕事と何らかの関係のある計画書や協定書などをすべて集めたようだ。大尉はかつて要塞に使われていた建材の一部を私たちに見せてくれ、今の朽ち果てた状態を見て悲嘆のうちに亡くなったこの要塞の建造主である男に関する哀れな逸話を語ってくれた。大尉はまた、名前は忘れたがある奇妙な男の話もしてくれた――この男は文字どおりフランスを踏みつけることを望んでいたので、ここの砲台を造るのに使われた石を二つ取り寄せ、家に出入りするときにいつでも踏みつけられるように、その石をイングランドの彼の自宅のドアのところに置いたのだ。私たちはフレーザー大尉夫妻と食事をした。夫人は礼儀正しく気配りがあったのでとても好感が持てた――日々の生活は何がなくとも上機嫌であればそれでよいということや、上機嫌でなければすべては何にもならないということを教えてくれる。私はフレーザー夫人と一緒にとても感じのよい修道女たちのいる女子修道院へ出かけた。ベネディクト修道会のイングランド人女性たちで――女子修道院長はサー・ハリー・インゴールドフィールドのお嬢さんだ。修道女たちは二十三人いて、厳しい修行は行わず、十時に床に就き六時に起床する——頭巾はみな一様にこれまでに見てきたいかなる宗派のものよりもよく似合っている。女子修道院長はレディー、あるいはレディーシップと呼ばれて、バルバンソン夫人同様に金の十字架を身に着けている。私は聞きそびれたが、それは勅許を受けた僧院からのものではないかと思う。強い印象を受けたもう一つの特色は、女子修道院次長——バークリー夫人——が私に話したことで、ここの晩の朝課は単に形式的に済ませるのではないと修道女たちが言っているとのことだ。ここにはシェルダンという夫人がいて、この人は私がカンブレで会った修道女の——親戚だが——姉妹ではなかった——この夫人はストリックランド夫人の従妹なので、私たちはおしゃべりに事欠くことはなかった。私が修道女たちの作った些細なものをいくつか買うと、この町には四十人以上のクララ会修道女がいる修道院がある、と修道女たちは私に話してくれた——その中のイングランド人女性は別のヴァヴァソール夫人で——その一家の女性たちは苦難を覚悟しているのだと私は考えていた——貧しくみじめな私の友人たちにはルーアンの二人のクララ会修道女がいる。しかし、この二人の修道女の甥のサー・ウォルターへは彼女らの十分なお祈りが必要だ。というのも、この男は、パリのさる上品な売春婦に自分の財産をすぐにでも譲るつもりでいるというのだから。

　これらすべてのイングランド女子修道院の支援のされ方は私には驚きである。私は今では女性に関するものだけでも十分な知識を列挙することができる。フレーザー夫人はこの上なく親切に私たちをもてなし、全力を尽くしてその場を和やかにしてくれた。その日は全体的には少なからぬ情報を得て楽しい一日であった。埠頭を歩くときに降り続く雨に少し難儀したが、ともかく見るべきものはすべて見た。午後、フレーザー大尉のお宅でお茶を飲み、トランプ遊びをしたとき、何人かのフランス人が同席していた。その人たちは、ジョンソンの鬘（かつら）とクウィーニーの帽子（キャップ）の奇妙な格好を大いに面白がって、噴き出すのを必死にこらえているようだった。——今宵、私はマスターマン夫人がカレーのイングランド聖ドミニコ修道院育ちであることを知った。その修道院で修道会長（スーペリアー）とたくさんおしゃべりをしたが、デッサンの経営する宿に着く明日またはその翌日にはもっとおしゃべりをするつもりだ。道路はひどいと言われているが、私たちは口からのでまかせのひどさにしょっちゅう脅かされてきたので、ジョンソン氏がいつも一笑に付してきたように今や私も笑いだした。税関の役人は確かに私にはまだ怖い存在で、これまでは三リーブル硬貨一枚で最も不機嫌な役人をも黙らせてきたのだが、ドーヴァーではひどく残忍な輩に脅かされる——今にわかる（ヌーヴェロン）だろう。

十一月十日

無事にカレー到着。早朝、フレーザー夫妻がダンケルクで和やかに私たちに暇乞いをして、極めて名残惜しそうに私たちを見送ってくれた。私たちはグラヴリーヌで馬車を止めたが、クララ会の女子修道院以外には見るべき目新らしいものは何もなかった。ルーアンの私の同郷人はこの修道院から移って来た人たちだ。しかし、私たちはこの人たちに会おうとはしなかった。この人たちに会うのは不可能ではないにしても、難しいだろうということがわかっていたから。道路はかなりひどかったが、デッサンの経営する宿に無事に到着でき、哀れなサムはともかくもイングランドが見えるところまで来たことに満足しているようだ。明日にはサムを海の向こうへ連れ戻すことができるだろう。私たちの友人のカプチン修道会士は田舎へ行ってしまったが、気さくな信徒仲間に言づけて私たちによろしくと言ってきた。この信徒は針刺しというささやかな贈り物をクウィーニーに持って来て、たっぷりとおしゃべりをして私たちをもてなしてくれた。彼はワインを飲もうとはしなかった。諸聖人の祝日からクリスマスまでの金曜日と土曜日にはワインを少しも口にしないし、クリスマスまでは日曜日以外には肉を食べないと言った。

ここで、乗合馬車で送ったものが馬車の中でいい加減な扱いによって無残にも壊れてしまっていたので悔しくて不愉快になった。

十一月十一日

私たちはバクスター大尉とドーヴァーに戻ったが、大尉は私たちが潮時を逃して船中に泊まらなければならないのではないかと、あるいは――私にはどのようなものかわからないが――小舟に乗り換えて上陸することによって危険な目に合うのではないかという不安に駆られていた。しかし、私たちは文字どおりわずか四分の差で潮が満ちている間に出港して、万事が希望どおりにいった。クウィーニーとモリーは確かにまた船に酔ったが、たいしたことはないだろう。サムはとても具合が悪くて船に酔うどころではなかった。天候はよくはなかったが、私は正午から夜の六時近くまで甲板にいた。――ついに私はクウィーニーを故国のイングランドへ無事に連れて帰って来た――このイングランドを私は今まで以上に合理的な根拠に基づいて愛することになるだろう――今ではイングランドがフランスよりよいことがわかった。今朝、私はカレーでドミニコ修道会の修道女――以前に会ったグレイ夫人ではない――と長話をした――同夫人はそのとき以来ずっと病気のようで、長くは生きられないだろう。しかし、私は、気持ちよく話のできるデイルという名の別の修道女から、私が強く望んでいたマスターマン夫人の逸話をいくつか聞き出した。

私の冒険は今や終わったので、私の旅日記も終わることにする。

ドーヴァーにて、了　　一七七五年十一月十一日　土曜日

私が見物したもので記述すべきだったが忘れてしまったものはコンピエーニュ、つまりシャンティイーとノワイヨンの間で私たちが立ち寄ったフランス王の宮殿だけだ。人は住んでおらず、あまり壮麗でもなかったが、古いという印象がある――天井の一つはバハグライグの最良の居間の天井と同様だったからだ。ただ、バハグライグの天井は金箔であるが。応接室にあるマーチン・ルーターとジョ

ン・カルヴァンの肖像画はコンピエーニュで最も私の心を打ったものだった。
私たちにはわかっている、それらが高価でも希少でもないことが。
しかし、それらは一体全体どうしてそこにあるのだろうか。

〔ポープ『アーバスノット博士への書簡』一七一～一七二行〕

Ⅲ　解説にかえて

1　ジョンソンの旅

諏訪部　仁

「ロンドンに飽きた人は人生に飽きてしまったのだ、ロンドンには人生が与えるすべてがあるのだから」とうそぶいてロンドンでの生活を楽しんでいたサミュエル・ジョンソン（一七〇九～一七八四）は、その生涯にどのような旅をしたのだろうか。その答えはおおよそ次のとおりである（括弧内はその年と同行者）。

（一）　リッチフィールド――ロンドン（一七一二年、母）
（二）　リッチフィールド――オックスフォード（一七二八年、父）
（三）　リッチフィールド――ロンドン（一七三七年、ギャリック）
（四）　スコットランド（一七七三年、ボズウェル）
（五）　ウェールズ（一七七四年、スレイル夫妻）
（六）　フランス（一七七五年、スレイル夫妻、バレッティ）

（七）　リッチフィールド――アシュボーン――バーミンガム――オックスフォード（一七八四年）

こうしてみると、最初の（一）（二）（三）は旅と言うよりも必要に迫られた首都と学都への道行きであり、ジョンソンが旅らしい旅をしたのは六十歳を過ぎてからのいわば晩年に近い時期だったことがわかる。（四）と（五）はイングランドから足を伸ばしてイギリスの他の地域を訪れた旅であり、彼が母国を離れて海外の地を踏んだのは（六）のフランスへの旅だけであった。（七）は死を目前にした最後の旅である。

このほかに、ロンドンに住まいを定めてからも、母校オックスフォードへの十度以上に及ぶ訪問、イングランド西部のブライトヘルムストン（現在のブライトン）やデヴォンシャーへの旅、あるいは故郷リッチフィールドへの度々の帰郷など、（特に年金をもらうようになった一七六二年以後は）意外なほど頻繁にロンドンを離れている。さらに、旅ということになれば、実現はしなかったが宿願のイタリア旅行のことも忘れてはならないだろう。それではまず先に挙げた七度の旅と、夢に終わったイタリア旅行について見てみよう。

（一）　リッチフィールド――ロンドン（一七一二年、母）

ジョンソンが様々な疾患に悩まされたことはよく知られているが、そのなかでも生涯を通じて彼の左の眼がほとんど見えなかったという事実は、思い出すたびにわれわれを驚かす。そして、母親がこれを瘰癧からきていると思い込んで、それを治してもらうために生後三十ヶ月のサミュエルをはるばるロンドンにまで連れて行きアン女王に触れてもらおうとしたのは当時としては誠に当然な親心だったのだろう。瘰癧はこの頃はまだ「王の患い」として王に触れてもらえば治る病気と信じられていたのだから。（「王の患い」は「王権神授説」(king's evil) に由来する俗信で、イギリスではエドワード懺悔王（在位、一〇四二～一〇六六）が初めて行ったとされており、アン女王がこれを行う最後の王となった)。

一七一二年三月、リッチフィールドの医師の勧めによってサラ・ジョンソンは我が子サミュエルとの上京を決意し、駅馬車でロンドンに向かった。当時バーミンガムからロンドンまでは三日の行程だったのでリッチフィールドからもほぼ同じだったと思われるが、子連れでしかも妊娠中だった母にとっては楽ではない旅だったことだろう。ロンドンでは夫マイケルの知り合いの家に滞在して、セント・ジェイムズ宮における三月三十日の'royal touch'に臨んだ。後日、ジョンソンはこの折のアン女王を「ダイヤモンドと長い黒頭巾を身に付けたレディー」と表現している。そして、これがジョンソンの生涯における最初の記憶となった。

この儀式で女王から授けられた金のメダルは、表には天使、裏には風を一杯に受けた帆船が刻まれており、ジョンソンはこのお守りを終生首から下げていたらしい。（スチュアート家最後の王であるアン女王の"touchpiece"を後生大事に身に付けていたという事実は、ジョンソンの親ジャコバイト的心情の証左としてしばしば挙げられることになった。この記念すべきメダルの現物は、現在大英博物館の「コイン・メダル部門」に収められている。）

ジョンソン母子の帰りの旅は、旅費を節約するために、来た時とは違って人と荷物を一緒に運ぶ荷馬車によるものだったという。様々な苦労の挙句の「王者の接触（ロイヤル・タッチ）」ははたして期待通りの魔力を発揮したのだろうか。二年後にはハノーヴァー王朝へと時代は移り変わって行くのだが。

（二）　リッチフィールド――オックスフォード　（一七二八年、父）

この旅はリッチフィールドで鬱々とした日々を送っていたジョンソンにとって念願の学部への旅立ちであり、さらに新たな人生に向かっての門出でもあった。母親のサラが裕福な従姉から遺贈された四十ポンドを我が子のオックスフォードでの勉学に費やそうと決意したのは最良の選択であったと言うべきだろう。日頃から息子自慢であった父親にも異存のあるはずもなく、入るならサミュエルの教父（ゴッドファーザー）スウィンフェン医師も卒業したペンブルック・カレッジと決めて、父子はオックスフォードへと馬で旅立ったのだ。本やその他の荷物は荷馬車で別送したらしい。行程はバーミンガムからシェイクスピアの故郷ストラトフォードやバンベリーを経由してオックスフォードに至る、秋も深まりゆく景色の中を進む百二十五キロ余りであった。

正式に入学が認められるにはもちろん「面接」があり、同席していた父のマイケルがラテン語で詩を作りもする息子の優秀さを誇らしげに吹聴したりしたが、何よりもジョンソン本人が図らずもローマ詩人の詩句を滔々と朗誦して並み居る面々を驚かせたというエピソードがいかにもジョンソンらしい。

こうして始まったジョンソンの大学生活だったが、それでは目出度く卒業して故郷に帰るはずの復路の旅はどうだったのだろうか。その旅は意外にも学業半ばにして帰路に就くという失意の旅であった。「彼は一七三一年秋、大学に在籍すること三年と少しで、学位を取ることもなく退学したのだった」という『ジョンソン伝』の作者ボズウェルの説明が一世紀以上も広く信じられていたのだが、実際は在学わずか二十ヶ月にして一七二九年十二月半ば、学費が続かずオックスフォードを去ることになった。（実際の在学期間は、二十世紀になってから在野のジョンソン研究家（アレン・ライエル・リード）の綿密な調査によって確認された。彼はペンブルック・カレッジの「食事記録（バタリーブック）」を調べ上げてこの事を実証した。）夢破れたジョンソンの帰郷の旅は、バンベリーまでの三十五キロほどを一人の親友が同道して見送ってくれたのだけがわずかな慰めという寂しいものであった。

ジョンソンがオックスフォードを再び訪れたのは、それから二十五年後の一七五四年七月末であり、訪問の目的は出版間近となった『英語辞典』の「序文」などを書き上げるためであった。在学当時の懐かしい面々との再会などもあって滞在は五週間にも及んだという。

（三）　リッチフィールド――ロンドン　（一七三七年、ギャリック）

二十歳も年上のしかも三人の子連れの新妻であるエリザベス（愛称テッティー）の持参金でリッチフィールド郊外に開いた私塾も生徒が意外に集まらず悩んでいたジョンソンは、起死回生の手段としてペンで身を立てるべくロンドンに出ようと決意した。ちょうど塾の教え子デイヴィド・ギャリックも法曹界で身を立てるために故郷を離れようとしていたので同行することとなり、二十八歳と十九歳の師弟の二人旅となった。（弟子のギャリックが上京した後進路を変えて、あっという間に役者として名を成すことになろうとは夢にも思わない二人だったろう。師ジョンソンのほうはロンドンでの上演を果たすべく悲劇『アイリーン』の原稿を携えてはいたのだが）。

駅馬車を利用するほどの余裕もなかったのであろうか、二人が選んだ道行きの方法は"ride and tie"という一頭の馬を交代で乗り継ぐ、当時でもあまり利用する人の少なかっただろう交通手段であった。一人がまず馬で先行し、しばらく行った所で馬を木などに繋いでおいて徒歩で先を急ぐ。もう一人が後から来てその馬に乗り先行者を追い抜く、という奇抜なやり方だ。一七三七年三月二日、母と妻と子供たちに別れを告げて、ジョンソンは三本の尖塔の聳える大聖堂の町リッチフィールドを後に首都ロンドンへと心機一転の旅に出たのだった。

ジョンソンのこの上京に関して、実は忌まわしい話が付きまとっているのを無視する訳にはいかない。ジョンソンのただ一人の弟であるナサニエルが三月五日にリッチフィールドのセント・マイケル教会に埋葬されたという事実である。ジョンソンは実弟が死の床にいるのを承知の上で旅立ったのだろうか。それとも、急死だったのか。父の書店業を手伝っていたナサニエルではあったが、アメリカのジョージアに渡ることを計画しているなどなにかと不安定な人物だったことは確かであり、急死とは自殺ではあるまいかという説もあるほどだ。いずれにしろ、ロンドンに着いてまずジョンソンを驚かせた故郷便りが弟の死であっただろう、ということは間違いない。

（四）　スコットランド　（一七七三年、ボズウェル）

「この旅で過ごした時間は私の人生で最も楽しい時間だった」と後にジェイムズ・ボズウェル（一七四〇～九五）に述懐したジョンソンが「隣国」スコットランドへの興味を初めて抱いたのは、彼がまだ幼かった頃、父親にスカイ島出身のマーチン・マーチンが書いた『スコットランド西方諸島記』（一七〇三年）を手渡されたときだった。そしてそれからほぼ半世紀後の一七六三年五月、ギャリックの尽力によって上演にこぎつけた『アイリーン』の不評（一七四九年）などはあったものの、画期的な『英語辞典』（一七五五年）の編纂や数々の著作によって文壇に確固たる地歩を築いていたジョンソンはスコットランド出身の弱冠二十二歳ジェイムズ・ボズウェルと「運命の出会い」を果たし、その二ヶ月後にはスコットランド奥地への二人旅を口にしていた。そして十年後の一七七三年、念願のスコットランド旅行が実現したのだ。

八月六日にロンドンを発ったジョンソンは同十四日深夜エディンバラに着き、ボズウェル一家の歓迎を受けて彼の許に四泊した後、十八日にスコットランドの奥地を目指して旅立った。ボズウェルと従者のジョゼフ、さらにセント・アンドルーズまでは同行者が二人いた。この旅は十一月九日まで八十四日に及ぶ、馬車、馬の背、小舟、ときには徒歩という過酷な長旅であった。その行程の主たる地名を書き連ねてみると、

エディンバラ――カーコディー――セント・アンドルーズ――モンボドー――アバディーン――バンフ――フォート・ジョージ――インバネス――ネス湖――フォート・オーガスタス――グレンシール――グレネルグ――スカイ島（アーミデル――ブロードフォード）――ラーセイ島――スカイ島（ポートリー――キングズバラ――ダンベガン――タリスカー――コリハタハン――アーミデル）――コル島――マル島――アイオナ島――オーバン――ローモンド湖――グラスゴー――アフレック――エディンバラ

であり、ジョンソンがジョンソンズ・コートの我が家に戻ったのは十一月二十六日の夜、ロンドンを出てから実に百一日目のことであった。　この旅はおおむね順調に進んだが、十月三日スカイ島のアーミデルを出港してマル島に向かったとき、突然天候が急変して船が転覆の危険にさらされるとい

うことがあった。どうにか予定外のコル島に流れ着くことができたのだが、一行の危険がロンドンにまで知れ渡り、「ジョンソン遭難説」までがささやかれるほどの危機一髪であった。なお、スカイ島のダンベガン城に滞在中にジョンソンは六十四歳の誕生日を迎えている。

ジョンソンがこの旅で見聞したことや旅の折節に感じたり思索したことは、一七七五年に出版した『スコットランド西方諸島の旅』に詳述されており、さらにボスウェルが一七八五年、ジョンソンの死の翌年に世に問うた『ヘブリディーズ諸島旅日記』がその旅におけるジョンソンの言動を生き生きと描写しているので、われわれはこの「高名な」旅行については十二分な情報を持っている訳だ（邦訳は両書共に中央大学出版部の刊行による）。従って、屋上屋を架すことは避け、この旅でジョンソンが出会った人々（名前がわかっているだけで約二百七十人）のうち、特に印象深い人物を列挙してみよう。そのほとんどがジョンソンとは二度と会うこともない人々なのだが。

まず、ボズウェル夫人マーガレット（一七三八？～一七八九）である。彼女は心底ではあまりジョンソンを快く思ってはいなかったのだが夫の崇拝する容貌魁偉のこのイングランド人を自宅に丁重に迎え入れ、四泊した後ハイランドへと旅立つ一行を見送ったのだ。ジョンソンもマーガレットの本心はわかっていたのだが不快に思うこともなく、旅が終わってロンドンに戻るまでの九日間もまたボズウェル宅に滞在して彼女の世話になった。蝋燭の灯が消えかかると蝋燭を逆さまにして床に蝋を零し（こぼし）たり、お茶を何杯もお替りするなどジョンソンは手のかかる客人ではあったが、この老人を気持ちよくロンドンへの復路の旅へと送り出した彼女はボズウェルには過ぎた賢夫人と言えるだろう。なお、彼女はボズウェルとは従姉同士であった。

この旅に登場する女性のなかで最も世に知られていた人物と言えば間違いなくフローラ・マクドナルド（一七二二～九〇）だろう。スチュアート家の再興を目指したジャコバイトの蜂起に失敗してハイランドやヘブリディーズの島々を逃げ回っていたチャールズ・エドワード・スチュアート（小僭王）と身の危険を顧みずに行動を共にしたヒロインとして知られていた彼女が当時スカイ島のキングズバラに住んでおり、ジョンソンがそこを訪ねたのだ。このキングズバラ訪問が、ジョンソン一行がスカイ島で訪れた北限の地となった。しかも、ジョンソンが休んだベッドは、潜行中の小僭王（チャーリー）が逃避行に疲れた体を休めた当のベッドであったという。翌朝、そのベッドに寝た感想を訊かれて、「何の野心も起きなかったよ」とジョンソンは答えたのだった。

その他にも数多くの女性がこの旅ではジョンソンと会っているが、なかでもセント・アンドルーズの修道院の遺跡の地下室に住んでいるブルースという名の老婆と、ネス湖畔の小さな小屋の老婆が意外に忘れられないエピソードとなっている。夫の姓がブルースなので自分は王家とつながりがあると信じているこの老婆は「糸を紡ぎ猫を友として誰にも迷惑をかけずに」暮していた（彼女のことは、ジョンソンが『西方諸島の旅』で言及しているのに、ボズウェルが『旅日記』の中で全く触れていない珍しい例となっている）。ネス湖畔の老婆はフレイザーといい、その小屋がいくつかに仕切られているのでどこで寝るのかと尋ねられると彼女は意外にも身の危険を感じているような態度を示した。その小屋を出てから馬上の二人が交わした会話は、ボズウェルの『旅日記』の中でも最もユーモラスな場面のひとつとなっている。ユーモラスといえば、それから約一ヶ月後、スカイ島のコリハタハンでの夕食後、ジョンソンがひとりの小柄な人妻を膝の上に座らせて口付けさせたりお茶を飲んだりした、という場面などもジョンソンの意外な一面を表しておりなかなかに秀逸である。

一方、ジョンソンが会った男性群は、大学の教授たち（スコットランドには当時からセント・アンドルーズ、グラスゴー、アバディーン、エディンバラの四大学があり、イングランドのオックスフォード、ケンブリッジの二大学を数でも凌駕していた）と、行く先々で訪れた土地の有力者たちであったが、その大半がジョンソンの名声とボズウェル本人、むしろ父のスコットランド民事控訴院判事アフレック卿の威光が呼び寄せた人々だったと言えるだろう。

しかし、一行がアバディーンに着く少し前、ボズウェルのふとした思いつきで実現したモンボドー訪問などは、ボズウェルでなければ創り出せなかった一場面である。折に触れて進化論の先駆者モンボドー卿の言説に冷笑を浴びせていたジョンソンではあったが、この時ばかりはさしたる激論も交わさずおだやかに昼食を共にしたのだった。ジョンソンが激論を交わしたのは、旅も終わり近くになってボズウェルの故郷アフレックの「ボズウェル・ハウス」に滞在した時であり、この時ばかりはふとしたことから宗教や政治上の信念をお互いにぶつけ合って一歩も譲らず、ボズウェルが父親とジョンソンの間に立って肝を冷やすほどの対決場面となってしまったのだ。しかし、ジョンソンがエディンバラに向かう馬車に乗り込む時には、アフレック卿もジョンソンを丁重に見送り二人はおだやかに別れたのだった。

この旅が敢行された一七七三年は丁度「スコットランド啓蒙」の高潮期に当たっており、ジョンソンはボズウェルの尽力もあってその主要人物と目される人々のうちそのほとんどと会っている。アバディーン大学やグラスゴー大学の教授のなかにはジョンソンの雷名に恐れをなしたのか、会ってもほとんど口を利かない者もあった。しかし、ジョンソンの到着を聞いて表敬のために早速ボズウェル宅に駆け付けた歴史学のロバートソン博士（エディンバラ大学学長）を筆頭に、ジョンソンと膝を交えて言葉を交わした名士たちの名は枚挙に遑（いとま）がないほどであり、むしろジョンソンが会わなかった人物の方が印象に残るほどだ。そのひとりは、アダム・スミス。彼はこの年の春から『国富論』の原稿を持ってロンドンに滞在しており、カーコディにはいなかったのだから止むを得まい。もうひとりは哲学者デイヴィド・ヒュームである。彼がエディンバラにいたにもかかわらず全く姿を見せていないのはどうしたことだろうか。ジョンソンのヒュームに対する酷評や悪口をしばしば聞かされていたボズウェルが敢えて声をかけなかったのだ、と推測せざるを得まい。

（五）　ウェールズ　（一七七四年、スレイル夫妻）

ジョンソンがスレイル夫妻と知り合いになったのは、一七六五年共通の友人の紹介によってであった。ヘンリー・スレイル（一七二九？〜八一）はロンドンで指折りのビール製造業の経営者であり、サザーク地区選出の下院議員でもあった。妻のヘスター・リンチ・スレイル（一七四一〜一八二一）はウェールズ出身の才気煥発な女性で、夫妻はジョンソンとの交友を心から喜び、サザークの自宅と郊外のストレッタムの別荘にジョンソン用の部屋まで用意して歓待していた。そして、ジョンソンばかりでなくヘスターも望んでいたイタリア旅行の計画が持ち上がった時、ヘンリーはむしろ妻ヘスターの故郷であるウェールズ行きを提案した。ヘスターの叔父が前年に死去したのでウェールズの土地（バハグライグ）をヘスターが受け継ぐこととなり、さらに当時の法律によって法的には夫のヘンリーの所有地になったので、一度現地を見てみたいというのが提案の理由だった。旅費はすべてヘンリーが負担するとの話に、馬車旅行がもともと好きなジョンソンも大いに乗り気になり、もちろん久し振りの里帰りにヘスターが反対するはずもなかった。それに、相続した土地の管理を任せている差配人の信頼性にもやや疑念があった。

一七七四年七月五日、一行は四頭立ての自家用馬車でストレッタムを出発した。ジョンソン、スレイル夫妻、娘のクウィーニー（十歳）、それにロンドン市内までイタリア人のバレッティが同乗していた。一行はジョンソンの故郷であるリッチフィールドやジョンソンの旧友が住むアシュボーン、景勝地として名高いダブデイル、イングランドの西端にある歴史の町チェスターを経て、二十八日ウェールズに入った。

ウェールズでの道順は、

セウェニ——バハグライグ(ヘスターの「私の所有地」)——デンビー——ホリーウェル——コンウィ——アングルシー島——バンゴール——カナーヴォン——ボドヴェル(ヘスターの生地)——スノードン山——(再び)バンゴール——コンウィ——デンビー——レクサム

であり、イングランドのシュルーズベリーに帰り着いた時には九月九日になっていた。四十日あまりの北ウェールズの旅であったが、ジョンソンは体調もあまり良くなく、目に入る風景もイングランドとそれほど違わないのでさほどの感慨も湧いてこなかったようだ。彼のウェールズ旅行の総合的な印象は、旅から帰ってすぐにエディンバラのボズウェル宛に出した手紙の次のような一文に尽きている、「ウェールズはイングランドとほとんど違いがないので、旅人の思索に資するものは何もない」。

しかしながら、旅には必ず意外な出会いが付きものであり、この旅では八月二十日、カナーヴォンでのパオリ将軍との偶然の出会いがそれにあたるだろう。今はイギリスに亡命者として滞在しているコルシカ島の独立闘争の指導者は、ジョンソンともコルシカ島で会ったボズウェルとも旧知の仲であったが、この時の邂逅（かいこう）が縁で以後ストレッタムのスレイル宅に招かれる客になったのだ。この旅でジョンソンが書き残した手記はあくまでも公表などは意図しない覚え書き程度のメモだったので、旅の詳細はスレイル夫人が書いた『ウェールズ紀行』に頼らざるを得ない訳だが、ジョンソンがあちこちで目にした製紙工場や鉄工場など──進行中の「産業革命」の現場──のことをもれなく記録していることは注目に値しよう。さらに、ジョンソンが時折書き記した「快便」「下剤」「便通あり」などの生々しい記録は、手記以外では味わえない生身のジョンソンが感じられて貴重と言うべきだろう。また、これらの記録だけがギリシャ語で書かれているのも暗示的だ。

（六）　フランス　（一七七五年、スレイル夫妻、バレッティ）

「この前のウェールズ旅行には嫌気がさしたけれども、最近また旅に出たくなった。無為ほど悪いものはない、というジョンソンの言葉はまさに至言だ」というスレイル夫人の『フランス日記』の冒頭の一文が示しているように、ウェールズ旅行の翌年、ジョンソンとスレイル夫妻、娘のクウィーニー、それに案内人としてフランス語も堪能なイタリア人のバレッティが同行して、今度はフランス旅行を決行することになった。一昨年のスコットランド旅行、昨年のウェールズ旅行と「旅行づいていた」ジョンソンにとってもフランスは一度は訪れたい国であった。彼がオックスフォード大学のペンブルック・カレジの自室で次のように独り言を言っているのを学寮長（マスター）に聞かれたというのは、『ジョンソン伝』の数あるエピソードの中でもよく知られたもののひとつだろう。

そうだ、他所の学府で何をしているのかを見てみよう。海外の諸大学を訪れよう。フランスとイタリアに行こう。パドゥアにも行こう——そして、自分の勉強に専念しよう。馬鹿のなかでも学者馬鹿ほどの困り者はいないのだから。

そのフランスである。若き日の夢の実現である。ただし、次の旅は是非イタリアへとの思いはジョンソンばかりでなくスレイル夫妻の胸にもあった筈だ。

九月十五日、四頭立ての馬車二台を仕立てた一行（バレッティはドーヴァーで合流）は、ロンドンから道をドーヴァーに取り、途中ロチェスターとカンタベリーの大聖堂を見て、同地に一泊。翌十六日午前中をカンタベリー見物に費やしてからドーヴァーに進み、城や浜辺を散策して宿を取った。翌十七日（この日は娘のクウィーニーの十一歳の誕生日であった）、ドーヴァーから船でフランスのカレーに向かって出帆した。船旅は六時間ほどの穏やかな海路であった。ジョンソンにとってはこれがグレイト・ブリテン島を離れる最初の体験であり、胸中に去来する思いは複雑なものがあったと思われるが、それについては何も書き残されていない。スレイル夫人はカレーに着いた直後、フランスの第一印象を「兵士たちが頬髯を伸ばしているのと女たちがほぼ軒並みに不器量」と『フランス紀行』

の中で記しているが、ジョンソンの異国に初めて降り立った感慨がどのようなものであったのかは定かでない。翌十八日（この日は今度はジョンソンの六十六回目の誕生日であった）、カレーから始まる一行のフランスの旅の道筋は、

カレー――サントメール――アラス――アミアン――ヌーシャテル――ルーアン――ヴェルノン
――サン・ジェルマン――パリ――フォンテーヌブロー――ヴェルサイユ――パリ――サン・ドニ
――シャンティイー――カンブレー――ドゥエー――リール――ダンケルク――カレー

というものであり、カレーに上陸してからパリへの道順と復路の道順は違っていた。

ジョンソンはこの旅では短い手記を三冊のノートに書き残しただけらしいが、現存しているのはその内の一冊だけ（十月十日から十一月五日までの二十六日分）であり、パリからカンブレまでの前半と旅の最後の部分が欠落した旅行記にすぎない。しかし、もちろんジョンソンらしさが見られる記述が随所にあり、例えば、十月二十三日に書き留めた「鏡の製造法」の箇所などは微に入り細を穿つものでありいかにも化学や技術に深い関心があったジョンソンらしさを見せている。これは、あちこちで遭遇した古書への関心にも同じことが言えるだろう、記述に熱気がこもっているのだ。ただ、全般的には、ボズウェルも述べているように、ジョンソンにはちゃんとした一冊の『フランス旅行記』を

書いておいてほしかったとは万人の願うところだろう。もちろん、同行したスレイル夫人がジョンソンの言行を記録しているので旅行中のジョンソンの様子や、一行が主としてフランスの大聖堂や教会そして修道院を訪れたこと、さらに修道院の実状などもおおよそわかる訳だが、遺憾ながらスレイル夫人は「ボズウェル」ではない。もっとも、彼女の記録にも見るべきものはあり、特にフランスに来てから五日目の九月二十二日にルーアンで記録したジョンソン作るところの戯れ唄（ディスティク）などは、通り過ぎた町の名前とその地の印象を面白可笑しく風刺詩ふうにまとめたもので、ボズウェルの『ジョンソン伝』にも見られない「お茶目なジョンソン」とでも言うべき一面を書き留めてあって珍重に値する。

一行の旅でもう一つ注目に値するのは、十月十九日フォンテーヌブローの王宮でルイ十六世とマリー・アントワネット王妃の食事風景を見たことである（当時は、王が食事する姿を公開していた。ナポレオンもそれにならって自分の食事姿を公開したことがあるほどだ）。ジョンソンは「王はわれわれのように左手で食事をした」とだけ書いているが、スレイル夫人は食卓のナイフ、フォーク、スプーンが銀ではなく「めっき」であるなどと詳細に記録している。王妃は美少女のクウィーニーに関心を示して名前を尋ねさせたりもしたらしい。

ジョンソンはこの旅ではおおよそ体調も良好で、例えば十月二十二日には「今日、雨の中でバレッティと競走をして負かしてやった」と友人への手紙に書くほどだった（バレッティはジョンソンよりも十歳年下）。しかし、ちょうど同じ時期にパリに行っていたあるイギリス人は、「彼の風采、態度、そして服装にフランス人たちはひどく驚いていた」と後日ボズウェルに語っている。ジョンソンはフランス語の読み書きには不自由しなかったが、話すのは苦手であり、むしろラテン語を話すのを好んだのでますます異様な外国人と見られたのだろう。それでは、この異様なジョン・ブルの目にフランスはどう映ったのだろうか。ジョンソンのフランス観が最も端的に述べられているのは、彼が一七七六年ボズウェルに語ったとして『ジョンソン伝』に記録されている次の言葉だろう。

フランスの上流階級は豪奢な生活をしているが、それ以外は極めて惨めだ。イングランドのような幸福な中流階級がないのだ。……フランスは気候を除いて、あらゆる点でスコットランドよりも劣悪だ。自然はフランス人により多くを与えたが、フランス人はスコットランド人よりも自分たちのために成し遂げたことが少ない。

ジョンソンの『フランス紀行』の中にも、このことだけは十月十七日の項にしっかりと記されている、「フランスには中間の階級が存在しないのだ」と。

一七七五年のこの旅がわれわれにとって大きな意味があるのは、それがジョンソンの唯一の外国旅行であったということはもちろんだが、それよりもこの旅が「フランス革命」の十四年前に決行されたという事実である。ほかでもない典型的なジョン・ブル、サミュエル・ジョンソンが、革命を十四年後に控えたフランスで何を感じたか、あるいは何も感じなかったのか、は興味のあるところだ。何も感じることがなかったはずはない。「フランス人は愚かな国民だ。彼らには普通の生活というものがない。乞食と貴族の両端だけ、それ以外は皆無だ」。「彼らはすべてにおいて両極端から出来ている。彼らには共通の感覚、共通のマナー、共通の学問というものがないのだ」等々、帰国後もフランスへの痛烈な批判をし続けたジョンソンだったが、彼の短い旅行記の中の次の数行に注目したい。それは十月十四日の、

　我々はパレ・マルシャンと民事刑事裁判所を見た。（中略）この建物には古いゴシック様式の回廊があり、非常に古めかしく見える。ときには三百人の囚人を収監する。
　ひどく胸騒ぎがする——凶事が起こらなければよいのだが。

という記述である。この建物とは、裁判所の付属牢獄であり、当時も囚人を数多く収監していたらしいが、フランス革命の折には「断頭台への待合室」として恐れられ、王妃マリー・アントワネットをはじめ千人以上の囚人をギロチンへと送り込んだ「コンシェルジュリ」にほかならないのだ。ジョンソンが感じた「胸騒ぎ」とはどのようなものだったのだろうか。ボズウェルは『ジョンソン伝』の脚注でこの件（くだり）を「迷信的と思う人がいるかも知れないが」としながらも、むしろ心身の不調と不安の

せいにしているが、この旅ではジョンソンは比較的に体調も良好だったことは前に見たとおりである。それよりも、彼の「胸騒ぎ」に得も言われぬ不安――十四年後の革命とそれに続く一連の悲惨な事件、そしてこの建物がその中で果たした役割への不吉な予感――を感じるのは深読みというものだろうか。ジョンソンがここでただならぬ気配を感じたのは確かなのだが……

（七）　リッチフィールド――アシュボーン――バーミンガム――オックスフォード　（一七八四年）

一七八四年というジョンソンにとって生涯最後の年の、しかも死（十二月十三日）まで一ヶ月足らずの十一月十六日まで続いたこの旅は、生まれ故郷のリッチフィールドから友人たちの住むアシュボーン、バーミンガムを経て母校オックスフォード大学に別れを告げる一人旅であった。彼はリッチフィールドでは義理の娘ルーシー、アシュボーンでは旧友の「牧師兼地主」テイラー（彼の許には二ヶ月余り逗留した）、バーミンガムでは幼馴染の医師ヘクターなどに会い、オックスフォードではペンブルック・カレジに滞在するなど感慨深い日々を過ごした。無事にロンドンに帰着した翌日、ヘクター宛の手紙に「親愛なカーレス夫人へ心からの挨拶を送ります。（中略）私たちはみな長く生きてきましたが、間もなく別れなければなりません」と書き送って、ヘクターの妹であり今は未亡人となって兄の許に身を寄せている初恋の人に今生の別れを告げた。七月十三日から四ヶ月以上の長きにわたって、様々な疾病に苦しみながら思い出の地と人々を訪ね歩いたこの旅は、まさにジョンソンの最後の旅にふさわしいものであった。

ジョンソンが若い頃から夢見ていたイタリア旅行が結局は実現しなかったことは前にも触れたとおりだが、その旅がもう少しで実現しかかったことが少なくとも二度あったので、その間の事情を見てみよう。

前年（一七七五年）のフランス旅行が期待以上に楽しかったので、同じ顔触れで今年こそイタリア旅行をということになり、クウィーニーの家庭教師であるバレッティは、母国に一行を案内できると早速その根回しに動き始めていた。出発は一七七六年四月八日、四頭立ての馬車三台を仕立てることまで決まったので、バレッティはイタリアの実家に手紙を出してスレイル夫妻の人柄やクウィーニーの可愛らしさなどをあれこれと知らせてやっていた。ジョンソンはボズウェルに、念願のイタリア旅行に行く前に会っておきたいので上京を早めるようにとの手紙を出し、その言葉に従って早めにエディンバラを発ってやって来たボズウェルを伴ってオックスフォードやバーミンガム、リッチフィールドなどを訪れた。ところが、リッチフィールドに滞在中にスレイルからの手紙によってジョンソンは夫妻のひとり息子の急死を知らされる。元気で利発な九歳の男の子だったが、急に「五時十分の形に」体を折り曲げて苦しみだし絶命したという。虫垂破裂だったが当時の医学では手の施しようもなく、医者はただ温めたワインやウイスキーをヘンリーに飲ませるだけであった。この上ないショックを受けたスレイル夫妻は当然イタリア旅行を中止し、バレッティの抗議などには耳を貸そうともしなかった。ジョンソンの失望には、バレッティよりもはるかに深いものがあったはずだ。そしてその後もヘンリー・スレイルには、ましてやジョンソンには、いつかはイタリア旅行に行きたいという願いは心の中から消えていなかったのだが、それもこれも一七八一年四月のヘンリー自身の死によって完全に霧散してしまった。

ジョンソンがイタリアに行く再度のそして最後の機会は、ボズウェルの思いやりが発端だったらしい。一七八四年の六月、この年も上京していたボズウェルは衰えが見え始めたジョンソンの健康をおもんぱかって一冬を気候温暖なイタリアで過ごしてもらおうと考え、友人たちに諮った挙句、時の大法官サーロウ卿にジョージ三世への口添えを願い出ることにした。付き添いには、ジョンソンのお気に入りである若い語学教師のイタリア人、フランチェスコ・サストレスを指名し本人も快諾していた。ところが、どうしたことか国王の同意は得られず、ジョンソンの知らないところで進められたこの企ては結局水泡に帰してしまった。ジョンソンが受け取っていた年金三百ポンドを抵当にして十分な旅行費を一度に受け取るという妥協案が大法官サーロウ卿から出されたが、ジョンソンは潔くこれを謝絶してしまった。一七八四年九月、ジョンソンの死の三ヵ月前のことであった。かくして、生涯の憧れであったイタリアの地を踏むという夢は永久に叶わぬこととなってしまったのだ。もしもジョンソンがサーロウ卿の申し出を受け入れていたら、温暖の地イタリアで一冬を無事過ごして一七八四年以降も生き長らえていたかもしれないのだが……

最後に、ジョンソンにとって旅とは何であったのだろうか。彼が旅をどのように考えていたのかを見てみよう。彼が生涯の最期までイタリアの地に憧れ、その地を訪れたいと思っていたことは先に見たとおりだが、その最も明確な表現はボズウェルの『ジョンソン伝』にあるこの言葉だろう。

イタリアに行ったことがない人はいつも劣等感を抱いている、人が当然見ることを期待されているものを見ていないのだから。旅行の大きな目的は、地中海の沿岸を見ることだ。その沿岸には世界の四つの大帝国があった。アッシリア、ペルシャ、ギリシャ、そしてローマだ。——われわれのすべての宗教、ほとんどすべての法律、ほとんどすべての芸術、われわれを野蛮人以上のものにしてくれたほとんどすべてのものは、地中海の沿岸からやって来たのだ。

ジョンソンもまたこのような劣等感に悩む一人であったのだ。そして、バレッティやサストレスなど彼の周辺には絶えずイタリア人の友人がいたこともうなずけよう。ジョンソンがラテン語の大家であったことは周知の事実だが、彼がイタリア語の習得に熱心だったこともこうしてみると理解できよう。彼の最期の言葉が、イタリア人の友人サストレスに向かって発したラテン語"Jam Moriturus"(我、死なんとす)だったことも非常に象徴的だ。

ジョンソンが旅行について語った言葉は数多いが、彼の風刺詩『人の望みの虚しさ』の冒頭の二

行、

　　広大な視野をもって人類を観察しよう
　　中国からペルーまでを俯瞰しよう

は彼の旺盛な好奇心や探求心の端的な表現である。「好奇心は偉大な精神にとって最初にして最後の情熱なのだ」から（随筆集『ランブラー』百五十号）。ジョンソンは友人の博物学者たちと一緒に世界一周の船旅に出かけることを希望したこともあったし、ボズウェルには中国の万里の長城を見に行くことを勧めもした。ボズウェルが「養育しなければならない子供たちがいるので」と諦めた理由を述べると、「彼らは万里の長城を見に行った人の子供さんだと敬意を払われるだろうよ」と応じ、「わしは本気で言っているんだよ」と付け加えもした。

　先に挙げた詩にある「中国からペルーまで」という詩句は英国を真ん中にして世界を見た場合の東の端から西の端まで、即ち、「全世界」を意味しており（日本はさらにその東なので含まれていないが、もちろんジョンソンが日本の存在を知らなかった訳ではない）、ジョンソンが行きたいと言ったり手紙に書いたりした地名を見てみると、北はアイスランドやバルチック海、南はアフリカや紅海、そしてインドまでほぼグローバルなほどである。これはジョンソン自身の好奇心が強かったからでもあるが、同時に当時膨張の一途をたどっていた大英帝国に満ち満ちていた空気の反映でもあるのだろう。

良家の御曹子たちが青年時代に体験したヨーロッパ一巡の「グランド・ツアー」とは真逆に、六十五歳にして初めてスコットランドの長旅に出た自分に苦笑いを禁じ得なかったであろうジョンソンは、『スコットランド西方諸島の旅』の「マル島」の項で、

すべての旅には利点がある。旅人が自分の国より良い国々を訪れれば彼は自分の国をもっと良くすることを学べるし、運悪く自国より悪い国に行けば自分の国を楽しむようになるだろうから。

と、旅の効用を説いており、その一方では、「想像力をふくらませもしなければ、知識を増やしもしないような旅は、無益な労苦である」とも述べている。ジョンソンが実際に出かけた旅ではフランスが前者の「自国より悪い国」に、そしてウェールズ旅行が後者の「無益な労苦」に相当していると考えられる。スコットランド旅行は旅人ジョンソンに様々な思索の糧を提供したのだから「理想的な旅だった」と言えよう。彼が果たせなかったイタリア旅行がもし実現していたら、このうちのどれに相当していただろうか。答えは言うまでもあるまい。

ジョンソンの最初の出版物が『ロボのアビシニア旅行記』（一七三五年）という、ポルトガルの宣教師が書いたアビシニア（エチオピア）旅行記のフランス語訳からの重訳であったことを思えば、彼の旅との関わりが、生涯を通じるほどの長さと意外な多様性を孕んでいたことにわれわれは驚かざるを得ない。

2 ヘスター・リンチ・ピオッツィ（スレイル夫人）小伝

江藤秀一

ヘスター・リンチ・ソールズベリー

ヘスター・リンチは一七四一年一月十六日にウェールズ北部セウェニのボドヴェル・ホールで生まれた。父はジョンといい、母はヘスター・マライアといった。二人はいとこ同士の結婚で、二人の祖先にはヘンリー二世（在位、一一五四～一一八九）時代に北ウェールズはデンビーの総督を務めたことのある人がいたし、十字軍で活躍した先祖もいた。また最も著名な人にキャサリン・オヴ・ベラインというヘンリー七世（在位、一四八五～一五〇九）の庶子のひ孫娘がいると夫人は自叙伝で書いているが、定かではない。とはいえ、ヘスター・リンチはウェールズでも由緒ある家柄の出身であった(1)。

父と母、そして結婚

ヘスター・リンチの父のジョンは四歳で父親を亡くし、二人の弟とともに母親の手で甘やかされて育ったせいか、生活力のない男であった。ケンブリッジ大学のトリニティ・ホールを卒業し、ウェールズはデンビー州の市民軍司令官となり、当地の副州統監を務めたこともあった。ヘスター・マライアと結婚したころ、ジョンのソールズベリー家はヘスター・マライアの実家であるコットン家ほどの資産もなく、コットン家に支援を仰いでいた。ソールズベリー家の借金が片付くころにはヘスター・マライアの持参金は消えてしまい、ロンドンに住んでいた二人はウェールズのカナーヴォンシャーの片田舎へ転居した。その一、二年後の一七四一年一月十六日に誕生したのがヘスター・リンチ・ソールズベリー、つまり本書の主人公である。

母のヘスター・マライアは体が弱かったが、教養ある女性で、特にロマンス語に興味があった。結婚当初は貧しくて、自分の衣服を買ったのは一度だけだった。蝋燭も自家製だったし、塩漬け肉も自ら作らざるを得なかったという(2)。

ヘスター・マライアは娘ヘスター・リンチに読み書きと算数とフランス語を教えた。また、スペイン文学を好んでおり、その結果、娘のヘスター・リンチはフランス語に堪能となり、スペイン語にも興味を持ち、『ドン・キホーテ』が気に入って、セルバンテスの生涯に関する本を翻訳した。語学や文学への興味は幼いころからあったことになる。

一七四五年、ジョンの母が亡くなり、ジョンはソールズベリー家の頭となるが、夫妻の貧しさは変わらない。このころ、アメリカやカナダへの移民が推進されており、ジョンも植民地事業で財を成そうとして、一七四九年、カナダのノヴァ・スコシアへ行く。

夫のジョンがノヴァ・スコシアへ行っている間、母娘は夏季には主にウェールズの母方の実家でサー・リンチ・コットンの世話になっていた。また、ベッドフォードシャー近くの祖母の家でも過ごし、ここで娘ヘスター・リンチは乗馬を覚えた[3]。また、ジョンの弟トマスの屋敷にもよく出かけた。そこで娘ヘスター・リンチはラテン語や修辞学や論理学をアーサー・コリアという五十歳過ぎの法律家に教わった[4]。アーサーのおかげでヘスター・リンチはたくさんの学者タイプの友人に紹介され、アーサーの議論を見聞きすることによって、後にスレイル夫人となってストレッタムのお屋敷で様々な議論をする下地ができた。また、トマス宅にはトマスの友人で、後にヘスター・リンチの夫となるヘンリー・スレイルが出入りしていた。ヘンリーは父の経営していたサザークのアンカー醸造所を引き継いだ青年実業家であった。ジェイムズ・ボズウェルの『ジョンソン伝』によると、ヘンリーの父はこのビール会社の経営で多額の富を得て、それを惜しみなく子供の教育に使ったという[5]。ヘンリーはオックスフォード大学を出て、裕福な子弟が行うヨーロッパ大陸遊学旅行（グランドツアー）も経験し、帰国後はサザークの父のビール業を手伝った。一七五八年に父が亡くなると、その後を継いでビール会社の経営に専念し、トマスの屋敷に出入りするころには立派な青年実業家に成長していた。ヘンリーはトマスの友人知人たちの間で好感を持たれており、トマスはヘンリーと姪のヘスター・リンチとの結婚を望んでいた。

植民地事業での成功を夢見てノヴァ・スコシアへ渡ったジョンであるが、結局は何の成果も上げることなく、大きな借金を抱えてイングランドに戻ってきた。その借金問題を解決してくれたのはジョンの弟トマスであった。トマスはイギリス中部ハートフォードシャーの海軍法廷判事のサー・ヘンリー・ペンリスの娘と結婚し、サー・ヘンリー亡き後、その跡を継いでいたのであった。トマスには跡継ぎの子供がなく、ヘスター・リンチが相続人となる予定であった。ところが、トマスの妻が亡くなると、遺産を狙ってか、キング夫人という未亡人がトマスに言い寄ってきた。ヘスター・リンチへの遺産相続が立切れるのではないかと不安であったジョンは、弟の再婚話と娘をビール屋に嫁がせたいという弟の考えにいら立ちを強め、兄弟のいさかいは激しくなった。[6] ヘスター自身はその気がなかったが、拒否すればその先には自分たちの破滅が待っていることを感じていたようだ。(*Autobiography*, II, 21)

しかし、妻のほうはヘンリーを気に入っており、ジョンはさらにいらだち、家庭は平和ではなかった。一七六二年十二月のある日のこと、ジョンは母方のおじのサー・リンチ・コットンと知人のクレイン博士に助言を求めて外出したが、そこで突然、亡くなってしまった。[7]

その後、母は娘が金持ちの男と結婚すれば幸福になると思い、ヘンリーの結婚申し込みを受け入れるよう娘を説得した。このとき、トマスが持参金一万ポンドを出すことを申し出て、娘ヘスター・リンチはついに母の願いに応じたのであった。こうして、ヘンリーとヘスター・リンチは一七六三年十

月十一日、ソーホーのセント・アンズ教会で結婚した。(8)

経営者の妻として

二人の結婚は純粋な愛情からではなかった。ヘスター・リンチの結婚は、自分の気持ちからというよりも母への思いからであった。理性が恋愛や感情を抑えたと、クリフォードは述べている(Clifford, 45)。一方、ヘンリーがヘスター・リンチと結婚した理由は、ヘスターの自叙伝によると、彼女だけがビール工場のあるサザークでの生活を受け入れたからだと述べてある。ヘンリーはこの結婚前にも別の女性に求婚したのであるが、断られていたのであった。(*Autobiography*, II, 24)

結婚直後の妻の仕事は、もっぱら跡継ぎをつくることであった。ヘンリー・スレイルの夫人となったヘスター・リンチは結婚の翌年から毎年のように妊娠と出産を繰り返すことになる。

一七六四年春、スレイル夫人は妊娠、九月十七日に女児誕生。祖母の名をとってヘスター・マライアと命名した。後にスレイル家の友人となるサミュエル・ジョンソンからクウィーニーという愛称をもらうことになる娘である。夫のヘンリーは跡継ぎの男が欲しかったたし、それが女の務めと思っており、女児誕生に落胆した。夫人はクウィーニーをとてもかわいがり、長い旅にはいつも連れていき、クウィーニーが成長するにつれて頼りにもするようになった。クウィーニーはとても早熟で、二歳半でありながら、地理、文法、算数などを学び、十六歳のころには、アビンドン・グラマー・スクールの先生に試されて、ドライデンの『ウエルギリウス』という作品の文構造を説明して先生を驚かせた。夫人はそのような優秀な娘を自慢しながらも、手ごたえのない娘の反応にいらだちと狼狽を感じることとなる。(9)

その翌年の一七六五年、スレイル家の親しい友人となるジョンソンとの出会いがあった。ジョンソンをスレイル家に紹介したのは、アイルランド人作家のアーサー・マーフィーであった。スレイルの長年の友人であったアーサーは、自分の知り合いのジョンソンをスレイル家に招待するように促したのであった。それが実現して以来、ジョンソンは毎週木曜日にスレイル家で食事をし、次第に家族同様の付き合いをするようになっていき、スレイル家の屋敷にはジョンソン専用の部屋が用意されるまでになった。(10)

その一七六五年、スレイル夫人は第二子を身ごもっていた。それは、ヘンリーがサザークから亡父に倣って議員に立候補中のことであった。そんな多忙な中、夫人は九月二十七日にまたもや女児を出産し、フランシス・スレイルと名付けられた。ところが、十月三日に洗礼を受けてその三日後には亡くなってしまった。夫人は大きなショックを受けたものの、このときは夫の選挙運動中のことであり、悲しんでいる間はなかった。この選挙の結果、夫はサザーク選出の議員となった。

その翌々年の一七六七年二月十五日、サザークで三番目の子が生まれる。待望の男児でヘンリー・ソールズベリーと名付けられる。そして翌一七六八年の初め、四番目の子を身ごもるが、このときも夫の選挙運動中のことであった。この選挙は議会を追放されたジョン・ウィルクスという自由思想主義者の議員も関わっていたために、ヘンリーには大変厳しい選挙となった。夫人は落選の恐れを抱いて、不安な日々を送っていた。しかし、ヘンリーはその厳しい選挙戦を勝ち抜いて再選され、それからおよそ一週間後の四月一日、スレイル夫人は女児を出産し、アナ・マリアと名付けられた。夫人はヘンリーの議員としての立場を守るために、夫の有力な支持者や党の仲間に食事をもてなしたり、党の集会に食事を調達したりして夫を支援した（Clifford, 72）。

アナ誕生の翌年の一七六九年六月二十二日にルーシー・エリザベスが誕生。ジョンソンは自分の妻のエリザベスという名をスレイル家の子供の誰かにつけてほしいと望んでいたが、それがかなうこととなった。しかし、この子は病弱でスレイル夫人の悩みの種であった。

一七七〇年五月二十三日、小さな弱い子が予定よりも二ケ月早く生まれる。スザンナ・アラベラと命名される。最初はとてもやせていて、弱々しくてとても生き延びないと思われていたが、予想に反して、体力をつけていった。スザンナの生まれる二ケ月前の三月、四子のアナ・マリアが亡くなっており、夫人は子供の健康にはとても気づかっていたと思われる。

こうしてスレイル夫人は毎年のように出産を繰り返し、育児をしながら、詩を書き、当時の最高の文人たちとの交流を広めていった。ジョンソンの仲間の小説家オリヴァー・ゴールドスミスや十八世紀の名優デイヴィッド・ギャリックからもストレッタムの客人となっていた。夫のヘンリーは自分から話をする人ではなかったが、他人の話を喜んで聞き、客人の会話の推進役となっていた。ジョンソンもヘンリーには一目置いていたようで、ヘンリーの忠告に従ってジョンソンは服装やかつらに注意を払い、ヘンリーのみがジョンソンの独断的主張を抑制できたのだった。ジョンソンがヘンリーを尊敬していたことの表れである。

一七七一年の夏、夫人はまたも身ごもっていた。いつになく体調はよくなかったが、七月二十二日に大きくて健康的な娘が誕生し、ソフィア・スレイルと名付けられた。このころまでにはスレイル夫人は家計のことなどまったく心配することなく、また、夫の事業のビール工場のことなど気にかける必要はなかった。ところが、夫のヘンリーはホップもモルトも使わずにビールを造る方法を発見したと騙(かた)るジャクソンという男の口車に乗せられてしまい、結局ビールはできずに、スレイル家は莫大な借金を抱え込んで倒産しそうになった。この事態にスレイル夫人は妊娠中であったにもかかわらず、イングランド南部のブライトンまで出かけて行き、精力的に金策に駆け回った。このときは母のソールズベリー家の蓄えも使い果たしてしまうありさまであった。ジョンソンも七月、八月はスレイル家に滞在し、夫人に忠告を与えて援助した。夫人の尽力の甲斐あって、この危機は何とか乗り切ることができたが、九月十五日に生まれたペネロップと名付けられた女児はわずか十時間後には亡くなってしまった。この一件で夫のヘンリーは昔のように事業に腕を奮うことはなくなり、自信を失くし、おとなしい男に変身してしまったという。この結果、これまでビール工場に関心を示さなかった夫人はジョンソンと共に積極的に工場経営に関わっていくこととなった[11]。

このころ、スレイル夫人の実母のヘスター・マライア（ソールズベリー夫人）もストレッタムのスレイル家に起居を共にしていた。そして不幸なことにその母は乳がんを患っており、あまり病状は芳しくなかった。スレイル夫人は夫の事業を手伝うためにこの母をストレッタムに残し、工場のあるサザークへ生活を移さなければならなかった。こうして夫の事業の援助と母の病気という二重の苦しみをスレイル夫人は味わうことになり、一時は心労が重なって夫人自身も精神的に不安定となったことがあった。

一七七三年三月、事態は更に悪化する。母の病状は一進一退を繰り返し、事業もまだ安心できる状態ではなかった。そんな中、今度は夫の情事が新聞沙汰になった。ビール工場の社長であるし、議員でもあったので、格好の餌食になったのだろう。夫人には夫の情事が予想外だとは思われなかったにしても、新聞で派手に書きたてられることは屈辱であったことだろう。それも一度だけではなかった。このスキャンダルによって夫のヘンリーは短気で怒りっぽくなった。従業員たちもそのいらだつヘンリーに悩まされた。また、五月には頼りとしていたジョンソンが体調を崩し、高熱を発し、失明の危機に瀕する。スレイル夫人はその看病もする。六月、愛する母が亡くなり、十月には世話になったおじのサー・トマス・ソールズベリーが亡くなる。トマスには跡取りがいなかったために、ソールズベリー家のバハグライグの土地はスレイル夫人の所有となる。そして十一月二十二日、愛娘のルーシーがわずか四歳で亡くなる。夫人はこの一七七三年を「私のお母さん、私のハートフォードシャーのお屋敷、愛するルーシー、そして呪わしい一七七三年よ、私が愛したすべてにさようなら」(Clifford, 110) と述べて、いとしい人々に別れを告げ、苦しかった数々の想い出とその年に別れを告げている。

翌一七七四年、努力の甲斐あってスレイル家の経済も上向き始め、旅行の話が出るほどにゆとりも出てくる。スレイル家は当初はイタリア旅行の計画を練るが、夫人のバハグライグの土地相続の処理を兼ねて、イタリアではなくウェールズへ旅立つことになった。スレイル夫妻、ジョンソン、長女クウィーニーの四人の旅であった。幾多の困難を乗り越えた末の故郷への旅では、夫人は亡き母のことを思い出さないわけにはいかなかった。夫人は旅の途中で亡き母への思いを次のように述べている。

> 自分の服装や子供や健康や心に浮かんでくることを話せる人がいないというのはとても悲しい。周りにいるのは殿方だけ。その前では形式張った会話以外はすべてを抑えなければならないし、彼らはあらゆることを褒めるかさもなければ貶すだけ。ここで私の手記は、同志であり旅の道連れであり、「母上」でもあれば心友でもあり、私のトランクに物を詰め、私の心配事をすべて癒してくれた婆やでもあったかの人を喪ったことへの滂沱たる涙で濡れてしまった。[12]

この旅は夫人の幼少のころの思い出の旅であり、母を追憶する旅であり、さらにその母の思い出に触発されて、自らが母であるという自覚を再認識する旅であった[13]。その旅を記録した夫人の旅日記は個人的な記録であり、夫人の喜びや悲しみやいらだちが素直に述べられている。夫人はこの旅をとおして、母であることの偉大さ、母の愛情の大きさ、そして母は子供にとってなくてはならない存在であることを認識したのであろう。その気持ちはクウィーニーの健康を気遣う夫人の日記の記述にうかがい知ることができる。そのような夫人の思いを周りの男たちは理解することはできなかったようだ。夫人はその思いを口にすることはなく、それを抑え込み、一人悩み、一人涙したのであろう。先の日記には夫人のもどかしい気持ちと悲しみが刻み込まれている[14]。

折角の旅であったが、旅を始めておよそ三ヶ月後の九月三十日、ロンドンでは議会が解散し、一行は急きょ旅を中断し、サザークの選挙区へ帰らざるを得なくなった。そのときの気持ちを夫人は次のように記している。

> ストレッタムでの楽しみを少しも味わわないうちに町中（まちなか）に行って冬を過ごすのだ。こんなことを考えることほど私を悲しませるものは、実際に起った不幸以外にはないだろうと思う。（中略）サザークでは忌（い）まわしい地下牢に閉じこめられるようなものだ。
>
> （「ジョンソン博士とのウェールズの旅」九月三十日）

夫人にはサザークはとても嫌な場所であったことがうかがわれる。

この選挙も夫ヘンリーには厳しい戦いであった。夫人はジョンソンに宛てて、「騒々しい生活を送っています。でも、明日、夜の七時に終わります。投票がありますが、願っているほどの大勝ではなさそうです」(Clifford, 116) と述べている。幸いにこのときも夫は再選された。この選挙中に子供たちは知り合いの教師に預けられていたが、その子供たちを迎えに行くとき、夫人は落馬して、顔を負傷した。その折の唇の傷は生涯残ったという。

このころの夫人の生活は慈善学校の運営委員を務めたり、困窮者へ個人的な寄付をおこなって慈善事業に努め、画家のジョシュア・レノルズや哲学者のエドマンド・バークといった著名人との会話や接待で過ぎていった。そして、一七七五年五月四日に十番目の子が生まれ、フランシス・アンと名付けられる。小さくて繊細な感じの子であった。フランシスが生まれる前の月のこと、前年に生まれたラルフが重い脳の病気にかかった。夫人は産後の体力も十分に回復していなかったはずであるが、六月にはラルフを連れてブライトンへ転地療養に出かけた。しかし、功を奏さずラルフは七月に亡くなってしまった。

これから一七七六年までは妊娠することもなく、一七七五年九月、スレイル夫妻は長女のクウィーニーとジョンソンとイタリア人のバレッティを伴ってフランス旅行に出かけた。この旅についてスレイル夫人は「夫は私を喜ばそうとして、また長女の成長のために別の世界小旅行に連れて行こうと、私と娘とジョンソン氏をノルマンディーからパリまで連れて行ってくれた」(15)とその旅の目的を述べている。つまり、二ヶ月前に息子ラルフを亡くした夫人への癒しの旅を夫のヘンリーは与えたのである。

このフランスの旅でスレイル夫人は朝から友人知人を訪ね、昼間は名所旧跡を巡り、夜には観劇や遊技場に出かけ、およそ二ヶ月の間、精力的に旅をこなした。夫人は旅の先々で現地の人々や建物や事物を観察し、祖国のイギリスと比較し、その結果、祖国の素晴らしさを誇りに思うことになる。特に夫人はフランスの女性たちの野蛮な態度には我慢できなかったようで、次のように非難する。

私はまさにこの日、椅子かごに乗った厚化粧の貴婦人を見た。しかし、このように見るに耐えない下品な例は、この国以外のいかなる文明国では決してあってほしくはない。宮中の最も若くて綺麗な女官でさえも細やかな心配りなどは少しも見せずに、平気で咳払いをして痰を吐く(16)。

さらに食べ物も気に入らなかったようで、次のように記している。

当地の肉はイングランドの肉の味わいがない。すべての料理で玉ねぎやチーズが用いられ、動物の肉の自然な味を抑え込んでしまっている。肉の匂いが本当に臭いときは別だが、でもそんなことがよくあるのだ。それに加えて、どの種類の食べ物も味付けがとても濃くて食べ物の香りは全く残っておらず、何か他の物、一般にはニンニク、酢、チーズ、そして塩を余分に加えざるを得なくなっている。

（「フランス紀行—スレイル夫人」十月二十一日）

とはいうものの、フランス到着間もないころには「料理はすばらしい」と夫人は記しているところから、旅を続ける中で次第に考え方が変わってきたと思われる。
次のような母親らしい観察もあるが、これも皮肉たっぷりである。

〔エリザベート〕王女は王の末の妹で十二歳ぐらい、美人ではなく十人並み。コルセットに締め付けられて顔色が悪く窮屈でたまらないといった様子ではあるが。この国ではすべての子供が幼いうちにこのように締め付けられ虐待されていることがわかる。彼らが大人になったときの醜さは、愚かな両親に対するその苦痛への報復なのだ。

（「フランス紀行—スレイル夫人」十月十九日）

とても気の強い夫人の一面がうかがわれる。その気の強さは次の記述にも表れている。

舞台での演技力(パフォーマンス)でフランス人が我が同朋にこれほどまで勝(まさ)っているのを目の当たりにして私は残念でならない。でも、彼らが私たちを凌駕しているのはそれだけだと思うし、そのことが私の慰めになるに違いない。

（「フランス紀行―スレイル夫人」十月十九日）

そんな辛口の夫人であるが、マリー・アントワネット王妃の美しさには感動し、「王妃は驚くほど美しく、とてもお優しい方であると思う」（「フランス紀行―スレイル夫人」十月三日）と述べ、また、「セーヌ川の河畔は驚くほど美しく、地域全体が言葉にならないほど喜ばしい豊穣の雰囲気を漂わせている」（「フランス紀行―スレイル夫人」九月二十七日）と、その自然の美しさを認めている。それでも、カトリックのミサに出席した際の「華やかそのもの、見た目も立派だが、私も見ているとおり、知性は皆無、真の信仰も皆無。私の高貴な宗教と祖国をますます嬉しく思う」（「フランス紀行―スレイル夫人」九月二十四日）と述べて、夫人はフランスを旅して祖国のよさを認識することになる。

この旅行中、夫のヘンリーがどんな値段の絹でも買ってやると夫人に言ったこともあった。ウェールズの旅では夫やジョンソンの冷淡さに思わず涙したスレイル夫人であったが、このフランス旅行では多くの友人知人との再会もあり、夫人は思う存分旅を楽しみ、祖国のよさを感じて帰国するのであった。スレイル夫人の旅日記の最後の日には「このイングランドを私は今まで以上に合理的な根拠に基づいて愛することになるだろう――今ではイングランドがフランスよりよいことがわかった」(「フランス紀行―スレイル夫人」十一月十一日)と記されている。

フランスから帰国して間もなくのこと、夫人はまたもや子供の病気に悩まされることとなった。生後七ヶ月のフランシスのインフルエンザが悪化し、十二月九日に亡くなってしまったのだ。それに続いて看病していた乳母も亡くなった。この悲しい状況の癒しを求めてイタリア旅行が企画され、翌年四月の出発の運びとなったが、三月二十一日にクウィーニーが不調を訴え、それに続いて二十三日に夫人にとって生きがいともなっていた長男のハリーが急逝した。ハリーは朝の間は元気だったのだが、午前十時ごろに急に具合が悪くなり、医者を呼んだものの、みるみる間に悪化し、昼ごろに亡くなってしまった。虫垂の破裂が死因と言われている(17)。

こうしてイタリア旅行は実現することはなくなったが、悲しみを癒すために転地療法の必要はあった。そのために夫人はクウィーニーを伴ってバースへ行った。ジョンソンもこの悲劇を聞き、アシュボーンから駆け付け、夫のヘンリーのそばにいて慰めたのであった。

夫人はバースにて日常の家事や現実の生活から解放され、失望の気持ちも次第に薄れていった。このころから夫人の育児や教育の熱が冷めていった。育児の時間を減らしていき、その分、上流階級の夫人としての役目、文学談義の主人の役目を果たすようになっていった。「スレイリアナ」という日記をつけ始めたのはこのころの一七七六年のことである。

その翌年、一七七七年二月八日、十一番目の子が生まれた。後に母を何かと悩ますセシリア・マーガレッタである。この夏ごろ、スレイル家は財政的には絶頂期にあった。スレイル夫人の父がカナダのノヴァ・スコシアにいる間に失ったウェールズの財産の一部を取り戻すこともできた。夫のヘンリーは競争相手のウィットブレッドやカルヴァートを打ち負かそうと大桶の数も増やした。収入が増えるとストレッタムの屋敷を改築するために金を使った。部屋を増し、装飾品も増やした。ストレッタムの屋敷ではジョンソンらと交流のある音楽家のバーニー家との交流がはじまり、モンタギュー夫人を中心とするブルー・ストッキングと呼ばれる知的会話を楽しむ女性たちの出入りもあった。

同じころ、夫人は十二番目の子を産む準備をしていた。このとき初めて夫人は子供用の品を買い求めた。そしてこのときまたしても夫が投機に熱を上げて、失敗する。スレイル夫人はこの折も金の工面にブライトンまで出かけ、難をとりあえずは免れる。そして、一七七八年六月二十一日、女児が誕生し、モンタギュー夫人が名付け親となり、ヘンリエッタ・ソフィアと命名される。モンタギュー夫人は女児の誕生に落胆するスレイル夫人を慰めた。

一七七八年二月、ジョンソンとスレイル一家は音楽家のバーニーの家へ招かれていた。そこにはバーニーの友人のイタリア人歌手ピオッツィも呼ばれていた。後にスレイル夫人の再婚相手となる男である。ピオッツィは一七四〇年、ヴェネチア州のクインザノに生まれた。両親は中流階級の上の方で、ピオッツィは十四人の子供の一人であった。聖職者になるつもりであったピオッツィは早くから音楽を好み、ミラノへ行き、ダラシエルという金持ちのパトロン兼友人を見つけた。もともとオペラには彼の声は相応しくはなかったが、次第に歌手として評判を高めていった。一七七六年ごろにロンドンにやってきてコンサートを開きながら、声楽の教師となり、成功し、やがてバーニーの友達となったのであった。ピオッツィはこのときバーニー家で皆を盛り上げようと精一杯力を尽くしたが、スレイル夫人もジョンソンもあまり音楽には興味を示さなかった。このときの出会いでは夫人はピオッツィに特に何の印象も受けなかったようである。

一七七九年六月八日、夫のヘンリーは妹のネスビット夫人を訪れた。ネスビットが亡くなり、その遺書の内容を確認に行ったのであった。ヘンリーはネスビットの保証人になっていたのであるが、その遺書を読んだヘンリーはネスビットが破産状態にあることを知り、混乱してテーブルに伏してしまった。このときヘンリーは卒中に襲われたのであった。ヘンリーは回復するものの、なお一層寡黙となっていき、ますます大食漢になった。家に送られてきたときのヘンリーの様子をスレイル夫人は次のように述べる。

きっと夫は回復するだろう。若くて体力もあるし、総じて健康だから。しかし、奇妙なことに性格が変わってしまった。とっても用心深くなり、とっても嫉妬深くなり、人に見られないように注意深くなり、健康状態が悪くてほっとけない。[18]

間の悪いことに、夫人はまたもや妊娠していたが、夫に代わってビール工場の事務員同士の不和の調停に乗り出し、緊張感から流産してしまった。夫人は自分が死んでしまうのではないかととても不安で憂鬱であった。夫のヘンリーはさらにふさぎ込んで、ビール工場の経営を使用人のパーキンズや夫人に任せるようになり、トランプ、食事、陽気な仲間との会話に慰めを見出していった。この病気は夫の選挙出馬には致命的であり、ついに夫の政治家としての経歴は閉じられるのであった。

スレイル一家は気晴らしにイングランド南部の港町ブライトンへ出かけることがよくあった。一七八〇年七月、ブライトンに滞在中のある朝のこと、夫人はクウィーニーと散歩中に本屋の入り口でピオッツィを見かけた。以前バーニー家で会ったことのあるあのピオッツィである。夫人はイタリア語で話しかけ、クウィーニーにイタリア語を教えてくれないかと尋ねた。最初は冷たく応じたピオッツィだが、夫人のことを思い出して承諾した。それをきっかけとして、ピオッツィもストレッタムの客人となっていった。ピオッツィはスレイル家にあってはクウィーニーには歌の指導をし、夫のスレイルのためにはハープシコードを奏で、夫人にはイタリア語の詩の翻訳を勧めた。こうして、夫人はピオッツィに魅せられていき、これまであまり音楽に興味のなかった夫人は、コンサートの定期会員になったのであった。

このころ、夫人の希望していたロンドンの高級住宅街グロブナー・スクエアに家を借りることとなった。事業の興味を失い、ロンドンの賑やかな生活を楽しみたいという夫の希望からでもあった。また、医者の近くに住むという安心感も欲しかった。汚いサザークに住む必要がなくなって夫人は嬉しく思った。しかし、そのころから夫はだんだんと体力がなくなっていき、ついには床に倒れ、治療の甲斐なく一七八一年四月四日に亡くなった。

未亡人のスレイル夫人

ヘンリー亡き後、夫人には辛い数年であった。予定していた収入は管財人の手続きの不備のために少なかった。ストレッタムの屋敷は使用人のパーキンズに家具ごと貸し与えてしまっていた。このころ、ピオッツィは夫人のそばにいて、歌を聞かせて慰めた。夫人は夫のことを尊敬はしていたが、愛してはいなかった。夫人はこれまで恋心などは感じたことがなかったが、このとき初めてピオッツィにそれを感じたのであった。周囲の反対にもかかわらず、一七八二年十一月、ピオッツィとの結婚を決意し、クウィーニーに同意を求めた。しかし、クウィーニーは母が「無価値な外国人歌手」と結婚することには反対であったし、他の娘たちも夫人が貴族や由緒正しい家柄の人と結婚することを望んだ。夫人が子供を捨ててピオッツィと再婚するという噂が飛び交い、『モーニング・ヘラルド』紙がスキャンダラスな記事をでっち上げた。こうした周囲の猛反対にあって、夫人はこの結婚をあきらめることにした。

ピオッツィは噂の種になることを避けようと思い、ロンドンから離れていった。夫人は生活費の安いバースを居住地に定め、翌年四月にクウィーニーとスザンナとソフィアを連れてバースへ移住した。ところが、同じ月の十八日、ロンドンに残してきたハリエッタが亡くなった。おまけにセシリアも重い病気を患っていた。夫人が慌ててストレッタムに戻ると、幸いなことにセシリアは危機を脱していた。ストレッタムでの悲しい用向きを終えて夫人は再びバースへ戻った。

その夏を無事に過ごしたスレイル夫人であったが、十一月には今度はソフィアが重病となった。夫人は精神的に衰弱していたにもかかわらず、長期にわたって看病し、それがたたって倒れてしまった。このときクウィーニーは初めて母の身の危険を感じ、医師の助言に従って、ピオッツィとの再婚に不本意ながらも同意したのである。すべての遺言執行人に夫人の再婚の意思が公式に通知された。ジョンソンは「恥ずべき結婚」と怒りをあらわにしたが、「ピオッツィについてのお考えを変えるまでは、これ以上お話しません、さようなら」(Clifford, 227) というのが夫人の返事であり、これがジョンソンと夫人の永遠の別れとなった。一七八四年七月一日、ピオッツィは夫人の待つバースへ到着した。翌日の夫人の日記には「人生で最高に幸せな日――そう全くもって最高に幸せ。私のピオッツィが私のお家へ来て、一緒に食事をした」[19]と述べて、その喜びを表している。そして、七月二十三日、スレイル夫人はピオッツィと再婚した。モンタギュー夫人はとても悲しいと手紙に書き、スレイル夫人のことを「この哀れな女は狂っている」（Clifford, 229）とまで述べている。ブルー・ストッキングの人たちは教育のある四十過ぎの女性が恋に落ちたとはあまりに分別がないと考えたのだ。周りの祝福を受けない再婚であった。

ピオッツィ夫妻、イタリアへ

一七八四年九月六日、ピオッツィ夫妻はドーヴァー海峡を渡ってパリへ向かい、一七七五年に前夫らと会ったフォッセの修道女たちと再会し、大好きな絵画鑑賞を楽しみ、喜劇も堪能した。およそ一ヶ月のパリ旅行を楽しんだ夫妻は、九月末にイタリアへ馬車を走らせ、ミラノに到着した。そこで夫妻は大きな家を借り、陽気な町を楽しみ、夫人はイタリア語の詩を書いたり、翻訳したりして満足した生活を送った。

イタリア滞在中の一七八四年十二月にジョンソンが亡くなると、ジョンソンの伝記を出す話が早速舞い込んだ。夫人は逸話と書簡を合わせた書物の刊行を考えていたが、当時のジョンソンの詩や手紙は私的な書類と共にロンドンの銀行に預けてあり、それを第三者に見られたくはなかった。そこで、イタリア滞在中に逸話集だけを刊行することにした。その逸話集が一七八六年三月二十五日に出版されると、一晩で千部の初版が完売した。四月五日に二刷を千部刷り、完売、四月十一日には三刷五百部を印刷、これも完売。五月五日に四刷を出した。国王も所望し、出版人のトマス・カデルは友人から一冊借りてすぐに国王に贈った。いかに、当時の人たちがジョンソンや夫人に興味を持っていたかがうかがわれる。

ミラノでの生活は夫人には楽しかったが、夫人を改宗させようという周りからの働きかけに夫人は悩まされ、それから逃れるために夫妻はイタリア各地を旅して回ることとなった。ヴェニスで夫人は初めてピオッツィの家族と会った。その後、アペニン山脈を越えてフィレンツェに行き、一七七五年のフランス旅行の際に出会ったイタリア人貴族のマヌッチに再会した。マヌッチも歌手のピオッツィとは面識があり、二人の結婚は嬉しい出来事であった。

フィレンツェでは地元の詩人との交流もあり、彼らと『アルノ作品集』という小さな書物を出版した。その後、鉱泉のあるピサへ移動して小さな家を借り、夫人は水遊びを楽しんで暮らした。ナポリで温暖な気候を楽しんだ後、ローマへ移り、絵画や彫刻を思う存分見て回った。こうして一年半ほどのイタリア旅行を満喫して、一七八六年六月二十一日、ミラノに戻ってきた。しかし、イタリア滞在の悩みである改宗の誘いはなかなか止まずに、夫人はイングランドへ戻ることを考えた。夫のピオッツィもロンドンでの永住を考えており、夫妻はイングランドに戻ることにした。こうして、一七八七年三月十日、夫妻は二年半ぶりにロンドンへ戻ってきた。

再びロンドンで

ロンドンに戻ったピオッツィ夫妻に対しては、ピーターバラの司祭や銀行家のセルウィンらは帰国を歓迎した。特にイタリアで面識を得ていた同胞の帰国組は夫妻の帰国を歓迎した。その一方でジョンソンに対する夫人の対応に不満を感じていた哲学者のエドマンド・バーク、画家のレノルズらは冷淡であった。夫妻はしばらくホテル住まいをした後、ハノーヴァー・スクウェアに家を借りた。やがて夫人の周りには昔の仲間が戻って来始め、帰国二ヶ月後には多くの客を招いてパーティを開くことができた。帰国間もないホテル住まいのころにやって来た娘たちは、残念ながらこのパーティには現れなかった。

帰国した夫人は懸案のジョンソンとの書簡集出版に取り掛かった。夫人はジョンソンの手紙をさらに求めて、ジョンソンの故郷のリッチフィールドを訪問した。一七八七年八月、リッチフィールドのスワン・ホテルに滞在し、ジョンソンゆかりの人々を訪ね、手紙の有無を確かめた。そのついでにウェールズの故郷のバハグライグへも行った。一七七四年に前夫のヘンリーやジョンソンとこの地を訪れたとき、ヘンリーはあまり喜ばず、故郷を軽蔑されたようで失望したが、ピオッツィはとても喜んだ。それに満足した夫人は、幼いころに遊んだ思い出の場所やカントリー・ハウスを案内して回った。

この旅行から戻るとき、知人のグレイトヒード宅にお世話になったが、その際に夫人は劇作家バーティ・グレイトヒードの『摂政』*The Regent* という悲劇にエピローグを書いた。グレイトヒードとはイタリア滞在中に知り合い、帰国後最も早く再会した人たちの一人であった。この悲劇の成功のために当時の名女優であったシドンズ夫人と協力して悲劇『摂政』の公演成功に尽力した。シドンズ夫人はかつてグレイトヒードの家に居候していたことがあり、恩義があったのだ。この芝居は成功し、ピオッツィ夫人は演劇関係の人たちと交流が広がった。多くのアマチュア劇団のために夫人は前口上や納め口上を頼まれて書いた。また、名優ギャリックの未亡人や小説家のハナ・モアとの交流も始まり、ブルー・ストッキングの旧友たちも少しずつ戻り始めていた。

ロンドンでおよそ三年を過ごした夫妻は、夫人のかつての住まいであったストレッタムへ居を移すことにした。一七八二年にある貴族に貸し出されていたストレッタムの屋敷であるが、一七九〇年四月に賃貸契約を終わらせ、部屋を改修し、イタリアから持ち帰った絵画でその部屋を飾った。かつてのスレイルの時代と同様に、夫人はストレッタムの屋敷に多くの客を招いて会話を楽しんだ。シドンズ夫人はジョンソンに代わって、この家の常連客となり、ピオッツィ夫人の話し相手となっていった。

一七八七年に夫妻が帰国した当初に一度だけ会いに来た娘たちであったが、それ以後はセシリア以外の娘とは連絡が途絶えていた。ところが一七九四年三月十六日、夫のピオッツィがロンドンに出向いた際にクウィーニーから短い手紙を受け取った。それには翌日ピオッツィに会いたいと書いてあった。そこで会いに行くと、三人の娘たちが母を訪問したいという意向を持っていることを聞かされた。六年ぶりに和解のチャンスが訪れた。

約束の朝、三人のスレイル嬢が到着し、朝食を共にした。一同、上機嫌で、とりわけクウィーニーと夫人は当たり障りのないことをしゃべりあった（Clifford, 365）。緊張した雰囲気であったものの、平常心をお互いに装っていたという。そして、その翌日もまた娘たちはやってきた。イースターにも娘たちは招待され、娘たちはそれにも応じた。こうして、心底から打ち解けあうことはなかったにせよ、表面的な和解は続き、娘たちはしばしばストレッタムの屋敷を訪れるようになった。

ウェールズのカントリー・ハウス

ピオッツィ夫人はスレイル時代のように社会的に認められる地位を保持しようと努めた。その疲れがあったせいか、しばしロンドンから離れたいと願うようになった。一方、夫ピオッツィの方もロンドンの生活から逃れたかった。夫はイギリスの伝統に疎かった。イギリスの文学や絵画の知識に欠けていた。当時の上流階級では音楽に夢中になるのは社会的に劣っていることの表れとみなされていた（Clifford, 376）。そこで、夫妻はウェールズにカントリー・ハウスを建てることにした。当初はバハグライグの家を改築することも考えたが、十六世紀の建物であり、湿っぽくって、立地条件も悪く、見晴らしもよくなかった。そのため、全く違う見晴らしのよいところに新築することにした。

夫人は次のように書いている。「ピオッツィ氏が私のために家を建てると言った。私自身の古いお屋敷はとても凝ったものであるが、完全に居住不能である。そして、私たちは夫がクライド渓谷に建てたイタリア風山荘をブリンベラ、つまり「美しい丘の頂上」と呼んだ。私たちと同様に、その名の半分はウェールズ語で、半分がイタリア語となるように」と記している（*Autobiography*, I. 354）。

この山荘建設の話は一七九一年の夏ごろに始まっていたが、完成を見るのは一七九四年七月以降のことであった。その山荘は「クライド渓谷の素晴らしく広大な眺めが得られ、庭園や畑がうまく配置されている。森の間の歩道、中でも恋人たちの歩道と呼ばれるところは、絵のように美しい（ピクチャレスク）」（*Autobiography*, I. 354）と記されている。

ピオッツィ夫妻はウェールズの山荘で過ごすことになるが、夫のピオッツィは近隣の人が音楽に興味があることを知り、ハープシコードでデュエットをやり、イタリアの歌を披露した。その音楽の腕前に近所のバイオリニストが自分のバイオリンはもう屋根裏にしまおう、と言ったという。また、お気に入りのバイオリンを弾くピオッツィの霊が山荘の一翼をさまようというような迷信まで生まれたという（*Autobiography*, I. 353- 354）。ピオッツィはまた、世話好きで、貧乏人にやさしかった。一八〇〇年には教区の貧困者の監督に指名され、教区の人々のことを思い、貧しい人々の生活を改善しようと努めた（Clifford, 407）。

カントリー・ハウスを建てたころ、夫妻はようやく新婚時代のようにゆったりとお互いに話をするゆとりができてきた。悩みの種であった末娘のセシリアにも解放された。セシリアは父方の血筋を引いて美人で、母方の血筋を引いて陽気であった。大いに男性にもてはやされ、十五歳のころから色恋沙汰の話があり、ストレッタムにもセシリア目当てに遊びに来る若者もいて、何かと夫人をやきもきさせていたのであった（Clifford, 364）。

夫妻がカントリー・ハウスに住み始めたころ、セシリアは十七歳になっていた。セシリアはウェールズの生活は退屈で好きではなかったようだ。そんなセシリアに地元のジョン・モスティンという青年との結婚話が出た。夫人はその青年の家柄や人柄から結婚に賛成であったが、他の娘たちとの遺産相続のこともあり、簡単には同意しなかった。相手も未成年であり、成人するまで結婚を認めないことにした。そして、この青年からセシリアを引き離すために、夫妻は一旦ウェールズを離れてストレッタムに戻って行った。

ところが、モスティンはその対応に我慢できなくて、ストレッタムまでやってきた。夫人は彼を客人として迎え入れた。その後、二ヶ月の間、モスティンはストレッタムに滞在したものの、この状況に我慢できずに、結局、若い二人は駆け落ち婚の名所であるスコットランドのグレトナ・グリーンに駆け落ちし、その地で結婚式を挙げた。

結婚後の新居がまだ完成しないころ、モスティンとセシリアはブリンベラ山荘で一ヶ月ほどピオッツィ夫妻と同居したことがあった。また、他の娘たちも山荘に遊びに来たこともあった。その折には夫のピオッツィは娘たちをホーリーウェル・アッセンブリに連れていき、夫人もウェールズの谷間を案内して忙しく過ごした。ウェールズの生活はとても楽しかった。たとえ好きな上流社会との付き合いがこの地にはないとしても、ここには近隣の気の合う仲間がいたし、旅行家のトマス・ペナントをはじめ多くの親戚縁者がいたのであった。周りの自然の景色も大きな喜びであった。夫人はロンドンから多くの友人を招いて山荘生活を楽しんだ。

静かな生活を送る夫妻であったが、夫の悩みの種は痛風であった。早くも三十四歳のころには痛風の発作に襲われた。それ以後、亡くなるまで痛風の発作に苦しめられることとなり、晩年には寝込むこともあって、次第に車いすに頼らざるを得ない生活となっていく。夫人は次のように記す。

可哀そうに、私の夫は重病だ。危険ではないが、深刻だ。痛風が首や胸やわき腹や背中へとりついている。一度は肺にもとりついた。[20]

ウェールズには幸いにもデンビーに若い医者のサッカレーがおり、彼はスレイル家のかつてのかかりつけの医者であったサー・ルーカス・ピープスと同じ処方をした。サッカレー医師はアメリカの小説家サッカレーの大叔父にあたる人で、若くて、有能で、これ以後ピオッツィ夫妻の二十年にわたる頼れる友となる。

娘たちとの和解は表面的には進んでいたように思えたが、夫人は亡くなった息子のハリーの埋め合わせに養子をとることを考えるようになっていた。それに符牒を合わせるかのように、ピオッツィの弟が自分の子にジョン・ソールズベリー・ピオッツィと名付け、イングランドへ送ることを提案してきた。しかし、時期早尚で先延ばしとなり、ジョンが五歳になった一七九八年にイングランドに迎えられた。

このころ、夫人の執筆活動は衰えることはなく、一般向きの歴史書である『歴史概観』を一八〇一年に出版した。夫人は一般読者向けに専門用語を使わずに世界の歴史を面白く説明する書物の必要性を感じていたのであった。『歴史概観』は二巻本で、あわせて千ページにも及ぶ大作であった。クリフォードは、あまり勧められない作品であるとしながらも、今日の二十世紀の一般向け歴史書の走りだと評価する（Clifford, 405）。

この歴史書以前にも夫人は類語辞典を刊行していた。英語にはたくさんの同義語があって、夫のような外国人にはその使い分けが難しく、会話の障害になることがわかった。そこで夫人は同義語に関する出版を考え、一七九四年に『英語類語』を刊行した。この本は外国人にはとても有益であった。

夫の痛風はますます悪化していった。夫人はサッカレー医師に助けを求めて次のように書いたことがある。

すぐに来てください、サッカレー先生。私はとても辛い思いをしております。咳、けいれん、あらゆるものが不運で哀れな夫を苦しめております。バースで耐え抜いた夫を。（Clifford, 420）

夫人の祈るような気持ちにもかかわらず、夫の痛風は数年間一進一退を繰り返し、ついには冬のバース行きはあきらめざるを得なくなるほど悪化し、一八〇九年三月二十六日、ピオッツィは亡くなった。愛する夫との永久の別れは夫人にはとても大きな悲しみで、夫人はそれ以後は黒い服を着て過ごすこととなった。

未亡人のピオッツィ夫人

夫亡き後、しばらくは体調もすぐれず、胸の動悸がおさまらなかった。ピープス医師に治療をお願いした。シドンズ夫人をはじめ多くの友人が励ましの手紙を送った。娘たちもすぐに弔問に駆け付けた。このころには末娘のソフィアも長女のクウィーニーもすでに結婚していた。ソフィアはヘンリー・メリック・ホーと結婚し、夫人はすぐにお祝いの手紙を書いた。また、クウィーニーは四十四歳の折にキース卿という六十歳の貴族と結婚した。キース卿には娘がいたが、クウィーニーはお金持ちの地位のある老人を結婚相手に選んだわけである。夫人は娘クウィーニーの結婚がどんなものになるのか、わくわくしていただけに娘の出した結果はショックであった。

多くの励ましを受けて徐々に落ち着きを取り戻した夫人の不安は、ソールズベリー家の将来のことだった。養子のジョンを正式な後継ぎにすべく、夫人は法的にジョン・ソールズベリー・ピオッツィをジョン・ソールズベリー・ピオッツィ・ソールズベリーと改名させ、イギリス国教会の堅信礼を受けさせた。夫人はこの養子のジョンをオックスフォード大学に入れて学者にしたいと思い、あらゆるコネを使ってクライスト・チャーチへ入学させた。しかしジョンは学究生活にはなじめず、大学を去った。実のところは、ジョンは学友の妹のハリエッタ・ペンバートンに惚れてしまい、学校をやめて結婚を希望したのであった。結局、夫人はジョンが成人するのを待って結婚を許した。

一八一四年十一月七日、二人は結婚し、ウェールズの山荘のブリンベラに移り住んだ。こうして養子とはいえ、ソールズベリー家の一人がバハグライグの主になるという夫人の夢がかなえられた。ウェールズで息子はフリントシャーの州長官となった。その後、息子は一代限りの勲爵士に叙せられたが、夫人は息子のジョンを永代貴族にしたくて、爵位獲得工作を二度おこなったがかなわなかった。

息子夫妻にウェールズの山荘を渡した夫人はストレッタムの屋敷をロシア大使に賃貸し、自らはバースに安い部屋を借りて過ごすこととなった。その晩年はバースにて文学談義を楽しみ、気楽で幸せな生活であった。

ある日のこと、義理の息子の住むブリンベラ山荘を訪ねた。かつては所狭しと置いてあった書籍はすべて片づけられて、楽しい話のできる仲間もいないとても寂しい場所になっていた。夫人と義理の息子とは全く価値観が違っていた。義理の息子のジョンは文学的な趣味もない、俗物郷士になり下がってしまったと夫人には思われた。ウェールズではいつも近隣の貧しい人への施しを忘れなかった夫人であるが、息子のジョンはそれが気に入らなかった。息子夫妻は慈善よりも、社会的地位と金にもっぱら興味を持っていたのであった（Clifford, 444）。

一八二〇年、八十歳の誕生日を迎えるにあたって、夫人はこれまでにない盛大な誕生パーティを企画する。コンサートあり、ダンスパーティあり、軽食ありの大パーティに六百人以上がアセンブリー・ルームに集まった。夫人はこの日、義理の息子と快活に夜明け近くまで踊りあかした。この大パーティはバースでの夫人の人生最大の催しとなった。再度、夫人はその活力を多くの人に示したのであった。中にはその浪費を批判する人もいたが、多くはその年齢を感じさせない旺盛な精力に尊敬の念を示したのであった。（Clifford, 450）

確かにパーティの費用は掛かりすぎた。夫人は一時的に借金を抱えることになり、快適なゲイ・ストリート八番地の家を出て、バースから離れた安い借家に移った。七月のことで、しばらくは借金を返しながらの倹約の生活が翌年の三月まで続くこととなった。

借金も返済し、翌年の三月、バースに向けて出発し、三月十日、エクスターに到着。ここで夜明け近くまで手紙を書いて、ベッドに登ろうとして、椅子から足を滑らせて転落してしまった。当時はベッドはとても高くて、椅子を使って登っていたのであった。足にひどい怪我を負ったが、何とかクリフトンに到着した。この転倒は精神的にも肉体的にも夫人にはショックではあったが、当初は快活さを失うことはなかった。しかし、次第に人生は終わりに向かっていた。夫人もその予兆には気づいていたようである。四月にはクリフトンで静かな生活を送り、肉体的な力は衰えつつあったものの、日記は相変わらず書き続けた。が、ついに四月二十七日、ペンを持つ力も尽きた。

夫人の死が近づきつつあるという知らせは、娘たちや義理の息子のジョンにも届けられた。しかし、ピオッツィ夫人は養子のジョンには会いたくないと思った。最後の最後になって、息子には少しの財産を残し、残りはやはり血のつながった娘たちに残すこととした（Clifford, 455)。

夫人の最期の場面に立ち会ったクウィーニーは夫のキース卿に宛てて、次のように記している。

母が私たちのいることをわかっているようで嬉しかったし、私たちがベッドのそばにいることをとても喜んでくれているように思えました。母は目覚めているときはいつも私たちに手を差し出していたけれど、薬のせいでうとうとと眠っている状態になっていました。(Clifford, 455)

こうして、五月二日夜遅く、スザンナが到着して間もなく、夫人は静かに旅立った。享年八十一であった。亡骸はウェールズのトレメイルヒオン教会の夫ピオッツィの墓の横に埋葬された。

（1）James L. Clifford. *Hester Lynch Piozzi* (*Mrs. Thrale*), Oxford: Clarendon Press, 1941, 1968, p. 5. 以下、本書からの引用は Clifford と記し、引用頁とともに本文中に記す。本稿は本書の記述を中心に、*Piozzi Marginalia: Comprising Some Extracts from Manuscript of Hester Lynch Piozzi, and Annotation from her Books*, ed. Percival Merritt, Cambridge: Harvard University Press, 1925 を参考に構成した。記して感謝する。日本語は拙訳による。

（2）Peter Quennell, *Samuel Johnson: friends and enemies*, London: Weidenfeld and Nicolson, 1972, p. 10 ; *Piozzi Marginalia*, p. 6. 日本語は拙訳による。

（3）永嶋大典監訳『サミュエル・ジョンソン百科事典』ゆまに書房、一九九九年、二〇三頁。Clifford, p. 15.

（4）*Autobiography, Letters, and Literary Remarks of Mrs. Piozzi*, ed., A. Hayward, ESQ. Q.C., London: Longman, 1961, II, p. 18. 以下、本書からの引用は *Autobiography* と記し、引用頁と共に本文に記す。日本語は拙訳による。

（5）*Life of Johnson, LL.D.* (1791), edited by G.B. Hill and L. F. Powell, 6 vols. Oxford: Clarendon, 1936-64, I, p. 491. 日本語は拙訳による。

（6）*Piozzi Marginalia*, p.8.

（7）Peter Quennell, *Samuel Johnson: his Friends and Enemies*, p. 14. Clifford, p. 38.

（8）Peter Quennell, p. 14.

（9）『サミュエル・ジョンソン百科』二三六頁。

（10）*Life of Johnson, LL.D.*, *Life*, I, p. 493.

(11) Clifford, pp. 93-94. 夫人がウェールズの旅行に出るまでの経緯については、拙論「スレイル夫人のウェールズ旅行」(『筑波英学展望』二〇号、二〇〇一年) を参照。

(12) 本書「ジョンソン博士とのウェールズの旅」七月十六日、五八頁。以下、同書からの引用は「ジョンソン博士とのウェールズの旅」として本文内に日記の日付と共に示す。

(13) 前注11・江藤「スレイル夫人のウェールズ旅行」六二頁。

(14) ibid., pp. 72-73.

(15) Hester Lynch Thrale, *Thraliana*, ed. Katherine C. Balderston, Oxford: Clarendon Press, 1951, I., p. 318.

(16) 本書「フランス旅行―スレイル夫人」十月四日、一七五頁。以下、同書からの引用は本文内に「フランス旅行―スレイル夫人」として、日記の日付と共に示す。

(17) Thraliana, p. 319, n.1.

(18) *Thraliana*, p. 389.

(19) Ibid., pp. 599-600.

(20) Ibid., p. 866.

訳者あとがき

「S・ジョンソン研究」チームは二〇〇六年三月に中央大学人文科学研究所翻訳叢書1『スコットランド西方諸島の旅（サミュエル・ジョンソン）』、二〇一〇年三月に同翻訳叢書2『ヘブリディーズ諸島旅日記（ジェイムズ・ボズウェル）』を刊行してきた。今回は同翻訳叢書17として『ジョンソン博士とスレイル夫人の旅日記——ウェールズ（一七七四年）とフランス（一七七五年）』を刊行する運びとなりこの上ない喜びである。

二〇一〇年の同翻訳叢書2の刊行をもって、S・ジョンソン研究チームの活動は一旦終了したが、三年後の二〇一三年三月二十日に諏訪部、江藤、稲村、芝垣、市川が伊香保温泉に集った。そこで、ジョンソンの旅行記でまだ翻訳されていないものを翻訳しようという企画がまとまり、二〇一四年に再度ジョンソン研究会を立ち上げることにして、できるだけ早く翻訳作業に入ることを申し合わせた。その作業が始まろうとしていた矢先の二〇一三年五月に芝垣氏が急逝された。今回の翻訳叢書17の翻訳者の中に芝垣茂氏の名前がないのは痛恨の極みである。

二〇一四年二月に第一回の研究会が始まり、二〇一六年三月の翻訳原稿提出まで通算三十一回の研究会を開催した。原稿を提出した後も初校ゲラが出るまで、提出原稿の見直し、推敲を重ね、さらに写真、挿絵やカバー図版の選定などをして、二〇一六年の十一月十二日に通算三十九回目の研究会を迎えた。

翻訳の原本は、ウェールズに関するものは、*DOCTOR JOHNSON AND MRS THRALE* BY A.M. BROADLEY, LONDON JOHN LANE THE BODLEY HEAD, NEW YORK JOHN LANE COMPANY, MCMX の第四章 "MRS THRALE'S UNPUBLISHED JOURNAL OF HER TOUR IN WALES WITH DR. JOHNSON. JULY-SEPTEMBER, 1774" と第五章 "DR. JOHNSON'S DIARY DURING THE WELSH TOUR OF 1774"、フランスに関するものは、*THE FRENCH JOURNALS OF MRS. THRALE AND DR. JOHNSON* BY MOSES TYSON, M.A. Ph.D and HENRY GUPPY, M.A., LITT.D, MANCHESTER, THE MANCHESTER UNIVERSITY PRESS, MCMXXXII に収録されている "MRS. THRALE'S FRENCH JOURNAL 1775" と "DR. JOHNSON'S FRENCH JOURNAL 1775" である。

ウェールズ関係は *Dr Johnson & Mrs Thrale's Tour in North Wales 1774*, with an Introduction and Notes by Adrian Bristow 1995 Wrexham, Clwyd を、フランス関係は中野好之訳ジェイムズ・ボズウェルの『サミュエル・ジョンソン伝』２（みすず書房）の一六〇～一七一頁を参考にさせていただいた。

翻訳作業は原本をほぼ均等に割り当てたものをそれぞれの訳者が試訳し、その試訳原稿を研究会に於いて全員で検討を重ねたものである。二〇一四年の九月七日から十二日までは研究会でウェールズの実地調査を行った。本文中に挿入した写真はこの実地調査で撮った写真とそれ以前に研究員が撮った写真である。フランス・パリも二〇一五年に実地調査を行いたかったのであるが、テロの脅威が生じたのでこの調査は残念ながら断念した。翻訳に当たってはウェールズ語の地名の読み方は吉賀憲夫氏、フランスの修道院などの宗教用語は浦野洋司氏と竹内智子氏にご教示をお願いした。また、スレイル夫人の日記では曜日の記載にばらつきがあり、読者に疑問を抱かせ兼ねないので全て削除した。「Ⅲ 解説にかえて」は諏訪部仁、江藤秀一が担当し、索引は稲村善二、市川泰男が担当した。

最後になるが、本書の刊行には中央大学人文科学研究所と同大学出版部の皆様から多大な協力をいただいた。とりわけ、編集の髙橋和子さんには大変お世話になったことを記して感謝申し上げたい。

二〇一六年十二月

研究会チーム
「S・ジョンソン研究」
責任者　市川泰男

中央大学人文科学研究所翻訳叢書

16

死にたる民を呼び覚ませ　下巻

アメリカ文学の生成を奴隷制および黒人文化の役割に焦点を合わせ、権力の体制に叛乱し抵抗する言語の力強さを解析した画期的な研究書。

四六判　八一〇頁
五六〇〇円

＊価格は本体価格です。別途消費税が必要です。

11 **十七世紀英詩の鉱脈**

激動の時代十七世紀英国において、詩人たちはいかなる詩を作ったか。その多様な世界を渉猟するための、本邦初訳中心の新しい詩選集。

四六判　七〇四頁
四九〇〇円

12 **フランス十七世紀演劇集　悲喜劇・田園劇**

フランス17世紀演劇の全体像を理解するためには、悲劇、喜劇ばかりでなく、悲喜劇、田園劇も欠かせない。本邦初訳の四篇を収録。

四六判　六三四頁
四五〇〇円

13 **死にたる民を呼び覚ませ　上巻**

アメリカ文学の生成は、奴隷制問題と切りはなして語ることができない。アメリカ文学と人種の問題を深く剔抉した画期的な研究書。

四六判　五九二頁
四一〇〇円

14 **フランス民話集Ⅳ**

『民話集Ⅳ』ではフランス全土二十二地方のうちプロヴァンス、ブルゴーニュ、ノルマンディー、コルシカ島など七地方の民話を集録。

四六判　七七六頁
五四〇〇円

15 **フランス民話集Ⅴ**

ロワール川流域など九地方の民話を集録。全五巻（第51回日本翻訳出版文化賞を受賞）の完結編。ジョルジュ・サンドらが編纂に従事。

四六判　九〇四頁
六三〇〇円

中央大学人文科学研究所翻訳叢書

6
ウィーンとウィーン人
多くの「ウィーン本」で言及されながらも正体不明であった幻の名著。手垢にまみれたウィーン像を一掃し、民衆の素顔を克明に描写。
四六判　一〇三二頁
七二〇〇円

7
フランス民話集Ⅱ
フランスの文化を分かり易く伝える民話集。ドーフィネ、ガスコーニュ、ロレーヌ、ブルターニュなど四つの地方の豊饒な昔話を収録。
四六判　七八六頁
五五〇〇円

8
ケルティック・テクストを巡る
原典および基本文献の翻訳・解説を通して、島嶼ケルトの事蹟と心性を読み解くという、我が国ではこれまで類例のない試み。
四六判　四八〇頁
三三〇〇円

9
異端者を処罰すべからざるを論ず
誰かが誰かの異端であった宗教改革期、火刑をもって異端者を裁いた改革派指導者ベーズを激しく弾劾した寛容の徒カステリヨンの名著。
四六判　五七八頁
四〇〇〇円

10
フランス民話集Ⅲ
ヨーロッパで語り継がれる伝統的な口承文化を伝える貴重な書。ピカルディー、アルザス、ギュイエンヌ、ドーフィネ地方の昔話を収録。
四六判　七三六頁
五二〇〇円

中央大学人文科学研究所翻訳叢書

1
スコットランド西方諸島の旅

一八世紀英文壇の巨人がスコットランド奥地を訪ねて氏族制の崩壊、アメリカ移民、貨幣経済の到来などの問題に考察を加える紀行の古典。

四六判　三六八頁
二五〇〇円

2
ヘブリディーズ諸島旅日記

伝記の最高峰ボズウェル『ジョンソン伝』の先駆けとなった二人の一〇〇日におよぶスコットランド奥地の旅の詳細きわまる日記の全訳。

四六判　五八二頁
四〇〇〇円

3
フランス十七世紀演劇集　喜劇

フランス十七世紀演劇の隠れた傑作喜劇4編を収録。喜劇の流れを理解するために「十七世紀フランス喜劇概観」を付した。

四六判　六五四頁
四六〇〇円

4
フランス十七世紀演劇集　悲劇

フランス十七世紀演劇の隠れた名作悲劇4編を収録。本邦初訳。悲劇の流れを理解するために「十七世紀フランス悲劇概観」を付した。

四六判　六〇二頁
四二〇〇円

5
フランス民話集Ⅰ

子供から大人まで誰からも愛されてきた昔話。フランスの文化を分かり易く伝える語りの書。ケルトの香りが漂うブルターニュ民話を集録。

四六判　六三二頁
四四〇〇円

訳者紹介

市川泰男（いちかわ やすお） 研究員 中央大学経済学部教授

諏訪部仁（すわべ ひとし） 客員研究員 元中央大学法学部教授

稲村善二（いなむら ぜんじ） 客員研究員 群馬医療福祉大学名誉教授

江藤秀一（えとう ひでいち） 客員研究員 常葉大学特任教授、筑波大学名誉教授

ジョンソン博士とスレイル夫人の旅日記
ウェールズ（1774年）とフランス（1775年）

中央大学人文科学研究所 翻訳叢書17

2017年3月25日 第1刷発行

編者	中央大学人文科学研究所
訳者	市川泰男 諏訪部仁
	稲村善二 江藤秀一
発行者	中央大学出版部
	代表者 神﨑茂治

〒192-0393
東京都八王子市東中野742-1
発行所 中央大学出版部
電話 042(674)2351・FAX 042(674)2354
http://www2.chuo-u.ac.jp/up/

藤原印刷㈱

ISBN978-4-8057-5416-0

索　　引

人名（Names of Persons）

ア行

カ行

サ行

タ行

ナ行

ハ行

マ行

ヤ行

ラ行

ワ行

地名 (Places)

ア行

アイラム
Ilam　*6, 14, 43, 51-53, 57, 86*
アクトン
Acton　*81*
アバゲリー
Abergeley　*28*
アシュボーン
Ashbourne　*6, 8, 11, 50, 54-56, 61*
アミアン
Amiens　*147-149, 153, 184*
アラス
Arras　*146, 147, 149, 153*
アングルシー島
Anglesey / Anglesea　*30, 32, 33, 92*
アントワープ
Antewerp　*234*
イーデンソー
Edensor　*52*
イズリントン
Islington　*168*
ヴァンドーム広場
Place de Vendome　*122*
ウィーン
Vienna　*183*
小ウィーン
La Petite Vienne　*131, 209*
ウィットチャーチ
Whitchurch　*66, 75*
ウェスト・チェスター
West Chester　*15*
ヴェルノン
Vernon　*161, 162*
ウェンロック
Wenlock　*40*
ウッドストック
Woodstock　*43, 44, 113*
ウスター
Worcester　*40, 41, 105, 107, 141*
ヴェルサイユ
Versailles　*130, 131, 172, 208, 210, 212*
エクスター・チェインジ
Exeter Change　*184*
オークオーヴァー
Oakover　*6, 7*
オールド・スウィンフォード
Old Swinford　*11*
オスウエストリー
Oswestry　*39*
オックスフォード
Oxford　*44, 114, 115, 137, 147, 160, 210*
オルレアン
Orleans　*123*
オンバースリー
Ombersley　*41*

カ行

カースル・ヒル
Castle Hill　*40*
カッセル山
Mount Cassell　*240*
カナーヴォン
Carnarvon / Caernarvon　*31, 32, 34, 91, 100*
カナーヴォンシャー
Carnarvonshire　*86, 91*
カルヴァリの丘
Mount Calvary　*220*
カレー
Calais　*143, 147, 148, 151, 153, 233, 240, 243*
カンバーミア
Combermere　*12, 15, 63, 67*
カンタベリー
Canterbury　*142*
カンブレ
Cambray　*140, 232, 233, 242*
キンヴァー
Kinver　*40*
グラヴリーヌ

サ行

タ行

ナ行

ハ行

マ行

ラ行

ワ行